NF文庫
ノンフィクション

新装解説版

海軍「伏龍」特攻隊

門奈鷹一郎

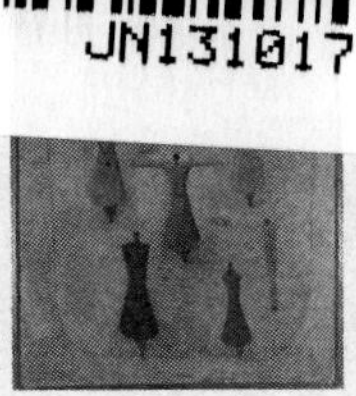

潮書房光人新社

本書では太平洋戦争末期、本土決戦に備えて考案された伏龍隊について描かれています。人間機雷となって海中に潜み、敵上陸用舟艇に体当たり攻撃を行なう部隊のことです。

著者は昭和十九年六月に海軍航空隊に入隊、その後伏龍隊員となりますが、実戦に出ることはなく二十年八月に終戦を迎えます。

十六、七歳の若者が国を守るために身を賭して訓練に励んだ、〝幻の特攻〟の実態に迫ります。

海軍「伏龍」特攻隊——目次

I　海軍伏龍特攻作戦

II　伏龍特攻隊員となって

III　伏龍・秘められた戦話

IV　米海軍技術調査団〟伏龍〟極秘レポート　246

海軍「伏龍」特攻隊

本書を訓練中の犠牲となった伏龍隊員の御霊に捧ぐ――

プロローグ──「海底到着チョー　タン　タン」

突然、足元から舞い上がった砂煙に私の体はつつまれた。船から海底へ伸びている誘導索を滑っていた左手も停止している。

着いた！　今、私は生まれて初めて海底五メートルに立ったのだ。

嘉永六年（一八五三年）、浦賀に来港した米特使ペリーの上陸記念碑（昭和二十年四月八日撤去、その跡には徳富蘇峰書「護国精神振起の碑」が建てられていた）跡の見える久里浜沖で、約九十年後の昭和二十年七月中旬、私たち伏龍特攻隊員は、ふたたび日本本土上陸の機をうかがっている米軍を迎撃すべく水際特攻訓練を受けていた。

「五式撃雷を持って、水中深度五～七メートルの海底で待機、敵の上陸用舟艇に体当たり攻撃を敢行する」伏龍特攻隊員となった私の、今日は初めての潜水実地訓練の日である。

水際特攻伏龍隊——海軍出身関係者にすら今日までほとんどその実体を知られていない、予科練を主体とした、日本海軍最後の特攻・動く人間機雷部隊の名称である。今日まで、〝姿なき特攻〟〝幻の特攻〟と言われているこの特攻隊の詳細については後で述べることとして、私の初潜水の思い出をつづけてみよう。

訓練用の和船上で、ゴム製の潜水服と二本の酸素ボンベ、清浄罐、鉛錘《おも》りなど潜水具一式を装着すると、ずしっとした約六十八キロの重量が両肩にかかる。よちよち歩きでゴトゴト船底に当たる鉛の潜水靴の音を立て、私は補助員の助けをかりて、やっとの思いで舷側の梯子にたどり着く。

舷側から海中に斜めに出ている、約二メートルの梯子を伝って体を海中に入れると、体は急に軽くなる。ついで梯子から手を離したとたん、いったんずっぽりと水中に沈んだ体がふわっと浮上し、潜水かぶとの面ガラス半分くらいが水面上に出る。

不安定に水中で揺れる体のため、ときたま頭まで水中に没入するが、潜水かぶとのおおよそ目から上は水面上に出ているので、今まで乗っていた和船の吃水線が、波に洗われて上下しているのが見える。下半身は水圧で潜水服が密着しているが、その分の空気が上半身に集まって浮力となり、私の体を水中で支えているのだ。ちょうど体全体が魚釣りの浮きの役目をしている状態だ。

いけない！　私は陸の上と同様、鼻でのみ呼吸していることに気づいて、「鼻から吸って口から吐く」潜水時絶対厳守の基本呼吸に慌てて切り替えた。面ガラスを装着した時点で、私は呼吸を切り替えていたつもりだが、水中に入ったとたん、六十八キロの重量から解放された気のゆるみか、私は基本呼吸を忘れてしまっていたらしい。

アクアラングがスキューバーダイビングとしてレジャー用にまで普及している現代とことなり、私たちの使用した四十数年前の簡易潜水器は、その構造上、肩に背負ったボンベの酸素を鼻から吸い、炭酸ガスの混入した呼気はかならず口から吐くことが絶対条件とされていた。もしこの呼吸を数回間違えると、炭酸ガス中毒にかかってしまうのである。

左手は舷側から海底に伸びている誘導索を軽く握っている。いくらか気持ちも落ち着いてきた。よし、潜水開始だ。

私は潜水かぶとの中で頭を右に傾け、右こめかみ辺りに出ている排気弁を軽く押した。潜水服内の空気がぶくぶく音をたてて出ていくのが分かる。体が徐々に沈んでいく。

直径十五センチの面ガラスを透して、顔の前を小さな気泡がいっせいに上へ上へと昇っていくのが見える。沈降速度がやや速くなった。深度が増すと共に水圧が加わってきたからだが、しばらくそのままにしていると、顔前の気泡の上昇速度がさらに速くなった。ぐっ、と腰の辺りに力が加わった。船上の二番（潜水者が一番。腰に結束されている命綱を握っている船上の連絡係）が、命綱でブレーキをかけたのだ。急いで右腰の給気弁を開いて酸素を潜水服内に加え、浮力をつけて沈降速度をゆるめる。

突然、ペコンと耳の鼓膜が内側に圧迫された。キーンといった感じの耳鳴りもする。列車が長いトンネルにはいったとき、気圧の変化で経験するやつだ。耳の奥の方も少し痛くなった。こんなときのため、前もって教えられていた通り、ぐっと一気に唾を飲み込む。なるほど、鼓膜はもとにもどったらしく、耳鳴りも治って楽になる。

再度給気して水圧と浮力のバランスを調節しながら、沈降速度を一定に保つようにする。左手で握っている誘導索の滑り具合と上昇する気泡の状態から、潜水速度は今のところほぼ順調だ。

沈降・浮上いずれの場合も速度が遅いのはよいが、速すぎるのは潜水病などの事故のもとになるので、充分注意しなければならなかった。しかし、いずれの場合も、水圧と潜水服内に滞留する空気のつり合いをとるのが難しかった。

ちょっと下を見る。おでこがかぶとにぶつかって、真下の海底は見えないが、鉛の潜水靴をつけた足先がゆらゆら揺れているのがわずかに見えた。その下はただ青くよどんでいるだけだ。深度計がないのではっきりしないが、そろそろ四メートルになるころだろう。潜水前に測鉛錘で計った本日の潜水深度は、約五メートルだった。

私が潜水を開始してからかなりの時間が経過したと思うのだが……そろそろ足が海底に着いてもよいはずだがなど、ふと頭の中を不安がよぎる。このままいつまでたっても海底に到着しないのではないだろうか？　高高度飛行中、酸素が欠乏すると、人間の思考力は低下すると聞いていたが、水中でも同じ現象が起こるのか？

潜水前に、私たちの訓練指導に当たっていた工作学校の年輩の教員が、潜水についての細かな注意を述べた後、笑いながらこんな話をした。

「実際にあったことだが、はじめて潜水やった若い兵隊が、いきなり緊急信号を送ってきた。事故発生と大急ぎで船へ引き揚げたら、なんとこの兵隊、『教員、底がありません！』と蒼い顔して言うのだ。いや、これには参ったよ」

他人事ではない、今の私は「底がありません」の兵隊になりかかっているようだ。

飛行機乗りとなって、大空を飛翔する夢を抱いて海軍飛行予科練習生を志願した俺が、ついこの間までは志摩半島の漁村で、もぐらまがいに特攻艇（震洋）の洞窟基地作りで土中へもぐり、今は飛行服ならぬ潜水服に身をやつして、海中を下へ下へと沈んでいる。地上から地中へ、そして海底へ……大空を憧れた俺なのに、まったく逆ではないか。日本の敗色の濃度に比例して俺も下へ下へか……。

思うともなくこんなことを考えていると、だらんと延びていた両足のひざが軽く曲がった。誘導索を滑っていた左手が止まっている。急に身のまわりが薄ぐもりになる。やった！　海底に到着したのだ。私は腰なわを右手で摑むと、一度長く二度短く力強く引っ張って信号を送った。

「海底到着　チョー　タン　タン（―‐‐）」

それにしても、砂煙のおさまった私の周囲の海底の眺めは、なんと索漠としているのだろう。体をひねって辺りを見回しても、どんよりした薄曇りの水中をすかして見える海底は、ただ灰色の砂、砂、砂。「これはたそがれだ……」というのが、私の海底到着第一印象だった。

薄曇りの太陽光線は、五メートルの海水を透してわずかしか差さず、夕暮れの砂漠に独り取り残されている感じだ。ふと寂寥感におそわれる。

しかし、いつまでもセンチメンタルに海底の孤愁にふけっているわけにはいかない。上から合図があるまで前進だ。が、どういうわけか、体が後方へ反りかえりそうで、少しも足が前へ進まない。そうだ、あれをやらなければ……。

「海底歩行の場合は、体を思いきり前へ倒し、面ガラスを海底にすりつけるぐらいの気持ちで、つま先で海底を蹴って歩くのだ」という教員の注意を思い出した。

自分では海底にうつ伏せになるのではないか、と思うぐらい体を前へ倒したつもりでも、浮力が働くので、実際には四十五度程度かたむくだけだ。つま先で海底を蹴って歩行を開始する。ちょうど百メートル競走のスタートダッシュの格好だ。少しずつ体は前へ進むが、それにしても、水の中というのはなんと歩き難いのだろう！　一と蹴りごとにふわっふわっと体が浮く。水の抵抗と潮流に影響されて、まるで水の壁を押し破る感じで体が移動する。

ぐーっと腰なわが引かれ、ついでちょんと引く合図があった。「チョー　タン（―‐）」停止信号だ。こちらからも同じ信号を返して了解を伝える。つづいて、一度長く腰なわが引かれる。「チョー（―）右へ進メ」の信号だ、が待てよ、右とは？……うん、こっちの箸を持つ手の方だったな。

海底における思考はかくも私の頭を鈍らせている。体を箸を持つ手の方へ向けて進む。とたんに腰なわがぐんと引かれた。「安否ヲ問ウ（タン）一発」だ。こちらからも応答をしたが、船からの信号は安全確認と同時に、先ほどの「右へ進メ」の信号に応答しなかった、私への注意をうながす意味も含まれているのだ。ふたたび停止信号、つづいて「——ーー（浮上セヨ）」の信号、応答して海中を船から斜めに伸びている腰なわの方向に向かって進んでいく。前方に船から垂直にたれ下がっている誘導索が見えた。

なんとなく潜水服が体に密着し、息苦しくなってきた。循環使用している潜水服内の空気が希薄になると共に、炭酸ガスもかなり混入してきたのだ。排気弁を押して排気し、給気弁をひねって新鮮な酸素を入れる。シューと音をたてて、後頭部の給気孔から顔面へ流れてくる酸素が気持ちよい。

誘導索へたどり着いたところで、こちらから浮上の合図を送り、確認の応答を待って浮上操作をする。左手で誘導索を軽くにぎり、腰弁（給気弁）をひねって潜水服内の酸素を増量するのだが、すぐには浮上しない。さらに給気し、思い切り海底を蹴る。ふわっと浮いた体が、あたかもくらげのように水中で停止する。再度給気すると、徐々に体は浮上していく。面ガラス前の、最小の気泡の上昇速度とほぼ同じなので、浮上は順調だ。しばらくすると、気泡が下がりはじめた。浮上にともなって水圧が減少し、浮上速度が速くなったのだ。

少しずつ排気して浮力減とする。水中の明るさがいくらか増してきた。上昇につれ、ますます水圧が低下するので、絶えずちょんちょんと頭で排気弁操作を繰り返し、ゆっくりした浮上を試みる。あ、斜め前方にぼんやり黒っぽい船底が見えた、と思ったとたん、面ガラスが水面上に出た。

補助員の助けを借りて、斜めに海中に張り出している梯子を這い上がるのだが、肩のあたりが海面から出たとたん、いきなり巨人にでものしかかられたかと思われるほどの重量感が全身に加わって、身動きがとれなくなる。

プールサイドで、自力で水中から上がろうとするとき、だれしも体の重さを感じた経験があると思うが、今の私は、自分の体重に、さらに七十キロ近い潜水具を身につけているのだからたまったものではない。

補助員に引きずり込まれるように船内に入れられ、何はともあれ面ガラスをはずしてもらう。スーッとした心地よい大気が頬を撫でる。ああ、俺は今、鼻でも口でも自由に呼吸ができるのだ、なんと自然の空気の美味なことか！　やっぱり人間は陸棲生物なのだ。

I　海軍伏龍特攻作戦

伏龍特攻の誕生

太平洋戦争における日本の特攻は、昭和十六年（一九四一年）十二月八日の開戦時に、ハワイ真珠湾に攻撃をかけた五隻の特殊潜航艇（甲標的）をもって嚆矢とされている。しかし、これは決死兵器による攻撃ではあっても必死兵器ではないので、かならずしも「特攻」とは言い難いという意見もある（特潜会）。

では、いつから組織的に特攻作戦が取り入れられたのか？　まずその萌芽とも言える「奇襲」作戦にふれてみよう。

昭和十九年五月三日、大本営より発令された「あ」号作戦および七月二十一日の「捷」号作戦に〝奇襲作戦〟という字句が見られるが、この奇襲構想の中に、すでに航空・水中・水上を含む特攻作戦思想の萌芽があったのではないかと思われる。

以下、「第三段作戦の概要」（自一九四三年二月至一九四五年八月・昭和二十四年三月、第二復員局残務処理部）資料から抜粋抄録してみよう。

昭和十九年五月三日、大本営は「連合艦隊の準拠すべき当面の作戦方針」として「あ」号作戦と題する大海指を出した。この作戦方針の中には、後述する黒島亀人少将考案の「龍巻作戦」と呼称される奇襲作戦（特四戦車改造の魚雷艇による奇襲作戦）も含まれていたが、これは実現されなかった。

しかし、マリアナ、トラック、ビアクを結ぶ絶対防衛線は、「あ」号作戦の失敗で放棄され、昭和十九年七月二十一日、大本営は、当面の作戦方針「捷」号作戦の構想を立て、これを連合艦隊司令長官に指示した。このとき決定された絶対防衛線は比島、台湾、南西諸島、日本本土を連ねる線とした。

作戦要領は次の通りである。

㈠絶対防衛線の作戦

集中可能の全兵力を挙げて我が基地航空機の威力圏内に敵を迎撃撃滅して要域を確保する。

㈡その他の地域の作戦

所在兵力をもって縦深のある強靱な作戦を行なうと共に、奇襲作戦（注・傍点筆者）を併用し、敵の基地利用を封殺すると共に、敵兵力の漸減を策する。

㈢奇襲作戦

特に敵艦隊をその前進根拠地に奇襲する。

・作戦区分

（主作戦地域）　　　　（作戦区分）

比島方面　　　　　　捷一号作戦

台湾及び南西諸島　　捷二号作戦

日本本土　　　　　　捷三号作戦

北海道及び千島　　　捷四号作戦

以上の大海指に対し、連合艦隊司令長官は、「昭和十九年八月以降の連合艦隊作戦要綱」を策定して捷号作戦部隊の準拠すべき標準を示した。

(イ)作戦方針

(一)陸海軍間の協同強化

(二)森厳なる統帥、必勝不敗の信念等精神的要素の重視

(三)捷一号作戦の優先的準備

(ロ)作戦要領

(1)大航空兵力展開基地の整備を優先的に実施する

(2)特攻兵器の準備（以下略）

この「捷」号作戦要領の中に、初めて「特攻」の字句が見られる（昭和十九年八月）。

ところで、昭和十八年七月十九日、軍令部第二部長に黒島亀人大佐（十九年五月一日、少

将に昇進）が就任、八月十一日に開かれた「第三段作戦に応ずる戦備方針」討議の席上、同大佐は、「必死必殺戦法ト相俟ッテ不敗戦備ヲ主要目途トスル」（戦史叢書『海軍軍戦備』）と発言している。「軍令部の軍備担当の責任者に同大佐が就任したことは、海軍部が特別攻撃を採用するうえに決定的な意義をもつことになった」（戦史叢書『大本営海軍部・連合艦隊〈6〉』三二二頁）

昭和十九年二月二十一日付で軍令部総長を兼務することになった海軍大臣嶋田繁太郎大将は、就任五日後に、黒木博司中尉と仁科関夫少尉考案になる〝必死必殺兵器〟「回天」の試作命令を出している。

前述の公文書捷号作戦要領（十九年八月）に「特攻」の字句が見られる六ヵ月前、つまり昭和十九年二月二十六日をもって「実質的な特攻作戦の第一歩として記録されなければならない」（森史朗著『敷島隊の五人』昭和六十一年十二月二十日、光人社刊・三六六頁）という見方もある。

また、その直後の昭和十九年四月、黒島軍令部第二部長は、第一部長中沢佑少将宛に、「作戦上急速実施を要望する兵力」として、次の七つの兵器を提言している。

一、飛行機の増翼（飛行距離を倍加し、戦力は四倍になるとした）
二、体当たり戦闘機
三、小型潜水艦（航空界の戦闘機のようなもの）
四、局地防備用可潜艇（航続距離五百マイル、五十センチ魚雷二本搭載。すでに生産中の「甲標的」)

五、装甲爆破艇（艇首に一トン以内の爆薬装備。後の「震洋」）

六、自走大爆雷

七、大威力魚雷（一名搭乗、速力五十ノット、航続距離四万メートル。試作命令の出ていた「回天」）

これら特殊兵器（特攻兵器）にかならずしも賛成でなかった中沢佑軍令部第一部長（作戦部）ではあったが、しかし尋常の手段では勝利の望めぬ、また極端に資材不足の状況下ではあえて対案を出すこともできず、敗戦につぐ敗戦下にあってはこれを承知する以外になかった。

この提言のあった直後、軍令部から海軍省当てに九種の特殊兵器の緊急実験が出され、艦政本部では、ただちに次の特殊兵器の緊急実験が開始されたのである。

㊀兵器　潜水艦攻撃用潜航艇

㊁兵器　対空攻撃用兵器（対空電探と高高度対空ロケット）

㊂兵器　S金物（水中有翼潜水艦と可潜魚雷艇）

㊃兵器　船外機付衝撃艇（震洋）

㊄兵器　自走爆雷

㊅兵器　人間魚雷（回天）

㊆兵器　電探関係

㈧兵器　電探防止関係
㈨兵器　特攻部隊用兵器（震海）

これらの特殊兵器が艦政本部側に出されたとき、軍令部側が突きつけた条件は、「これだけ造ってくれれば必ず頽勢を挽回できるが、もしこれができなければ必ず敗戦となる」（戦史叢書『大本営海軍部・連合艦隊〈6〉』）といった強硬なものであった。

この㈠から㈨の特殊兵器（特攻兵器）の緊急実験が艦政本部で開始された、昭和十九年四月をもって日本海軍の組織的な特攻作戦計画が進められた、と見ることができよう。

しかし、十九年四月の時点では、第三段作戦中、比島方面の戦闘で代表される「捷」一号作戦が発動（十九年十月十八日）される以前であり、対本土上陸作戦用の水際特攻「伏龍」の構想はまだなかった。

では、伏龍特攻構想は、どのような経緯をたどってできあがったのであろうか？

『海軍水雷史』の〝第三章伏龍第二節1「伏龍の誕生」〟には、清水登大尉が次のように述べている。

「……昭和二十年の一月、軽便潜水器を考案製作せよ、という下命当時、私は海軍工作学校の研究部員であった。（中略）一月はじめに着手したものが、はやくも三月の末に実用可能の域に突入した。普通一年はゆうに必要である。……ようやく完成した新潜水具は、決して、はじめから特攻用を意図したものではない。昭和二十年に入ると、B29は、港湾、重要水路に磁気、水圧両機雷を投下しはじめた。

そこで考えられたのは、投下直後、潜水員を投下海面に入れて、機雷を発見し、少量の爆薬をとりつけて遠くから処分する方法。工作学校長美原少将が、中央から受けた命令とは、『瀬戸内海航路百m航路啓開対策』の具体化である。

ところが、五月に入ってこの掃海潜水具をもって、特攻隊を編成せよ、という命令を受けたのである（後略）」（傍点筆者）

私は当初、この『海軍水雷史』に書かれていた日付をもって、伏龍特攻構想は「五月」と考えていた。ところが、「海軍突撃隊編制令」および「簡易潜水器ノ実験研究」の二つの資料を入手（昭和六十一年）して、伏龍特攻構想は、海軍上層部（軍令部）辺りではそれ以前、少なくとも三月には考えられていたと考えざるを得なくなった。

海軍の公文書とも言える「海軍突撃隊編制令」（昭和二十年三月一日）には、はっきりと「伏龍」の文字が出ている。また、清水登大尉自身が「研究実験担当者、報告製作者」となっている「簡易潜水器ノ実験研究」には、二十年四月にこの潜水器によって潜水実験を行ない、「特攻用トシテ利用価値大ナル……」と報告されている。

さらに、前述の通り、「昭和二十年の一月、軽便潜水器を考案製作せよ」と、工作学校長美原少将が中央から下命され、そのときの目的として「瀬戸内海航路百m航路啓開対策」（注・啓開対策とは掃海対策のこと）とされている。

しかし、当時の日本が機雷で封鎖されている航路は、瀬戸内海航路の百メートルだけではないはずである。

つまり、軽便潜水器（簡易潜水器）の考案製作は、当初より「特攻」兵器として使用する目的があり、極秘作戦のため、表向きは瀬戸内海航路啓開としていた、と考えるのが順当であろう。そうなると、「伏龍特攻構想」は昭和二十年一月、あるいは十九年末には、海軍上層部ではできていたとも考えられる。

昭和二十年三月十一日には、軍極秘・機密横須賀防備戦隊命令第十四号として次の命令が発せられている。

横須賀防備戦隊司令官　石川　茂

横須賀防備戦隊命令

機密横須賀鎮守府命令第一三六号ニ拠リ横須賀防備隊司令ハ委員及部下ヲ督励シ各部ノ協力ヲ受ケ速ニ左記ヲ研究シ所要兵器ノ量産並ニ要員ノ養成ニ関シ具体案ヲ提出スベシ

記

一、簡易潜水衣ヲ使用シ特攻兵器又ハ舟艇襲撃隊等ヨリ発進碇泊又ハ漂泊中ノ敵艦船ヲ水中ヨリ攻撃スル方策ニ関シ簡易潜水衣水中攻撃用兵器並ニ之ガ攻撃法

二、舟艇武装用簡易兵器

三、水際ニ於ケル上陸舟艇撃滅用簡易兵器

以上の命令が横須賀防備戦隊から三月十一日に出されていることから考えても、「伏龍特攻構想」が三月以前には、「中央」でできていたことは間違いあるまい。

簡易潜水器の開発研究

昭和二十年一月、軽便潜水器を考案製作せよ、と下命された清水登大尉（当時、海軍工作学校研究部員）は、この潜水器の開発の苦労を、『海軍水雷史』の中で次の通り述べている。

「現在でこそアクアラングは常識になっているが、当時の鈍重で海上から給気を要する潜水方式を脱皮して、自由自在に動きまわれる独立潜水器を創り出すには大変な努力が要った。まず第一は呼吸で、長時間行動するには大量の空気を持って歩かねばならぬ。

この難問題に苦慮していたところへ『空』からの救いの綱がおりてきた。航空技術廠の医学部長が、空気を酸素で代用する示唆を与えてくれたのである。

爾来、同部の大島軍医少佐が協力、指導にあたった。そして少佐自らが酸素マスクをかぶって水圧タンク（潜水病治療用）に入りこみ、長時間の実験を行なった結果、貴重な資料を得られたのである。

炭酸ガスは背中に背負った苛性カリ（注・苛性ソーダ）に吸収させる。つぎは、資材の入手だ。幸いに、空技廠に戦闘機用の小型ボンベが多数在庫している。また、炭酸ガス吸収剤は、不要となった旧式潜水艦用吸収缶が多数在庫していた。天の恵みとこれに飛びつく。

試作、実験は、何十回くりかえされたことであろうか。生命の危険があるので、慎重の上にも慎重を期さねばならぬ。私を補佐してくれた、小菅中尉、須鎌兵曹長、大井上工曹、木下工作兵長ら研究関係者十名の目は落ちくぼみ、頬はゲッソリとこけてしまった。その努力の甲斐あって、二月はじめに着手したものが、はやくも三月末に実用可能の域に突入した。普通、一年はゆうに必要である」

簡易潜水器は、以上の経過を得て一応完成した。

横須賀海軍工作学校では、三月十七日から同校で開発した簡易潜水器を特攻用として使用するため、次の実験を計画開始した。同校で作成した二十一頁にわたる報告書がある。（昭和二十年六月二十八日校報〇一〇号）

「簡易潜水器ノ実験研究」

（横作校軍極秘第十一号20／30）

研究実験場所　横須賀海軍工作学校

研究実験期間　自昭和二十年三月十七日

研究実験担当者　海軍大尉　清水　登

海軍中尉　行徳政実

報告作製者　海軍中佐　楢崎政助

海軍大尉　清水　登

目　的

水中特攻用簡易潜水器ヲ作製シ作戦上ノ要求ニ応ズルニ在リ

成果概要
(イ)海上ヨリノ送気装置ヲ要セズ無気泡ニシテ隠密性大ナリ
(ロ)浮揚沈降懸吊共ニ極メテ容易且水中ニ於ケル行動軽快ニシテ諸兵器ノ携行容易ナリ

所　見
現在迄ニ得タル成果ハ深度一五米潜水時間五時間ニシテ従来ノ潜水器ニ比シ運動性極メテ大ニシテ隠密性アリ特攻用トシテ利用価値大ナルト共ニ普通潜水器トシテモ画期的考案ト認ム
尚現装備ハ其ノ構成部品ガ何レモ既成品ノ利用ナルヲ以テ之ガ改善並ニ深度ノ増大ニ関シ研究ノ要アリ

第一　目的
水中特攻用簡易潜水器ヲ作製シ作戦上ノ要求ニ応ズルニ在リ

第二　成果
本潜水器ハ横作校式潜水器ニ若干ノ改造ヲ加ヘ酸素ガス容器並ニ空気清浄罐ヲ携行シ之ニ依リ呼気ヲ清浄酸素ノ補給ヲ行ヒツツ長時間単独ニテ海底ヲ隠密自由ニ行動スルコトヲ得テ概ネ所期ノ目的ヲ達成スルコトヲ得タリ
装備ハ既成諸器具ヲ其ノ儘利用構成セルモノニシテ尚改善ノ余地アリ
成果ノ概要次ノ如シ
(イ)海上ヨリノ送気装置ヲ要セズ無気泡ニシテ隠密性大ナリ

(ロ)浮揚沈降懸吊共ニ極メテ容易ナリ
(ハ)水中ニ於ケル行動軽快ニシテ諸兵器ノ携行容易ナリ

第三　経過概要

本研究実験ハ三月二十四日ヨリ所要具ヲ準備試作シ四月一日実地潜水ヲ開始シ四月三十日一応終了更ニ研究ヲ続行中ナリ（別表研究実験実施経過表参照）

研究調査項目次ノ如シ

(イ)給気装置
(ロ)性　能
(ハ)生体ニ及ボス影響

(イ)給気装置

(一)高高度飛行用酸素ガス容器二個ヲ使用シ酸素2空気1混合比ニ充塡連結管集合金物ヲ経テ減圧弁（ガス溶接用）ヲ使用シ一〇気圧（浮揚ヨリ沈降ノ場合潜水墜落防止ノタメ）ニ減圧シゴム空気管ノ中間ニ給気弁ヲ設ケ腰部ニ取付ケ適宜給気ノ上兜内ニ導ク如クセリ（口絵写真参照）

(二)空気清浄装置トシテ防煙具用空気清浄罐三個ヲ使用シ兜内ニ呼気用口金ヲ取付ケ兜外ノ可撓性ゴム管ニ依リ空気清浄剤ヲ通ジ清浄シタル後再ビ兜内ニ導入ス

尚水中ニ於テハ水温ト呼気ノ温度差ニ因リ可撓性ゴム管内ニ露滴ヲ生ジ清浄剤内ニ流入シテ効果ヲ減殺スルヲ以テ之ガ防止ノタメ可撓性ゴム管中間ニ露滴溜ヲ設ケタリ

（五時間潜水ニ依ル露滴量約六〇cc）

(ロ)性　能

本潜水器ハ高圧小型気蓄器ニ酸素及空気ヲ混合（混合比酸素2、空気1）セルモノヲ使用シ更ニ呼気ヲ清浄スルタメ空気清浄罐ヲ併用シゴム服内空気（普通海底歩行時ノ容積約一〇立）ヲ鼻孔ヨリ吸ヒ呼気ハ口ヨリ兜内ノ口金ニ呼出スル如ク為シアルヲ以テ呼気中ノ炭酸ガスガ空気清浄剤ニ順次吸収セラレゴム服内ノ容積ガ縮小シ身体ニ圧迫感ヲ覚ヘタル時機ニ腰部ノ給気弁ヨリ補気ヲ行フ

気蓄器及空気清浄剤ノ要目次ノ如シ

気蓄器容量三・五立一五〇気圧五二・五立（但シ一個分）

空気清浄剤一個ノ有効時間ハ二時間（三個ヲ用フレバ五時間以上有効ナリ）

(ハ)生体ニ及ボス影響

本実験研究程度ノ潜水深度（一五米以下）ニ於テハ生体ニ及ボス影響ハ特ニ認メズ深深度ニ対シテハ更ニ実験研究ヲ続行ス

第四　成績

本研究実験ニ於ケル潜水総回数七四回延潜水時間三六時間五分（最長五時間）ニシテ別表実施経過表ニ示ス各種水中作業ヲ実施シ極メテ良成績ヲ得タリ其成績次ノ如シ

(イ)所要空気ハ潜水者自ラ携行シ得ルヲ以テ従来ノ潜水器ノ如ク水中ニ於テ潜水者ノ行動ヲ束縛スルゴム空気管並ニ信号索ノ必要ナク其行動任意ナリ

(ロ)方向性稍不確実ナルモ海底ニ於ケル行動ノ指針トシテ羅針儀及深度計時計ヲ保持シ潜水者自ラ深度ト方位及時刻ヲ知リ所要ノ行動ヲ為シ得
但シ羅針儀ニ依リ進行保持ノ場合ハ速度一～二割減ヲ示シ方位ニ於テ一〇〇〇米直進中約五〇米ノ偏位ヲ生ゼリ
(ハ)潜水時間五時間以上ヲ行ヒ得ル装備重量ハ横作校式潜水器ノ装備重量ト略同様ニシテ浮揚沈降ハ勿論海底ニ於ケル行動極メテ容易ナリ
(ニ)水中歩行速度ハ海底平旦且潮流ナキ場合概ネ二〇〇〇米時ハ可能ニシテ魚雷機雷掃海浮標調深浮標等何レモ沈量二～一〇瓩ニ調整ノ上曳行実験ヲ実施セルニ極メテ容易ニシテ徒手歩行ト同様ニ歩行シ得タリ（但シ魚雷ノ如ク長キモノニ対シテハ曳行索側ノ沈量ヲ稍大ニスルヲ得策トス）
(ホ)浮揚沈降又ハ懸吊等モ自ラ給気ノ調節ヲ行ヒ得ルヲ以テ従来ノモノニ比シ容易ニシテ特ニ懸吊一度釣合ノ状態ニセバ当分給排気ヲ要セザルヲ以テ極メテ容易ナリ
(ヘ)従来ノ潜水器ニ在リテハ水中ニ於ケル相互間ノ通話ハ各排気弁ヲ接近セシメテ辛ウジテ行ヒ得タルモ本潜水器ハ背負ヘル空気清浄罐ニ依リ距離六米以内互ニ背ヲ向ヒ合セタル場合其ノ他ノ場合ハ約三米ノ通話容易ニシテ水中協同作業等ノ場合極メテ至便ナリ尚推進器ノ回転音（発動機船）ニ対シテハ背ノ向ニ依リ三〇〇米内外ハ聴取シ得ルヲ以テ所持セル羅針儀ニ依リ船舶ノ進行方向ヲ略推定シ得ル能力ヲ有ス
尚水中ニ於ケル相互ノ指揮連絡ノ為金属片ノ衝撃ニ依リ約五〇米以内ハ可能ナリ

(ト)兜及同台ノ構造簡単ニシテ軟式潜水器ノゴム服ヲ使用スル場合ハ兜台ヲ之ニ合致スル如クセバ可ナリ

(チ)ゴム服ハ軽便潜水器、九八式防毒衣(何レモ改造ノ上)軟式潜水器何レニテモ使用シ得

(リ)平易ナル海底作業ノ場合ノ酸素空気ノ消費量ハ毎分平均約一・五～二・五立ニシテ携行セル気蓄器二個(一〇五〇立)ニテ若干ノ浮揚沈降ヲ行フモ優ニ七時間ヲ支フルコトヲ得

次に同報告書第一図として、昭和二十年四月一日より三十日までに行なわれた実験の詳細が報告されている(潜水場所はいずれも久里浜海面)。(注・原本付・第一図成績曲線の日付は19－4となっているが、他の記載年月のいずれもが二十年となっているので、20－4の誤りと推測)

月日	実施項目	潜水深度(メートル)
4 1	海底歩行呼吸調節法	5
2	酸素空気所要量実験	10
	空気清浄剤限度実験	10
4	〃 〃	2
6	〃 〃	15
7	軟式潜水器ゴム服利用実験	2

8	海底歩行法	2
12	磁石ニ依ル針路確定法	5
13	代用ゴム服（防毒衣）使用実験	2
14	海底歩行長時間潜水	5
17	海底歩行速度実験	2
18	代用ゴム服（防毒衣）使用実験	2
21	給気装置改造実験	3
22	機雷及各種水中兵器曳航実験	5
23	長時間潜水（五時間）	5
24	海底歩行速度実験	5.5
26	四四式魚雷曳航実験	5.5
	敵潜位置標示灯浮揚実験	5.5
27	潜水者互間通話実験	5.5
28	音響ニ依ル水中連絡実験	5
30	〃　〃	5

以上が横須賀海軍工作学校の実験報告の大要である。この実験報告者の清水登大尉が『海軍水雷史』に書かれた伏龍関係記事と、日時等にずれがあるが、この『水雷史』は昭和五十四年に発行されたものであり、三十数年の空白が、このずれを生じたものと一応推測してお

こう。

この報告を見ても明らかであるが、三月中旬には簡易潜水器を特攻兵器として使用する計画が進められていた。しかしこの時点では、「人間＋潜水器＋機雷＝伏龍特攻」の構想は一応はあったが、完全には固まっていなかったと考えられる。「機雷及各種水中兵器曳航実験」（四月二十二日）、「四四式魚雷曳航実験」（四月二十六日）とあるが、当時から水中での各種兵器の使用も考えられていた。

次の話はこれを裏づけている。

昭和六十一年二月九日、私は藤本仁平氏（昭和二十年当時、横須賀海軍砲術学校の教官・海軍大尉）から次の話をお聞きした。

「私が砲校教官をしていたとき、確か三月か四月ごろだったと思いますが、工作学校で考案された〝特殊潜水器〟を陸戦で使用できないか？　という命令を受け、工作学校に出向きました。そこで私もそれを装着して潜水してみました。そして帰校後、『大変面白い潜水器ができましたので、今に太平洋の海底で日米の兵隊が潜水服を着用して、白兵戦をやるようになりますよ』と報告。そこで急きょ海兵団から小・中学校教員出身で短期現役で来ていた下士官と、簡単な試験で選考した五十名ばかりの兵隊を集めました。工作学校でしばらく訓練を受け、研究という名目で江の島におりました。私たちの部隊は藤本隊と呼ばれ、七十一嵐の直属でなく、側面で潜水特攻作戦を研究していた、いわば独立実験隊でした」

「武山警備隊戦時日誌」には、昭和二十年五月三十一日から六月にかけて次の記事が出ている。

◎五月三十一日　一六一〇　電話
横防戦、四特攻戦、横防、伊勢防、対潜校、水雷校、砲校、横警、武警、通報、人事部長
機密横鎮命令第三八一号ニ依ル水中攻撃法臨時講習参加員中　佐官一、佐尉官四、尉官又
ハ予備士官ノ分ヲ左ノ通リ定ム
至急対潜学校ニ派遣シ其ノ官氏名ヲ報告スベシ
横須賀防備隊　佐官一、佐尉官二、尉官又ハ予備士官一
女川防備隊　佐官一、尉官又ハ予備士官一
伊勢防備隊　佐官一、尉官又ハ予備士官一
左記所轄ヨリ尉官又ハ予備士官一
横須賀海軍警備隊、武山警備隊、対潜学校、砲術学校、水雷学校
尉官予備士官、特務士官、准士官二五ニ対スル分ハ別ニ人名ヲ人事部長ヨリ通知セシム
◎六月九日
機密横鎮命令第三八一号ニヨル水中特攻兵器講習参加ノ為尉官一名対潜校ヘ派遣ス
◎六月一六日　一三一〇　横鎮長官　電話
一六日一三一五横作校長、連合工作隊指揮官、横廠長、横軍需部長（横防戦司令官、第一
特攻戦司令官）

横鎮信令　第三二三号
一、横須賀海軍工作学校長及横須賀鎮守府連合工作指導官ハ左ニ依リ伏龍隊用酸素瓶成ル可ク多数製作スベシ
(イ)製作要領横作校設計ニ依ル
(ロ)完成期日概ネ八月末日迄
二、横須賀海軍工廠長横須賀海軍軍需部長ハ製造担当庁長(指揮官)協力ニ応ジ所要材料供給其他本作業ニ協力スベシ
三月にほぼ完成した簡易潜水器を使用して伏龍特攻作戦を展開するための準備は、五月から六月にかけて急速に進められていたことが、この戦時日誌からもうかがえる。

簡易潜水器と清水登大尉

清水登《すすむ》氏のことは、すでに『海軍水雷史』の抜粋および「簡易潜水器の開発研究」で触れてきた。ところが、最近になって、一九七三年(昭和四十八年)に清水氏自身が「マリンダイビング」誌に寄稿していた記事と、同氏の自筆による「潜水に関する履歴書」を入手したので、ここに項を改めて清水登大尉について述べることとする。

清水登大尉と簡易潜水器の関係は切っても切れぬ関係にあり、同大尉の研究開発があってこそ、伏龍特攻作戦構想が進められたことは事実である。しかし、これまで、「清水大尉が

伏龍特攻の発案者ではないか?」という噂を、私は幾度か耳にしている。しかし、私の調査した限りでは、清水大尉はあくまでも優秀な潜水技術者であり、「上からの命令」によって簡易潜水器を開発、伏龍特攻用の攻撃法を研究してはいたが、「発案者」ではないことが、同氏の経歴および手記によって裏づけられることと思う。

清水登氏は、明治三十四年三月二十五日に出生、本籍は長野県更級郡上山田町字力石四三である。同氏の「潜水履歴」によると、大正十年に舞鶴海兵団において基礎潜水術修得後、艦船部隊での実地潜水に従事。機関学校で潜水高等技術を修得。以後、工機学校、工作学校での技術指導等に従事、昭和十九年六月から二十年八月まで工作学校の研究部員として簡易潜水器の研究開発およびその使用実験に専念していた。

この間、工機学校在職中「水中ガス切断法を研究、同器具並びに各諸元を発見」、工作学校で「水中電気熔接切断法を研究、器具並びに各諸元を発見」している。

戦後の昭和二十四年には、発明協会の要請により、都商工会議所においてサルベージ業関係者に水中電気熔接切断法の公開を行なったり、潜水学校の教官などもしている。

昭和三十五年から四十六年末ごろまで、東京にある東亜潜水機株式会社に在職、潜水の技術指導に当たっていたが、その後、体調を崩し、神奈川県三浦市三崎町に引き込んで後、病没したとのことである。

このように戦前・戦後にわたる生涯を潜水に明け、潜水に暮れ、世界に先駆けて戦時中、酸素使用の硬式簡易潜水器の研究開発をはじめとする輝かしい業績を残した清水登氏は、日本海軍の、というより、日本潜水界の至宝ともいうべき存在であり、誇りであるといっても過言ではあるまい。

次に一部『海軍水雷史』と重複する部分もあるが、「マリンダイビング」誌に掲載された同氏の「伏龍特攻記録」を抜粋転載し、伏龍特攻に使用すべく準備された、簡易潜水器開発にまつわる、血のにじむような関係者の努力のあとをたどってみよう。

——一口に水中特攻と総称しても、蛟龍、海龍、回天、そして伏龍の四つが含まれる。そして伏龍なる特攻兵器の存在を世はほとんど知らない。海軍部内でもごく一部の者が知るにすぎなかった。

ところで蛟龍、海龍は小型潜航艇であり、回天は魚雷である。いずれも機械を利用して爆薬を運搬する。が、伏龍は人間自身が爆薬を運搬して敵艦にぶつけるのだ。そこで海中という大自然と戦わねばならない。それだけに、伏龍隊員は、よりすぐれた気力と沈着が必要であった。

私が伏龍に関係したのはその誕生からであった。いや、もっと前、母体（注・「送気式の『横作校式潜水器』のこと」）に根をおろした瞬間から手がけてきた。昭和二十年一月、軽便潜水器を考案せよとの命を受けた。当時、私は横須賀海軍工作学校の研究部員だった。工作学校は海軍潜水員の総本山であった。

伏龍は一種の潜水具である。今日、軽便なアクアラングが広まっているが、それより一段と頑丈なかぶと式潜水器だ。したがってアクアラングよりも長時間行動に耐える。

われわれは、サルベージ作業や岸壁構築作業でヘルメットをかぶった潜水夫を見ることができる。ところが、あれは身動きが容易でない。少し大型に過ぎて水中抵抗が多いのと、海上からの空気補給が必要だからだ。まして敵前においては、給気船など望むべくもない。どうしても新たな潜水器を作り出す必要に迫られた。

……困ったことに、海中でははなはだ特異な現象が起こる。地上にいると静止中の人は、だいたい四十リットルの空気を吸い込む。ところが、深さ十メートルの海底になると約二気圧が加わるので、空気は二分の一に圧縮される。そこで地上の二倍の空気が要求される。二十メートルでは三倍、三十メートルでは四倍……。しかも海底を歩き回る場合には、この量はさらに二〜三倍の消費量となる。

一例をあげる。二十メートルの海底で正味一時間の潜水をもくろめば、あのでかい工業用酸素ボンベに高圧空気を入れて、その五本も背負って潜る計算である。とうてい水中作業などできるものではない。この難問題に苦慮していたところへ、「空」からの救いの綱がおりてきた。

そして少佐自ら、航空技術廠の医学部の大島少佐が協力、指導にあたった。

酸素マスクをかぶって水圧タンク（潜水病治療用）に入りこみ、長時間の実験を行なった。その結果、大気圧（地上）では、十二〜十三時間、深度十メートルでは五時間、深度二十メートルでは一時間の潜水は、人体に悪影響を及ぼさない、という貴重な結論を出したのである。

もっとも炭酸ガスは背中に背負った苛性カリ（注・苛性ソーダ）罐に吸収される。理想としては空気と酸素の混合体を呼吸するのを最良とするが、当時の資材と時日の不足は、その研究を許さない……。

試作実験は何十回くりかえされたことであろうか。生命の危険があるので、小改良後の最初のテストには必ず私が海底におりた。こうして、不眠不休……しかも、窮迫した食糧事情から、内地学校の食事は乏しい。私以下、小菅中尉、須鎌兵曹長、大井上工曹、木下工作兵長ら研究関係者十名の目はくぼみ、ほおはゲッソリしてしまった。

その努力が報いられる日がきた。三月はじめに着手したものが、早くも三月末に実用可能の域に突入した。普通、一年はゆうに必要である。この超スピードを助けてくれたものに、小型潜水具の応用があった（注・横作校式送気型潜水器のこと）。

これは在来のヘルメット式を小型に改良したもので、きわめて能率がよい。すでに完成しており、近い将来、全海軍の潜水具をすべてこれにとりかえるべく、予定されていた。

大勢の隊員が訓練を開始してから、いろんな興味ある現象がいくつか表面に出てきた。特異体質者も千人に一人くらいはいる。酸素を吸えばすぐフラフラになって呼吸を続けられない。また、からだの大小によって呼吸量——すなわち酸素消費量がちがうのは当然で、一定しない。同じ作業をしてもかなりの開きがある。

おもしろいのは、同じ体重の人でも消費量にずいぶん差がみられることだ。つまり、落ち着いた人は少なく、小心者は極端に多いというわけだ。

……呼吸については変わった事象を体験した。従来、潜水者は水中では呼吸を乱す重労働をしてはならない、というのが常識であった。陸上のように大口を開いてハアハアと息をすれば、海上からの送気が間に合わず、卒倒してしまうからである。この点、酸素潜水器は革命的であった。ハアハアと息をつく場合、給気弁を開き、口あてのラッパ管をはずして、口からも息を吸い込めば、二息三息でたちまち平常にもどる。陸上よりもはるかに回復が早い、酸素を吸う利点であった。

潜水中、息を吐くばかりの口も、食事時には本来の機能に立ちかえる。携行食といっても、特殊なものである。高カロリーの流動液。ラッパ状部の中に細管の先が開いていて、ここから吸いこむのである。食糧袋は腰弁当然と腰にぶら下がっている。

コンパス、深度計、腕時計も欠かせない道具だが、分隊下士官以上の幹部は潜望鏡を携行し、敵情を偵察する。

海底から海面に浮き上がる場合もある。そのときは給気弁を開いて服内に酸素を放出して浮力をつけ、三保の松原の天女のごとく、ゆらりゆらりとのぼっていく。ふたたび海面から下がる場合は、この逆をいく。排気弁を押して潜水服をしぼませると沈み出すが、うっかりして排気が多すぎると急降下して自爆をとげる。

そこで、沈降時は、給気弁を握って適宜補給し、墜落を防ぐのである。また、ヘリコプターのようにほしいまま水中静止ができるのである。この場合でも、空中や艦上の敵から発見されることはない。服も携行品も、すべて保護色に染め上げられている。

訓練部隊たる第七十一嵐部隊の教育期間は約一ヵ月、それでは、ひとり海底を歩けるという段階に止まる。われわれは一年の養成期間を切望した。しかし、戦局はその暇を与えない。七月中旬に第一回生を送り出すと、すぐにまた千人の新隊員が入隊してきた。敵の上陸作戦は、きたる十月ないし十一月と推定される。第一回の予科練の若人たちは、促成の訓練にあまんじて、九州（佐伯）、関東などの地点へ展開していった——。（注・この第一回の予科練出身者とは、六月に各鎮守府から久里浜の対潜学校に集められた四百八十名の教員予定者で、約一ヵ月の訓練の後、所属鎮守府へ戻った者のことと思われる）

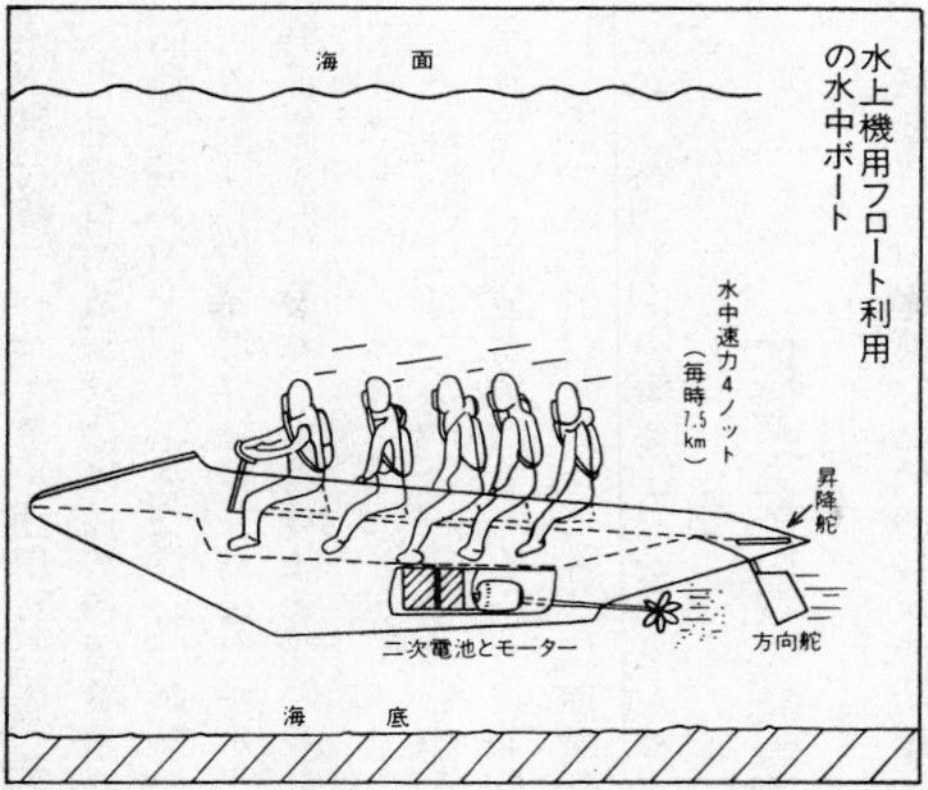

……伏龍の攻撃法は、単に棒機雷を用いるとはかぎらない。戦後イタリア、ドイツ、イギリスなどの国々に蛙兵（フロッグ部隊）が存在したことが明らかになったが、われわれ研究関係者は、それを知らずに同様な攻撃法を練っていたのである。

魚雷を上陸船団の近くまで運搬したのち、これを発射する方法。大型魚雷（百～百五十キロ）を大型輸送船の船底にとりつけ、時限信管で爆発させる方法、これには水中ボート（電池動力）を使用するが、

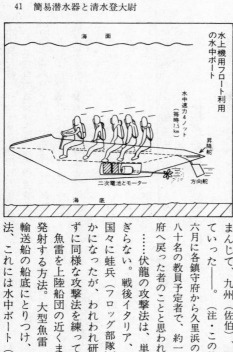

水上飛行機のフロートを利用した。

日本独自の攻撃法には、棒機雷特攻のほかに、逆上陸戦法というのもある。もし、敵が橋頭堡を築いたという不運な場合、背後の海面から攻撃すれば、敵は意表をつかれて大混乱に陥るのは必定。海底歩行または水中ボートなどによって、数百の隊員を橋頭堡海岸に忽然と出現させる。そのとき隊員はすでに潜水服を脱し、防水ゴム袋からとり出した兵器で敵陣を狙っている。

それは夢ではなかった。重量兵器の運搬は、海中ではいとも容易である。空罐をつけさえすれば、火炎放射器はもちろん、迫撃砲も指一本でひっぱることができる。

実際われわれは、ことごとく実験を終えていたのである。新しい独特の戦法が完成するごとに、隊員は目を輝かしてどっと新要員のまわりに押し寄せるのであった。……（後略）

伏龍特攻作戦の発案者は？

私は自分が体験した伏龍特攻の記録を残しておこうと思いたった当初から、この作戦の発案者について強い関心を抱いていた。この特攻の発案者は一体だれであったのか？　そしていつ、どこでこれを思いついたのか？　に最も重点を置いて資料収集に当たり、関係者に機会あるごとにこの質問を発してみたのであるが、どうしても正確な情報を得ることができなかった。

七十一嵐部隊開隊時から、先任教員・先任伍長をしておられた海老沢善佐雄氏と連絡のとれた昭和五十八年十二月七日、私が同氏にお願いして、神田で面談したときのお話は次の通りであった。

「昭和二十年に入り、戦局がますます不利になってきたころから、私たち機雷屋の間では話には出ていました。日本には飛行機もない、船もない、さらに燃料も弾薬もない、それでいて確実に上陸して来る敵をやっつけるには、人間が水際に潜って機雷を当てる以外に方法はない……と」

以上の通り漠然としてではあるが、海軍の機雷関係者の間では、「人間と機雷」という考えはあったようだ。しかし、これはあくまでも話としてであって、具体的な構想ではない。

たびたびの引用になるが、簡易潜水器の開発に当たった清水登大尉も、「……工作学校長美原少将が中央から受けた命令とは『瀬戸内海航路百m航路啓開対策』の具体化である。ところが五月に入ってこの掃海潜水具をもって、特攻隊を編成せよという命令を受けたのである」（『海軍水雷史』一〇一五頁、傍点筆者）と書いている。

一月に工作学校長が中央から受けた命令は、一応、機雷啓開用の簡易潜水器の製作ということであるが、この簡易潜水器は三月下旬には実用可能の段階に入っており、「特攻」用としての実験研究も開始されている。

既述の「横須賀海軍工作学校における研究」にある通り、清水登海軍大尉自身が、三月十七日から四月にかけて「水中特攻用簡易潜水器ヲ作製シ作戦上ノ要求ニ応ズル」ことを「目的」とした実験研究を行ない、報告書を提出している。

前にも述べたが、清水登大尉は、昭和二十年には横須賀工作学校の研究部員であり、上からの命令によって伏龍特攻用の簡易潜水器の開発・製作・実験に当たった優秀な技術者であり、潜水のベテランであっても、「伏龍特攻作戦」の発案計画者とは言えない。

これはあくまでも参考にとどめておいていただきたいのだが、直木賞受賞の小説光岡明著『機雷』に、時期を昭和二十年六月中旬に設定して次の文章が出ている。

「伏龍隊はいつできたのです」

「さあ、三ヵ月か四ヵ月ぐらい前じゃないかな。久里浜に三個中隊ある」

「発案者は誰です。河合という大尉ではありませんか」

「さあ、知らんぞ。しかし中央であることは間違いないだろう」

「中央」

「軍令部に近いところさ」

「機雷は、機雷はなにを使っているんですか」

「攻撃用V型といって、装備重量で二十五キロのものだ」

「潜水具は」

「五式だ」

「あの簡易携帯の奴ですか、ペコペコの」

「そうだ。もっとも改良されているらしいがな。それでもしばしば水兵が溺れるんだそうだ」

人間機雷が攻撃用V型と少なくとも制式化されていることは河合の直接進言ではなさそうだった。誰が発案したのか知らない。飯銅が言うように軍令部に近い線かもしれない。結局は誰が発案してもいい兵器、兵術なのかも知れなかった。（一九八一年七月十日、講談社発行・光岡明著『機雷』二七〇〜二七一頁より抜粋）

昭和六十一年十一月、たまたま私が目にした資料の中に、この小説『機雷』に書かれている「軍令部に近い」線を裏づける記録を見出した。この記録の筆者は吉松田守中佐（海兵五十五期）で、同氏は昭和十八年十二月から終戦まで、海軍省軍務局第一課局員（戦備担当）で、特攻部、軍令部も兼務していた。

その記録には次の文章が書かれている。

「伏龍は日本海軍が危急存亡の瀬戸際で、溺れる者はわらをもつかむたとえ通り窮余の一策から生まれた最も原始的な竹槍戦術である。

簡易潜水衣を体につけて海中に潜り、あらかじめ張り巡らせた誘導索をたどって敵の碇泊した艦船に近づき、手に持った棒機雷をもって敵の船底を爆破しようとするものである。

この作戦思想は、本土決戦は一億国民総特攻のときであるから、海軍軍人すべてが竹槍をもって総特攻すべしという軍令部の一部（注・Partial）の人の発想から生まれたものである。

伏龍は海底を歩行して敵に近接するもので、たとえ巧みに誘導索を利用するとしても、その行動には時間的制限と目標を捜索判定する能力に疑問があった。またたとえ敵船に到達し得たとしても、持った棒機雷で敵船を爆破することが可能かどうかも疑問であった。

しかし、時の情勢は右のような疑問は簡単に無視されがちで、皆不安を持ちながら、この伏龍作戦に抵抗するものは一人も出なかった。当時の心理状態を思うとき、筆者も不思議でならない。おそらく計画者も指導者も筆者も含めすべての人が、最後の時は自らも棒機雷をもって自爆する覚悟であったのであろう」（以下略・防衛研修所資料より抜粋。傍点筆者）

ここにはっきりと「軍令部の一部の人」「計画者も指導者も筆者も含め」（注・筆者とは吉松田守中佐）と出ているのである。この吉松中佐は、後述する軍極秘・大海幕一機密第五二五号　大海参一部、軍務局名で、昭和二十年七月十八日に発せられた「伏龍隊（仮称）急速整備展開要領」に七月二十六日、海軍省軍務局吉松局員署名捺印で、艦本一部河村部員あてに意見を求めている本人である。

しかし、同氏の記述から判断すると、吉松中佐は一局員として「軍令部の一部の人」の中に含まれ、「伏龍特攻作戦計画立案」の参画者ではあったかも知れないが、第一の発案計画者であったとは考えられない。

とすると、これはいささか飛躍した私の推測を前提としてではあるが、吉松田守中佐と密接な関係にあったと思われる一人の人物――黒島亀人少将（軍令部第二部長）の名が浮かび上がってくるのである。

黒島少将については、先に「伏龍特攻の誕生」の項で触れているが、ここでは吉松田守中佐との「密接な関係」を知るため、さらに伏龍特攻作戦の発案者をさぐる手がかりとして、今一度触れてみたいと思う。

同少将は、昭和十四年十月から山本五十六大将の懐刀として、長官戦死（昭和十八年四月十八日）まで、連合艦隊先任参謀を務め、太平洋戦争開戦時の「真珠湾奇襲攻撃」作戦の実行計画の中心人物でもある。昭和十八年七月十九日、軍令部第二部長となってからは、軍備担当の責任者として、特攻軍備に専念していた。同少将は、もともと海軍部内でも「突飛意表外」の発想の持ち主と言われており、また、そこを山本五十六長官に高く買われていたのである。

不発には終わったが、「特四内火艇」を魚雷艇に利用した黒島亀人少将発案の〝龍巻作戦〟計画立案の経緯について、吉松中佐は次の通り述べている。

この文章には、吉松中佐と黒島少将の親密な関係および「伏龍特攻」発案者追究の手がかりになると思われる黒島――吉松ラインがかなりはっきり書かれているので、いささか長くなるが引用することとする。

「特四内火艇はガダルカナル島失陥後、わが前線基地に対する補給が困難となった際、輸送船から直ちに陸上のジャングル内に物資を輸送し、隠とくするために考案された水陸両用の大発であるが、昭和十九年初頭、敵がわが前線重要基地であるクエゼリン環礁を手に入れ、ここを機動部隊の作戦根據地として戦線を展開しようとする様子を見た軍令部は、日夜その対策に頭をなやましたのである。

特に軍令部第二部長黒島亀人少将は奇抜な発想をすることで有名であったが、ある夜、自室にこもって夜を徹してあれこれと案劃し、夜明け頃ようやく一案をまとめ、午前六時、軍令部第二部の神川少佐と海軍省軍務局第一課の吉松中佐を自室に呼び、案劃した作戦計画を披露し、この作戦の実現に協力するよう強く要望したのである。第二部長の作戦構想は次の通りである。

特四内火艇を魚雷艇に改装し、これを潜水艦に二隻宛搭載してクエゼリン環礁の外周まで進出、夜陰に乗じて魚雷艇は離艦して水上航走をもって敵艦に接近、リーフはカタビラで陸上を乗り越えてふたたび水上航走をもって敵艦に接近、搭載した二本の魚雷を至近距離から発射して敵艦を轟沈するというのである。（中略）しかし、これは次の問題が解決されず不発に終わった。

一、潜水艦に搭載して深深度潜航に耐えること。

二、魚雷艇として高速力が要求されるが、陸用として必要なカタビラは水中抵抗を増し速力を低減する。

甲標的乗員から決死選抜された乗員でさえ、犬死に等しい劣弱な兵器に搭乗して出撃するのは御免だと拒否され、軍務局の戦備担当であった筆者（注・吉松中佐）は、つくづく戦備のむつかしさを味わわされたのである」

黒島少将は、徹夜で案劃した「龍巻作戦」計画を、夜明けと共にまず吉松中佐に打ち明け協力を求めている点から推しても、二人の結びつきの親密さを伺うことができよう。

このように黒島亀人少将に大変近い吉松中佐が「伏龍」特攻の「計画者も指導者も筆者も含め……」と証言しているからとて「伏龍特攻」の発案者を黒島亀人少将と断ずるのは、いささか早計に過ぎることは承知の上ではあるが、私の頭から黒島少将（意表外の発想の持ち主）↓伏龍↓吉松中佐（戦後同氏は記録の中で伏龍の発案者が「軍令部の一部の人」と断定している）の線を拭い去ることができないのである。

昭和二十年七月に作られた「伏龍隊急速展開要領」には、吉松軍務局員の名がはっきり出ているが、同局員はあくまでも「要領」作成の事務担当者と考えられる。しかし、前述の通り、吉松氏は「軍令部の一部の人」と複数の計画者をにおわす表現を使用しているが、あえて第一の発案者をしぼるならば、「一部の人」の頂点に立つ黒島亀人第二部長に焦点を合わせたい。もちろん現段階では、これを絶対のものとして立証できる資料はなく、あくまでも推測の域を出ないのではあるが……。

私が「黒島少将が伏龍の発案者と考えられるが？」と質問したとき、防衛研修所の調査員某氏も、あえてこの質問を否定しなかったことを付記しておこう。

伏龍の先兵・特別講習員の訓練

昭和二十年三月、工作学校で開発された「簡易潜水器を陸戦に応用」するという、先述の藤本仁平氏の記述のように、三月末から四月初旬にかけて、この構想の実現化（伏龍特攻）は進められた。そのため、五月に入ってから教員予定のため、各鎮守府から講習員が横須賀工作学校、対潜学校に集められた。（約四百八十名）。このときは少数の予科練出身者もいたが、大部分は一般兵科の者が主体であった。これについて滋賀航空隊の川野秀之氏（甲飛第十四期）は次の通り述べている。

昭和二十年五月、私たち四名は突如、「水際特攻隊」要員に選抜された。赴任先の久里浜工作学校で、私たちの部隊名は嵐部隊第七十一突撃隊、別名〝伏龍特攻隊〟と知らされた。十日間くらいの学課教育を受けた後、近くの野比海岸で実地訓練が始まった。

……海底に潜み、上陸してくる敵舟艇が頭上を通過するとき、〝棒機雷〟を舟底めがけて突き上げ爆破するというのである。……最初の訓練は、伝馬船からハシゴを伝って海中に潜る。やがて訓練も日増しに高度になり、いよいよ深海潜水となる。簡易潜水服は十五メートルが限度だが、海底もそのくらいになると薄暗くなってくる。

暗いといえば、最後の夜間訓練。真夜中に懐中電灯ひとつ持って、海岸から暗黒の海底に潜水するのである。われわれの進路は決まっていたが、背丈より大きい海藻の中を手さぐりで進むときなど、まったく生きた心地はしなかったものだ。

そんな海底で、ときどき合図のために命綱を引くと、綱の動きにつれて夜光虫が金粉を散らしたように光るのが実にきれいだった。そんな少しばかりの余裕のできたころ、後続の特攻隊員が入隊してきたので、私たちは班長として指導に当たった。
伏龍特攻隊員の特典は、食事は十分あったが、なんといっても一日おきに〝半舷上陸〟ができることだった。朝六時までに帰隊すればよいのである。私たちはまだ若すぎて夜の外出など何も分からなかったが、年配の補充兵たちは十キロの夜道を三崎まで遊びに行き、朝は歩いて帰ってくるのが何よりの楽しみだったようだ。（毎日新聞社刊・別冊一億人の昭和史「予科練」二〇〇頁より抜粋）

同じく講習員訓練について蜂谷京平氏（旧姓南館・機雷科兵曹）は体験を次の通り述べておられる。なお同氏は特別に教員予定者としてではなく、講習員だけの一隊に編成され、終戦まで同隊にとどまって即戦要員としての特別訓練を受けていたようである。

昭和二十年五月某日、第七十一嵐部隊講習員を命ぜられ、対潜学校へ入校。

翌日、全員適性検査の上、潜水班と整備班に分割され第一部隊を編成。一週間後、野比水測教室（注・海軍音測学校）に移動、そこが我々の居住区となる。人員は二〜三十名のように思う。

我々の分隊は全員横須賀在籍であり、下士官は普通科機雷のマーク持ち（注・機雷学校普通科修了章所持者）であったように思うが、他の兵科からも何名か着任していたようだ。

二十年七月、某日工作学校に移動、第三部隊を編成、このとき予科練分隊も一緒だったように思うが詳細は不明。我々の分隊は一部の一等水兵を除き、実施部隊より着任した者がほとんどで、乗艦が沈没して命長らえた者が多数いた。中隊長の都木少尉(本来なら中尉)は駆逐艦乗りの生存者。小隊長級は予備学生から任官したホヤホヤの新少尉で、実戦経験はなし。下士官の三分の二くらいは実戦経験者であった。

当初、各鎮守府より選抜者が入隊し、三ヵ月ぐらいで各鎮守府へ帰ったように思うが定かではない。

いずれにせよ、我々が先着し、予科練生の受け入れ体制を作っていったのではないだろうか? 我々のあと予科練生がまとまって多数入隊したが、最後まで予科練生分隊と我々講習員分隊とは一線を画していたようにも思われる。

当初、部隊を編成したときは、野比から久里浜へ出向しての訓練であった。午前中は久里浜で通船からの訓練で、深度十五メートルを目標としていたが、我々の最深深度は十二メートルであった。

野比では導索を伝っての長時間訓練であったが、現実にはせいぜい十五〜二十分が長い方であった。

その他、夜は夜で夜間潜水訓練、昼間にコンパスの使用法を習得し、夜、潜水の繰り返し。このときは昼間、居住区の暗幕を引き、全員吊床に入って就眠。日没後、暗闇の中を起き出して海岸へ行き、導索を使用しないでコンパス頼りの潜水を行なった。

訓練も進み、自由に海底歩行ができるようになると、訓練場の左側岩場へ行き、飯蛸を捕獲しては烹炊所で丸煮して、頭にひもを通し、窓際にぶら下げてあのユーモラスな姿をさらし、前の事務室の理事生（海軍勤務の女性事務員）たちを笑わせたものだった。

裏山には鬼百合が咲き乱れ、それを採ってきては牛乳ビンに活けて居住区を飾ったりしたが、不思議なことに、どこからも文句を言われた記憶はない。今考えると、どうせ近いうちに死んでゆく特攻隊員だから、という意識が上の方にもあったのであろう。

七月に工作学校に移ってからは衛兵勤務等、内部取り締まりは我々分隊が担当していた。はじめのうちは上陸（外出）もあったが、そのうちにそれもなくなり、ある上等水兵は雨の日、「どうしても安浦（色街）へ行かせてください」と私のところに来て頼みこみ、仕方なく私の責任で上陸を許可したのだが、衛兵も仲間うち、「願います」で、いつでも通用門は出られた。あげくの果ては、小隊長の雨衣を着用して、巡邏（風紀取り締まりの海軍パトロール）に敬礼されながら、目的の遊女と逢ってきた、というエピソードもあった。

久里浜における実験部隊では、蛟龍（小型潜水艇）に曳航されながら、五人乗りの水中橇の実験、水中からの魚雷発射訓練等も行なっていた。

鎌倉の稲村ヶ崎には伏龍隊の陣地が構築されていた（注・跡地は現存している）。岬の腹をえぐり、上を二十五ミリ機銃砲台とし、地下の洞窟（海へ抜けられる）を伏龍隊の陣地とし、砲台には常時、前面によしずを垂らして海上より発見されないようカモフラージュしていた。地下道中央には、八畳ほどの装備室を設け、その先は直接潜水できるよう、斜面通路が波打ち際までつづいていた。（昭和六十三年十二月九日、来信による）

本格化した「伏龍特攻」計画

横須賀海軍工作学校に近接した対潜学校を本拠にして伏龍特攻隊が編成され、本格的訓練が開始されたのは、昭和二十年五月下旬からである。私たちの所属していた第七十一嵐突撃隊伏龍特攻隊の先任下士官であった飯島健五氏（高等機雷科出身・上等兵曹）は、五月二十二日付で、「特攻機雷講習員教員予定者」として対潜学校へ行っている。

「五月二十四日から対潜学校本部建物の一室で、先着の白井技術少尉と教科書のガリ版刷り等を行ない、その頃、笹野大行中尉（機雷特修科学生・第七十一嵐伏龍隊実験隊長）、藤木篤信氏（伏龍隊副官・大尉）が来られ、計画は急速に進行した」（同氏からの来信・昭和五十九年二月八日付）

また、吉松田守中佐の記録にも、次の通り書かれている。

「昭和二十年五月二十六日、伏龍も制式兵器として採用され、とりあえず他の戦備を妨げない範囲で三千人分を整備することとなった。

伏龍は簡易ではあるが、簡易潜水衣と酸素気蓄器を短期間に早急に整備することは、思ったほど簡単ではなかった。特に酸素気蓄器の製造は既存の業者を総動員しても、約二ヵ月間に三千個を整備することは困難であった。

敵の予想上陸時期を九月と想定すると、八月中旬までに必要量を確保する必要があるので、軍務局は軍令部と再協議して八月中旬までに横須賀部隊に一千人分、呉、佐世保部隊に各々五百人分を準備することとして二千個を製造することとした。

昭和二十年五月、伏龍が兵器に採用されると同時に、敵の攻略部隊に対し水際作戦をもってこれを撃滅すべく、各鎮守府に伏龍部隊を編成することが決定された。

六月はじめ、各鎮守府の伏龍部隊の基礎要員となるべき士官、特務士官、准士官、下士官兵、合計四百八十名が各鎮守府で選抜されて、横須賀の対潜学校へ集合を命ぜられた。

これらの要員は約一ヵ月の教育期間をもって伏龍兵器の取り扱い、海底潜入歩行訓練を行ない、おおむね所期の教育効果を認められた後、各鎮守府に復帰した。

五月二十五日、伏龍要員の臨時講習に関する通達が発布されて、右基礎要員を中心に各鎮守府毎に伏龍要員の訓練が開始されたのである。またこれと同時に各鎮守府ごとに伏龍部隊の編成が発令された。

横須賀鎮守府部隊にあっては、第一特攻戦隊の中に伏龍部隊として、第七十一突撃隊が編成され、七月十五日から八月十日までに一コ大隊を、八月五日から九月五日までに一コ大隊を、さらに九月一日から九月二十日までに二コ大隊を教育する計画を立てた。また舞鶴鎮守府が横須賀鎮守府部隊に派遣した一コ大隊は、八月五日から九月五日まで教育する予定であった。

呉鎮守府部隊にあっては、第二特攻戦隊に第八十一突撃隊を新編し、八月一日から九月九日までに一コ大隊を、さらに九月一日から九月三十日までに一コ大隊を教育する予定であった。

佐世保鎮守府部隊にあっては、特に伏龍専門の突撃隊はつくらず、川棚突撃隊において八月十日から九月九日までに一コ大隊を、さらに九月一日から九月三十日までに一コ大隊を教育する予定であった」

「一方、九十九里浜、相模湾、宮崎海岸、志布志湾、鹿児島湾沿岸等に対し設営隊、陸戦隊をもって陣地の構築を開始したが、終戦までに練成された要員もまだなかった」（防研戦史室資料より抜粋）

吉松氏の右の記録をもとに、日付を追って訓練編成計画を整理すると次の通りである。

二十年五月二十六日

・伏龍制式兵器として採用（敵の予想上陸時期を九月として八月中旬までに三千人分、後に二千人分に変更）、整備を計画。

・各鎮守府に伏龍部隊編成示達。

二十年六月初旬

・各鎮守府より基礎要員四百八十名選抜、横須賀対潜学校で訓練、七月に各鎮守府に復帰。

横鎮（第一特攻戦隊に伏龍隊として第七十一突撃隊を編成）久里浜で訓練編成

七月十五日～八月　十日　一コ大隊

八月　五日～九月　五日　一コ大隊

九月　一日～九月二十日　二コ大隊

舞鎮
八月　五日～九月　五日　一コ大隊を横鎮へ派遣訓練
呉鎮（第二特攻戦隊に伏龍隊として第八十一突撃隊を新編）情島で訓練編成
八月　一日～九月　九日　一コ大隊
九月　一日～九月三十日　一コ大隊
佐鎮（川棚突撃隊）川棚で訓練編成
八月　十日～九月　九日　一コ大隊
九月　一日～九月三十日　一コ大隊
なお、これまで判明している各突撃隊（伏龍）の幹部は次の通りである。
第七十一突撃隊
司　令　海軍大佐　新谷　喜一
副　長　中佐　前田　実穂
特攻長　少佐　島田喜与三
軍医長　軍医少佐　杉浦　喜雄
主計長　主計大尉　足立順太郎
〃　〃　安藤　寿郎
特攻隊長
兼分隊長教官　大尉　入野　光夫

附　　　大尉　宇都　保
附　教官　大尉　笹尾惣太郎
副　官　大尉　藤木　篤信
　　　　大尉　笹野　大行
　　　　中尉　榊原　悟郎
　　　　中尉　陶山　正人
　　　　中尉　藤居　徹男
　　　　大尉　橋本　正凞
　　　　軍医中尉　栗原　毅一
　　　　軍医少尉　岩田　淳治
　　　　主計少尉　三井　修

第八十一突撃隊

司　令　海軍大佐　南里　勝次
副　長　少佐　川島　辰雄
特攻長　少佐　平山　茂男
特攻隊長　大尉　新田　勇造
兼分隊長　中尉　三宅　寿一

川棚突撃隊
司　令　海軍大佐　原　為一
特攻長　　少佐　竹内　仁司
特攻隊長　　大尉　白石芳一郎
兼教官　　大尉　草野　家康

伏龍特攻計画が本格化し、各鎮守府で訓練編成が進行する一方、七月中旬には軍極秘の朱印のある「伏龍隊急速整備展開要領」が出されている。

別紙第一案と思われる「軍極秘」の印のある方の主要装備中、次のものは赤線で抹消されている。

軍刀二十五、拳銃三十九、鉄兜総員分、防毒面総員分、小銃三十九、軽機銃三十、火焔放射器三十、ロサ弾所要数、機関短銃三十六、手榴弾各自三。

この装備については、後で実際に私が目撃したことを、「恐るべき日本の兵器」の項で詳述することにする。

書類は次のようになっている。

大海幕一機密第五二五号
軍極秘　昭和二十年七月十八日
大　海　参　一　部

軍　務　局

伏龍隊（仮称）急速整備展開要領

一、要　旨

主トシテ敵上陸用舟艇ヲ水際ニ奇襲之ヲ撃滅スルノ目的ヲ以テ本兵力ヲ急速整備、予想来攻正面ニ展開ス

二、整備兵力及配属区分

(イ)整備兵力

十月末展開整備ヲ目途トシ左ノ兵力ヲ整備ス

横鎮	呉鎮	佐鎮	舞鎮	計
五コ大隊	二ヶ大隊	二ヶ大隊	一ヶ大隊	十ヶ大隊

(ロ)配属区分

大隊毎ニ予想来攻正面突撃隊ニ配属スルヲ建前トシ其ノ配属区分ハ別令ス

三、編制標準　別紙ノ通リ

四、整備要領　別ニ定ム　　（注・以上一枚目）

軍極秘　昭和二十年七月二十六日

海軍省軍務局　吉松局員　吉松㊞

艦本一部
河村部員殿
別紙伏龍編制並ニ装備標準案ニ関シ御意見ヲ附シ八月一日迄ニ返却相成度
艦本一部　河村部員　河村㊞
軍務局　吉松局員殿
陸戦兵器ハ非常ナル減産ニ付装備標準ヲ設定スルモ空文トナルヲ以テ各鎮所定ニ依リ適宜
実施ノコトトセラレ度
（注・以上二枚目）

軍極秘　別紙

伏龍隊ノ編制並装備標準案

区分		特攻隊長	隊附
FS		各地区毎ニ所在ノ突撃隊ニ配属	
配員	士官	佐尉官一	尉官　医一
	特准		一
	下士官		砲一　機雷一　信一　電一　運一　工(木)一
	兵		工(木)二　衛二　主一
	計	20	
主要装備		軍刀 二五 拳銃 三九 鉄兜、防毒面 総員分 十二糎双眼鏡 一 八糎双眼鏡 三 伏龍(附属品ヲ含ム) 六一〇 水中時計 一二〇	

区分		一段	二段	三段	四段	小計	計
		主 一		衛 一 主 一	三		
中隊長		尉官 一				15	216
附				機雷 一 水 一	信 三 電 三 主 六		
第一中隊 第一小隊	小隊長		一			1	
	附			機雷 一	二	34	
	第一分隊			一	五		
	第二乃至第五分隊			四	二〇		
第二小隊			一	六	二七	34	
第三小隊			一	六	二七	34	
第四小隊			一	六	二七	34	
第五小隊			一	六	二七	34	
整備小隊			一(工)	五	二五	31	
第二中隊		第一中隊ニ同ジ					216
第三中隊		同右					216
							658

深度計 一二〇
大型酸素瓶 二七〇
酸素充塡装置 三
特殊潜望鏡 四〇
棒機雷 七五〇
各種特殊機雷 所要数
小銃 三二五
軽機銃 三〇
火焔放射器 三〇
ロサ弾 所要数
機関短銃 三六
手榴弾 各自三
特殊発煙罐
特殊照明炬 }三六〇
貨物自動車 四
電信機 所要数
特攻刀 五一四
特潜器補助用消耗品
並ニ修理用具(所有数)
陸戦装備ハ各鎮守府ニ
配分ノ兵器ヲ使用シ鎮
守府所定ニ依リ実施ノ
コト

別紙

伏龍隊（仮称）編制標準

区分			配員 士官	配員 特准	配員 下士官	配員 兵	計
指揮官兼大隊長			佐尉官 一				37
隊附			尉官 一 医尉官 一	主准 一	信 一	二（内信一）	
本部	電信員				突撃隊員兼務	突撃隊員兼務	
	暗号員				突撃隊員兼務	突撃隊員兼務	
	整備員				三（砲、雷運各一）	二	
	電話員				一	三	
	医務員				衛 二	衛 四	
	主計員				三（内経一）	二	
第一中隊	中隊長		尉官又ハ㋵ 一				
	附				二（内雷一）	三（内信一）	6
	第一小隊	小隊長	尉官 准士官 一				34
		附			雷 一	二	
		第一分隊			一	三	
		第二乃至第五分隊			四	二〇	
	第二乃至第五小隊		四		二四（内雷四）	一〇八	136
	整備小隊			工 一	三	二五	31
	第一中隊 計						207
第二中隊			第一中隊ニ同ジ				207
第三中隊			第一中隊ニ同ジ				207
合計							658

主要装備	
軍刀	五
小銃、一部拳銃	総員分
手榴弾	各自三
鉄兜、防毒面	総員分
十二糎双眼望遠鏡	一
八糎双眼望遠鏡	三
有線電話器	三組
特殊潜水器	六三〇
同右補用品修理要具	所要数
棒機雷（一ヶ中隊ニ付）	二五〇
特殊機雷	整備次第適宜供給
特殊照明炬	整備次第適宜供給
特殊発煙筺	整備次第適宜供給
大型酸素瓶（一ヶ中隊ニ付）	九〇
酸素充塡装置（同右）	三
特殊潜望鏡	九〇
貨物自動車	四

記事

所在突撃隊（分遣隊、派遣隊）ヨリ遠隔地ニ配備スル際ハTM軽便電信機一組、電信員二、暗号員一ヲ増加ス

伏龍特攻の訓練と戦術

軍令部および軍務局が計画していたものと、日時人員などの差違はあるが、実際に行なわれていた伏龍特攻の訓練と戦術はどのようなものであったか、まず概要を見てみよう。

昭和二十年一月十八日　最高戦争指導会議は「本土決戦即応態勢確立」など決定。

二月六日　内地各軍司令官に対し本土防衛任務付与。

四月八日　本土方面作戦の陸海軍の指揮関係示達。

六月六日　御前会議で「本土決戦方針の基本大綱決定」

右の通り日本国内では予測される米軍の本土上陸作戦への対策が急がれていた。そしてこれまでの玉砕島の戦訓により、防御側は、米軍の砲爆撃には何とか洞窟陣地などで耐えられても、敵のM４戦車にいったん上陸されてしまってはまったく打つ手がなく、かねてより何としてもこれを水際で食い止めて欲しいという、陸軍側の強い要望が出されていたとのことである。ここで窮余の一策として考え出されたのが、水際特攻「伏龍作戦」であった。

ふたたび清水氏の文章を引用してみよう。

「戦車揚陸用を含んだ敵上陸用舟艇を水際で爆砕するために、隊員は棒機雷を携行する。……この機雷を槍のごとく船底目がけて、エイと突き出すわけである」

「訓練は多数の味方上陸用舟艇を使用し、実戦そのままの演習をする。その時は模擬信管

（ガラス製）をつけるが、少なくとも隊員の頭上を通った舟艇には百パーセント攻撃が成功していた。特攻機よりも、回天よりも、ずっと成功率が高い。……成功率が高いといっても、それは敵の舟艇が頭上付近を通るという条件のもとにおいてである。……そのために配備が重大な要件となる。

予想上陸地点にもれなく、しかも二重、三重に隊員を潜伏させておく必要がある。その場合、一人が特攻に成功してもその爆発危害を、隣りの隊員に及ぼさぬものでなければならない。動物実験の結果、十五キロ機雷の安全距離五十メートルとわかった。そこで最低五十メートルの距離を置いて隊員は配備される。

指揮官の最大の任務は、この配備を工夫することにあった。……訓練の重点も、実はここに置かれた。何回も何回も配備訓練が行なわれる。最後には、隊員は目をつむっていても、歩数で自己の配備点につけるまでになる。……配備につくのは、敵の上陸が予想される未明である。第一波舟艇の海岸殺到時刻はきまっていた。午前八時から九時ごろまでである。

そこで隊員の待ち時間が相当に延びる。この間がもっとも苦しい。自分の最期の到来をじっと待つだけだ。しかも自分の五十メートル範囲には、一人の友もいない。また見えはしない。音さえ存在せぬ世界である。……隊員は、舟艇に突撃する前に、まず無聊とも戦いつづけねばならない。強靱な精神力を必要とするゆえんであった」（『海軍水雷史』2伏龍戦術一〇一六～一〇一七頁より抜粋・傍点筆者）

私は以上の文章に対し、短期間ではあったが実際に海底でこの訓練を体験した者としていささか疑問を抱かざるを得ない。

まず第一に、「……隊員の頭上付近を通った舟艇には、百パーセント攻撃が成功していた」とあるが、停止している船ならいざ知らず、高速で進攻して来る舟艇を、海底から棒機雷でもって百パーセント攻撃命中させるという神技にも等しい技術は、一体どれほどの訓練の積み重ねを経た者の身につくのであろうか？

七月中旬から潜水訓練を受けた私は、棒機雷による攻撃訓練は受けていない。八月十五日の終戦の段階では、海岸からの潜水、歩行、浮上、沈降にやや自信がついた、といった程度である。

呉の八十一嵐突撃隊第一中隊長をされていた三宅寿一氏も、「竹槍機雷の攻撃では不正確なので、爆装した伏龍隊員のかぶとの頂上に信管を付けて、直接体当たり攻撃をかけてはどうか……」とまで考えたそうである。（昭和六十一年二月九日談）

第二に「最後には、隊員は目をつむっていても、歩数で自己の配備につける……」とあるが、陸上でさえも、目をつむったまま歩数で目的の位置にたどりつくことは至難の技である。潜水歩行の体験者なら、潮流、水圧に左右される水中で、これが可能かどうかは容易に理解できよう。

おそらく清水登大尉は、伏龍隊員の一人一人が、これに近い技倆を身につけることを念願し、また、直接隊員の指導訓練に当たった部下からの、誇張された報告をもとにしてこれを書かれたのではないかと推測される。

伏龍隊員の水中における孤独感についてはまったく同感である。

昭和五十九年二月五日、靖国神社で行なわれた伏龍隊の慰霊祭のとき、私と伏龍隊へ行を共にした三重空二十二期の同期生降籏勝一氏が、私に次の質問をした。

「一体、何を基準にして、俺たちは伏龍特攻に選抜されたのだろう……それに結構、長男も多かったようだが」

これはかねがね私も抱いていた疑問であった。その後、三重空予科練の教員で、自分の班員の伏龍特攻要員選考に当たられた福田利男氏（通信科上曹）に、私が同様の質問を発したところ、同氏は即座に、

「ああ、あれは〝孤独に耐え得る者〟というのが選考の第一条件でした。そのほか、水泳のできる者とか体力強健など幾つかの選考基準はありましたが、〝孤独に耐え得る〟という点が特に重視されていました」

という返事であった。

この点、『海軍水雷史』の記述と福田氏の話はまったく符節が一致し、なるほどと納得できるのである。そして長男である私なりに、孤独に耐えることを最重要条件として選抜された特攻要員に長男が多かったことも……。

呉鎮にできた第八十一突撃隊の訓練について、特攻長の平山茂男氏（海兵六十六期）は、『海軍水雷史』の中で次の通り述べている。

「……五月二十五日甲種予科練習生十四期、十五期生計六百名および中隊長予定者（海兵卒

一名、予備学生出身二名）、小隊長予定者（予備学生出身九名）が着任した。……潜水基礎訓練用として呉鎮より、艦船用軟式潜水具五組を借用し、かつ実戦訓練用の潜水具五組と訓練用棒機雷の支給を受けた。……水中における自由な行動および棒機雷操作など潜水に習熟させるため五組の軟式潜水具をフル回転させ実施した。……支給された特潜服はわずか五組であるのが悩みの種であったが、特潜服の基礎的使用、特に鼻から吸って口から吐く呼吸法および酸素の補給を重点に、短時間でも万遍なく交替体験させて効果的な訓練をはかった」

「深夜に約一キロ離れた山上まで三十分間隔で一人ずつ出発させ、山上の壺に名札を置いてこさせる試胆会を実施し、死を目前にひたすら敵上陸用舟艇を待ち受ける孤独との戦いである伏龍特攻員としての胆力練成を計った」（『海軍水雷史』一〇一九〜一〇二一頁より抜粋）

ここでも孤独との戦いが強調されている。伏龍隊員は敵の上陸用舟艇との戦いが目的であるが、その前に接敵までの時間——孤独との戦い（むしろこの方が大変だったと思うが）があった。

情島での訓練には、軟式、特潜（簡易潜水器）それぞれ五組が支給されただけなので、六百名の伏龍隊員の訓練には大変な苦労があったことと思う。それに宿舎も西海岸の特二式内火艇格納庫と、兵学校から借用した天幕を使用していたそうである。

平山茂男特攻長の話によると、情島での八十一嵐伏龍隊の訓練は、一部士官が横鎮で教官としての潜水訓練を受けてから着任したので、簡易潜水器の訓練は、それらの士官の指導の下に実施された。

なおここでは、訓練開始に当たっては、まず特攻長が潜り、ついで中・小隊長、下士官兵という順序で実施し、事故防止に留意したので、一名の犠牲者も出なかったそうである。

また、相次ぐB29の爆撃による工業都市の破壊により、伏龍兵器の間に合わない場合は、いざというとき、敵上陸地点背後に遊泳迂回して特攻攻撃をする「水中斬込隊」に転用されることを想定して、水泳の訓練と体力の練成、精神力の養成に訓練の重点が置かれた、とのことである。

清水氏も平山氏も述べている通り、海底における孤独との戦いは、想像を絶するものがあったことであろう。

私自身の体験から言えば、潜水時間は長くて三十分程度、しかも単独潜水の場合は、水中での自由自在の行動を身につけるため、岩礁地帯などでは、さざえやたこ獲りが許されていたので、海底の孤独といった悲愴感は、初潜水で海底に到着したとき、感激と共に、ふと孤愁が胸をよぎった程度で、実感としての体験はほとんどなかった。

しかし、八時間、九時間の長時間潜水を体験された方たちは、異口同音に海底での無聊と孤独感を述べていた。

第七十一嵐伏龍隊の実験隊長笹野氏は、八時間余の長時間潜水をしたときの体験談のなかで、次のような話もしていた。

「水中に長時間いると、冷えと水圧の関係か下腹部が痛み出した。そこで海底にうつ伏せになってみたところ、すーと小便が出て痛みは取れ、体は大変楽になった」

伏龍隊員は、文字通り伏せた龍となって海底に寝そべっているのが最良の待機姿勢であったらしい。

伏龍特攻は実行できたか？

昭和二十年八月十五日、終戦となって米軍の本土上陸作戦は実行されなかった。しかし、もし戦争が長びき、米軍の上陸作戦が実行され、われわれ伏龍隊員が所定の予想上陸地点に配備され、かりにその海岸に敵の上陸用舟艇がやってきた場合、はたして伏龍特攻は実行できたであろうか？　もし実行されたとしても、いったいどの程度の戦果を挙げることができたであろうか？

この点、海軍上層部ではどのような考えをもっていたのか、ここでふたたび吉松田守氏の手記を引用してみよう。

「……伏龍特攻を配備する地点は、敵の攻略部隊の入泊が予想される海面付近を選定される。九州地区では鹿児島湾、宮崎市付近の海辺、関東地区では相模湾、九十九里浜、鹿島灘などが選定され、陣地は適当な地形を選び、敵の攻略部隊が入泊するまでは、いかなる砲爆撃にも耐えて伏龍部隊の安全を守らなければならない。したがって、待機陣地は耐弾式の地下施設が必要である。陣地から泊地に至る海底には、伏龍部隊を敵艦に誘導するに充分な誘導索もあらかじめ展張する必要がある。

これらの施設は九月上旬までに完成する予定をもって各鎮守府が設営隊および陸戦隊をもって実施されたが、終戦まで完成したものは皆無であった」（防研戦史室資料）

この待機陣地の構築に直接関係があったかどうか確認はしていないが、「オールネービー」紙上（昭和五十九年二月十五日号）に、宇都保氏（海兵六十七期、七十一嵐伏龍隊特攻隊長・海軍大尉）は、次の文を寄せている。月日の記載はないが、前後の記述から推察して、多分、七月末ごろのことと思われる。

「……やがて敵上陸の予想海面に伏龍部隊を配置するととなり、私は逗子鎌倉の海正面にいわゆるはりつけ部隊として約二百余名を率いて久里浜を後にした。実戦配備についてまず着手しなければならないと考えたことは、敵の艦砲射撃と空爆から各員が身を守るということが先決であるということであった。

潜水はいざという時には十分出来る今までの訓練の自信はみんな持っているので、一時中断ということにして退避壕を造成することに専念したのであった。夜中には時々、房総半島の方から艦砲射撃らしき音がかすかに聞こえて来た。その間隙を縫って昼夜を分かたず壕の造成にみんな一致協力、邁進の日々であった。

ところが、新編部隊であったため朝、炊事のため火をおこすのにもマッチ一本すらなく、付近の民家から火種を貰い歩いて朝の仕度にかからねばならない有様であった。

……しかし、退避壕はそういった状況の中にもかかわらず着々と整備されていった。そうこうしている間に遂に潜水服を着用する機は、幸か不幸か来ることなく敗戦を迎えることとなった」

この宇都氏らが構築した逗子鎌倉方面の退避壕の一つと思われるものが、記録映画「秘録予科練」の中に見られる。場所は稲村ヶ崎海岸の小高い山の崖に海に面して、三メートル四方の洞窟通路ができていて、今でもその跡は残っている。

伏龍隊の独立実験隊長をされていた藤本仁平氏は、終戦まで江の島におられ、「江の島から小田原方面にかけて、どのように伏龍を配備すれば最も効果的か」ということなども研究されたそうである。また、同氏は次の話もしておられる。

「この作戦は極秘中の極秘として訓練が進められていたはずである。上陸予想地点に伏龍が展開していることが敵側に知れると、そこへ何発かの爆雷をばら撒《ま》けば、水中の隊員は水圧および自分の持っている棒機雷の誘爆で全滅であろう……。私たちは水中で機雷が破裂した場合、どんな状態になるのか、つまり、伏龍隊員はどのような死に方をするのか実験してみた。

わら人形に潜水服を着せて海底へ沈め、五十メートル以上離れた場所で機雷を破裂させたところ、水圧で約一・五センチの面ガラスが針のように砕けて、人形の顔面に突き刺っている――これではとても駄目だと思った。

しかし、この特殊潜水器を利用して、小型兵器を防水された袋に入れ、海底を引っぱって敵の背後に回り奇襲をかける、あるいは水中からロケット弾を伏龍隊員に発射させる、といったことは一生懸命考えていた」（昭和六十一年二月九日談）

笹野大行氏（伏龍隊実験隊長）も、次の通り述べている。

「確か二十年の七月末ごろだったと思うが、鈴木総理大臣をはじめ、軍令部や艦政本部、機雷学校の関係者が野比に訓練の視察に来て、伏龍は果たして兵器として使用できるのかどうか検討会が行なわれた。このとき、総理は不適と反対されたそうであるが、関係者がきっと何とか使用できるようにする、いや、何とかしなければならない、ということで了解を得、研究と訓練は強行されていたとのことである。

しかし、海中で棒機雷一発爆発すると、ほとんどが死んでしまうということが実験の結果はっきりした。そのため、海中またはその近くに水中要塞などを作り、必要なとき出て行って攻撃するということも考えられていた」（昭和五十九年二月五日談）

伏龍特攻作戦は、敵の本土上陸を二十年十月と想定して三月に立案、五月から本格的な訓練が始まった敗戦末期の窮余の作戦であった。そのため、実験・訓練・戦技研究をくり返しての試行錯誤の作戦計画でもあった。机上の計画で「これはいける」という思いつきでも、実際にそれを実験に移した場合、実行不可能なことが多かったと思われる。

たとえば、棒機雷一発爆発すれば、五十メートル範囲の人間は死滅する、ということが分かった。では、伏龍隊員の間隔を五十メートル以上、六十メートルにすればいいではないか、しかし、その間隙を敵の舟艇がすり抜けたらどうする、それは伏龍を千鳥状に幾重にも並べればいい、という机上の立案はできる。しかし、前にも述べた通り、潜水者が歩数によって六十メートル間隔の位置を保つことは、私自身の体験からいっても絶対不可能なことだ。

では、あらかじめ海底の配備位置に導索を張って、各自の定点を標示しておけばよいではないか、という案もあったそうだ。しかし、すでに制空権を敵に握られている日本の上陸予想沿岸に、一体だれがどうやって、数キロにも及ぶ海底にその導索を張るのだろうか？　それも横一線ではない。前述のごとく千鳥に配置するため幾重にもである。

また、水中要塞やコンクリート製たこ壺で身を守るという案もあったそうだが、何十メートルも潜航して爆雷攻撃を避けようとする潜水艦ですらやられてしまうのに、たかだか十メートル足らずの水底にそのようなものを作ったとしても、およそ何の役にも立たなかったのではなかろうか？

さらに伏龍特攻作戦では、海底における接敵までの待ち時間が問題となる。これまでの戦訓によると、敵の上陸開始時刻は夜明けから八時ごろだそうだ。伏龍隊員は敵上陸予定の数時間前には潜水配置についていなければならない。

明けやらぬ夜の海底にただ一人、ひっそりと伏龍隊員は文字通り伏せる龍のごとく潜んでいなければならない。周囲五十メートルには誰も見えない。刻一刻と忍び寄る己れの死を前にして、ただひたすら孤独に耐えているのみである。龍神ならぬ生身の人間の神経で、この極限状況下、果たして平静な気持ちで、接敵までの数時間を過ごすことができたであろうか？

約一ヵ月余に過ぎない潜水訓練で、何とか海底歩行に習熟した程度の私が、伏龍特攻作戦を批判するのは差し控えるべきかも知れない。しかし、横・呉・佐・舞の各鎮守府管下では合計十コ大隊六千五百余名の伏龍特攻要員が編成されることになっていた（「伏龍隊急速展開要領」より算出）。もし伏龍特攻作戦が実行されていたならば、M4戦車搭載の大型上陸用舟艇一隻沈めるのに、何百名もの若い命が一瞬に失われる作戦であった。

私自身、中学三年中退で自ら志願し、海軍飛行予科練習生となり、大空ならぬ水底で命を失う運命に置かれた者である。現代の若い人にはとても考えられないことと思うが、生まれた時から子守歌代わりに軍歌を聞かされて育った昭和三年生まれの者にとっては、同世代の大方の者と同様、「僕は軍人大好きよ／今に大きくなったなら／勲章下げて剣下げて……」の童謡の通り、陸・海軍の軍人になるのが宿命ともいえる憧れであった。まして「若い血潮の予科練」の七つ釦《ボタン》の制服を着、零戦の操縦桿を握るのは、昭和十六、七年から二十年当時の青少年の最高の夢であった。

しかし、その夢は無惨に破れ、操縦桿ならぬつるはしの柄を握り、飛行服の代わりに潜水服を身にまとって穴掘り陣地の土中から水底へと、時の趨勢に流されて、大空への夢は否応なく海底へ沈められて行ったのである。幸いにして伏龍特攻作戦は実行されることなく、私自身も訓練中の犠牲にもならず生き永らえることができた。

だが、笹野大行実験隊長の話によると、「七十一嵐部隊（横鎮）だけでも五十名をこす犠牲者が出ているはずだ」とのことである。そしてこの犠牲者の大部分は、訓練中の事故――特攻の実験材料としか思えない無理と無謀の結果なのである。が、しょせん戦争とは、無理と無謀の集大成なのであろう。

太平洋戦争開戦時、真珠湾に向かった五隻の特殊潜航艇による攻撃（前にも述べた通り、決死ではあっても必死でないこの攻撃を「特攻」とすることに否定的な意見もあるが）以来、飛行機による「神風」特攻、人間魚雷「回天」、水中飛行機「海龍」、水上特攻「震洋」、体当たり専門機「剣」、人間爆弾「桜花」、日本初のジェット機となった体当たり特攻機「橘花」、そして最後の水際特攻「伏龍」と、特に昭和十九年夏以降、特攻計画はつぎつぎと案出され、実戦に出ないまでも実験・訓練は行なわれ、その間、多くの犠牲者を出しているのである。

しかし、大部分の特攻は、それが攻撃に移ったとき、一人または数人の犠牲のもとで行なわれるものであった。一隻の上陸用舟艇攻撃のため、何百人もの犠牲が予測される「伏龍特攻」は、戦局挽回への悲願をかけての案出であったとしても、あまりにも無謀すぎるものではないか！

敗戦間際、竹槍による一億総特攻精神に触発されて計画された（注・前出、吉松田守氏の記録参照）という伏龍特攻作戦は、これが計画された時点で、「戦争という勝敗」を度外視した玉砕（全滅）作戦であった。いみじくも吉松田守氏が記録の中で述べている。

「……当時の心理状態を思うとき、筆者も不思議でならない。おそらく計画者も指導者も筆者も含め、すべての人が、最後の時は自らも棒機雷をもって自爆する覚悟であったのであろう……」

この発想こそ、「始めたからには、終わりは死ねばいいだろう」と居直った、引くに引かれなくなった当時の軍国主義日本の破滅の象徴といえないだろうか？

これはあくまで推測を前提としてのことだが、もしかりに伏龍特攻作戦の発案者が、前に述べた黒島亀人少将であったとしたならば、同少将は連合艦隊先任参謀として、太平洋戦争開戦劈頭、特殊潜航艇による特攻を含めた、海・空からの真珠湾奇襲作戦の具体的立案実行の立役者でもあった。「始めと終わり」が同一人物の立案による特攻であったとしたら、伏龍特攻はあまりにも出来過ぎた太平洋戦争という悲劇のカタストロフィーであり、同少将こそこの悲劇の狂言回しになってしまうのだが……。

しかし、「平和な時代」と言われる現在、この種のことは幾らでも批判できよう。が、あの戦争末期、何が何でも戦局を挽回しなければならない、俺たちのできること、やらなければならないことなら何でもやろう、と翼をもがれた十六、七歳の雛鳥の飛行予科練習生が、潜水服という死装束をまとい、死と隣り合わせの海底で〝必死〟を前提とされている特攻の猛訓練に、理屈抜きで励んでいたことも、戦争とは何か？　を考えるとき、史実として抹消してはならない事実である。

私はこれまで、この伏龍特攻作戦の立案者追究にこだわり過ぎていたようだ。昭和二十年の、絶対勝ち目のないあの戦局で、戦争指導者が一億玉砕を呼号していたあの時点で、絶対〝死〟を前提の本土決戦が予測されるならば、一応どんな形にせよ、せめて敵を上陸させる前に、あり合わせの武器で一時的にでも敵を食い止められないか、と考え、対案なしにぎりぎりで行きついた作戦が、水際特攻「伏龍」となって出現したと、私は考えることにしたい。

訓練中の犠牲者について

「伏龍特別攻撃隊」についてこれまで発表されている文章および証言によると、この特攻は実戦こそ行なわれなかったが、訓練中の犠牲者数は相当多数にのぼっていることとなっている。

たとえば、「伏龍」について初めて取り上げられたと思われる『海軍水雷史』(第三章第一節概要「伏龍」)は次の通りになっている。

「実戦配備された隊はなく訓練中、終戦となったのである。なお当時の関係者の言によれば毎日一〜二名は遭難者を出していた由である」

また、昭和五十四年九月一日発行、毎日新聞社刊・別冊一億人の昭和史「特別攻撃隊」一九四頁「海軍最後の特攻〝伏龍隊〟の訓練」的場順一氏(甲飛十五期二飛曹)には、昭和二十年七月中旬ごろのこととして次の通り記されている。

「当時われわれの訓練基地(久里浜湾)のほか野比海岸では、すでに初期訓練を終了して高度訓練(海岸では単独潜水服着装〜海岸より歩行し海底へ〜長時間潜水〜帰投)を実施している第七十一突撃隊の先輩達が、小学校を宿舎にしていることが判り連絡のため立ち寄ってみた。

先輩の話によると、毎日のように犠牲者が出ていて、私が行ったときも棺が二つあり、線香の煙が上がっていた。なんでも長時間海底待機訓練の際にボンベの内容計算をあやまり、帰投する途中で酸素がなくなり、一名が死亡、もう一名は浮上訓練中、海底の岩に激突、空気清浄器が破れ、逆流した海水のため溺死したとのことであった」

私の所属していた七十一嵐第二大隊先任教員・先任伍長の海老沢善佐雄氏（機雷科上曹）の談話は、実験隊長であった笹野大行氏の話と共に後述の座談会にも出てくるが、

「私は先任教員として犠牲者の火葬にはかならず立ち会っている。さらに浜松が艦砲射撃でやられた翌日、遺骨を届けに行ったこともあった」

とのことである。

七十一嵐伏龍隊の副官藤木篤信氏（一期予備学生・大尉）は、

「私が先頭に立って遺族へ遺骨を引き渡すべく久里浜駅まで歩いて行ったことがあった」

と言っておられる。

伏龍隊講習員であった蜂谷京平氏（機雷科兵曹）の書信は、訓練・編成については既述の通りであるが、犠牲者については次の通り書かれている。

「事故発生時の模様（その一）

二十年七月、部下一名殉職（姓名不詳、千葉県出身、兵科一等水兵、十七歳）。

空気清浄罐漏水、苛性ソーダ液逆流吸飲による事故（この頃は、野比から久里浜へ出張しての訓練であった）。

通船での訓練のため命綱によって引き揚げて遺体を収容。遺族の到着を待てず、横須賀にて火葬に付す（遺体の傷み激しく、二夜機雷実験部にて通夜を営む）。

事故発生当日、小生マラリヤ再発のため休業。菅家不二夫（福島）、沼尾静（栃木）両兵長に一任して訓練通船に乗り組み、平作川より湾内に漕ぎ出したのである（午前十一時頃事故発生）。

事故三日後、遺族（両親）が到着。形ばかりの分隊葬を行ない、小生が遺骨を抱いて久里浜駅まで行き、駅頭で遺族に引き渡した。

（その二）

二十年八月十四日、午前中、平作川河口付近において訓練中の実験隊員五名？　殉職。直ちにカッター四隻を出し、綱索に四ツ目錨を十個ほどつけ、日没まで反復掃海したが遺体収容できず、翌十五日、〇八〇〇（午前八時）より再度掃海せるも反応なく、正午、重大放送があるとのことで全員作業中止。通信学校校庭にて玉音放送を聞き、終戦を知らされた。したがって遭難した五名の実験隊員はそのまま放置された模様である」

この事故について私は、実験隊長であった笹野大行氏をはじめ、対潜学校・工作学校および野比部隊など、伏龍関係のどなたからも聞いたことはなかった。蜂谷氏からの書信は文字通り寝耳に水で驚いた。

蜂谷氏と私は「伏龍調査」を通じて個人的にも大変親しく、またその人柄には常々尊敬の念を抱いている方である。しかし、あまりにも意外すぎることなので、同氏には何度もお目にかかって確かめたのであるが、御本人は、「終戦という私の生涯忘れることのできない節目の日の前日のことなので、まず間違い、あるいは私の記憶違いはないと信じています」とのことである。

蜂谷氏のお人柄からして、まるっきりのでたらめを言われることはない、と私は信じているが、もしかしたら、逆に「終戦」という混乱した状況であったからこそ、七月に発生した実験隊の大事故（後の座談会で詳述）と混同されているのではないかと考えられるのである。

実験隊の大事故は、笹野氏の話によると八名行方不明、収容遺体は三ないし四だったそうである。事故発生後、当然残りの遺体捜索は続行されていて、講習員部隊の蜂谷氏たちもこれに参加、八月十五日で打ち切った、というのが真相ではないだろうか。たまたま蜂谷氏たちが捜索に当たったのが八月十四日午前から十五日と終戦前日だったため、同氏はこの事故発生を八月十四日と事実誤認されているのではないかと、私は考えている。

甲飛十四期石野博氏（滋賀空・二飛曹）からは、平成元年十月五日に次の書信をいただいている。同氏は数少ない予科練からの講習員（教員予定者）であった。

「お申し出の殉職者氏名ですが、帰宅後、関係メモを調べながら、確かなところを思い出そうとしたのですが、ちょっとした疑問から、ひどく疑心暗鬼に陥ってしまい、答えがすぐに出せそうもない状態になってしまいました。

私自身これまで何の疑問も持たなかった殉職者は、鳥羽富越水兵長（新潟県）、壁下末松上等水兵（新潟県）、某二機曹（氏名・出身県失念）の既成概念がどういうはずみなのか、突然、

『もしかして鳥羽兵長ではなく田原儀雄水兵長（新潟県）ではなかったか』

『三人ではなく二人だったかな』と思いはじめるにいたり、収拾がつかなくなったということなのです」

以上、いずれも横須賀鎮守府管下の七十一嵐部隊関係者ばかりである。後述の「座談会」にも出ている通り、八十一嵐（情島）、川棚（九十一嵐の予定）管下では、一名も犠牲者は出ていないとのことである。

私の所属していた七十一嵐第二大隊では、二名（一名は戦後の落盤事故による）の氏名がはっきりしている。山本豊太郎氏（乙二十二期予科練二飛曹）の書信は次の通り。

「富重十一郎は二十期。八月に入ってから潜水訓練中、空気清浄罐破損浸水によって殉職したのでした。そして野比病院の霊安所へ通夜に行きました。そのとき特攻長の少佐が『ソビエトが参戦し、いよいよ本土決戦』と報告。日の出と共に十数人は富重飛長の霊を後にして実習場へ帰りました」

この文面からすると、富重十一郎飛長の事故は八月八日でなければならないはずである。

「及川常雄は終戦後、兵器（簡易潜水器）処理中、土砂崩れで八月二十二日事故死」

この二人の犠牲者について、私は確認のため厚生省援護局業務第二課（海軍関係）で兵籍番号、官職氏名に基づいて調査（平成二年三月）したところ、

・富重十一郎（飛長）二〇・八・十八死亡（実際は八月八日、清浄罐事故で殉職死）

・及川常雄（上飛）二〇・八・二二死亡（実際は事故死）

とのみ記録されているだけである。私は念のため石野氏から寄せられた書信の氏名に基づ

いても同様の調査をしたが、既述の三名はいずれも厚生省の記録に残っていない。

それはともかくとして、犠牲者皆無の部隊があるにもかかわらず、なぜ横鎮管下の七十一嵐部隊にのみ、かくも犠牲者が集中していたのであろうか？　幾つかの理由はあるが、とくに次のことが考えられる。

一、横鎮では伏龍特攻兵器の実験段階である二十年二月末、または三月初旬から、開発されたばかりの簡易潜水器を使用して研究訓練が行なわれていた。そのため発見されなかった欠陥があっても、実験使用したので、当時、事故が多発したであろう。

二、伏龍特攻要員の訓練人員が最も多く、（対潜学校・工作学校・野比海岸〈ここでは第一実習場と第二実習場に分かれていた〉多い時は二千名近くの隊員がいた）また、一人当たりの潜水時間が他部隊に比較して最も長かった。三月ごろからの実験隊隊員の潜水は当然長時間であったろうが、七月に訓練を開始した私たちでも、午前、午後各十分〜十五分間潜水していた。

八十一嵐（情島）では、六百名の隊員に対して五組の簡易潜水器と五組の送気式潜水器で、時間もせいぜい五分だったそうだ。したがって潜水器による訓練よりも水泳訓練に重点が置かれていた。

川棚突撃隊（九十一嵐）でも、六百名に対して約二十組の潜水器、訓練は七月末からである。以上、人員、潜水時間、訓練期間のみを考えると、七十一嵐部隊は確率的には犠牲者が多くなることが考えられる。

しかしそれにしても、「事故があった」「犠牲者が出た」という情報がありながら、その原因、状況が、日時、氏名を含めて関係者からほとんど得られないということは、不思議としか言いようがない。わずかに判明している公式記録の日時、原因すらでたらめなのである（前述、厚生省の記録参照）。

「科学的根拠に基づいて行なう帝国海軍が、尊い人命を失うほどの事故をあいまいにしたまま訓練を続行するはずはないと思う」「少なくとも関係者（上官）は自分の死亡した部下の氏名、日時、詳細を知らないのはおかしい」「死亡事故等は当然鎮守府へ報告されているはずだから、そちらを調査してみては？」「七十一嵐部隊は一時的な寄せ集め部隊で、軍規がたるんでいたのだろう」

等々の疑問が続出するのは、事故死皆無部隊関係者から見た場合、当然であろう。私も伏龍記録を残すため研究している者の一人として、犠牲者の氏名すらろくに調査もできずこの記録を発表するのは、七十一嵐部隊の一人として残念でならない。

厚生省での調査は数度しか行なっていないが、最近は同省での調査は、手続上、直接書庫（記録書保存庫）に入ってはできない仕組みになっている。存在しない鎮守府を調べるわけにもいかないので、防衛研修所戦史室にも当たってみたが、ここには死亡者の記録は皆無とのことである（戦史室調査官談）。

バックアップしてくれる人も組織も時間もない私個人の調査の限界を感じて、約一年以上、私は伏龍研究の筆を断っていた。

ところが、平成三年、偶然の機会に、義兄・窪田源一郎から昭和二十年七月当時、七月五日から八月十五日までの約四十日間、野比海軍病院の見習医官をされていた二〇一分隊の方々の名簿を入手、当方の事情を訴えて数名の方々に御協力をお願いした結果、六名の方から貴重な御返信をいただいた。読んでいただけば分かるが、この方々の御記憶にもいろいろとばらつきがうかがわれ、氏名・所属（犠牲者の）を知ることはできないが、多少重複する部分もあるが、抜粋転載させていただくこととする。

たとえ見習医官とはいえ、私たちのすぐ近くの医療現場におられた方々の目撃、あるいは伝聞なので、伏龍特攻訓練中、どのような悲惨な犠牲者が発生していたか読者に知っていただき、共に犠牲者の冥福を祈ると共に、「戦争」というものを改めて考えてみたいと思うのである。なお、御返信はかなり長文詳細なものもあったが、訓練に直接関係ない箇所は私の責任において割愛させていただいた。

私はこのたびこの返信を整理するに当たって改めて読み返して、犠牲者の氏名状況がなかなか判明しなかった理由の一つとして、思い当たることがあった。

書信文中には、死亡事故が発生しても、この特攻作戦は私たちが考えていた以上に訓練内容が極秘とされていた。そのため、事故者を取り扱った医官にさえ、訓練内容が秘匿され、事故防止のための対策も立てられなかったようである。そのため、見習医官みずから潜水を試み、事故の原因・防止対策を立てようとしていた。したがって、死亡原因を「伏龍特攻訓練（潜水）中、清浄罐破損による苛性ソーダ逆流嚥下による死亡」と、公式記録には書かれなかったのであろう（厚生省残存記録も同様）。

後述の座談会記事にもあるように、当時、事故死者を正式の火葬に付さず、「海岸の砂浜に材木を積み重ねて焼いた」（これは私も仲間の者が見てきて話しているのを聞いた）「浴場で死体を洗っていた」という噂もあった。

これら犠牲者の取り扱いは、どのような名目になっていたのであろうか？　すぐ近くには内科療養を専門にしていた野比海軍病院がある。単なる「戦病死」扱いにすることはたやすかったであろう。

以下、見習医官だった方からの御返信を転載するが、順序は不統一である。

◎中津川市・加々美孝氏（平成三年七月十八日付）

「野比海軍病院の下の海岸で伏龍部隊の若い諸君が毎日訓練に励んでいたのですが、三～四日に一～二人、時に二、三人が病院に救急患者として運ばれてきました。私は正確なデータを持っていないのですが、うろ覚えと周囲の人々から見聞したことをお伝えしておきます。

この救急患者達は苛性ソーダを海水と共に飲み込んだため、口中、食道、胃まですっかりタダレて、中には死亡した若人もいました。

潜水服を着て背中に苛性ソーダの罐を背負い、長い竹竿の先に爆薬をつめた丸い罐を持って海中に潜り、上陸用舟艇（敵の）を下からつき上げて爆破させようという考えであり、もちろん自分も死ぬことを覚悟しているわけです。（中略）

この苛性ソーダ罐はブリキが薄いので、海中で岩に当たったり、あるいは水圧によってでも罐が破れて海水が流れ込み、潜水帽の中まで逆流、それを飲み込んでしまう事故が起こったのでした。（中略）

私は副官の許可を得て、その実態を知るために自身、潜水服を着て海中に潜ることにしました。（中略）兵隊たちの助けを借りながら潜水服を着、潜水帽を被ってナットを締め始めたとき、P51（三十三ミリ機関砲を装備）が来襲してきました。（中略）

私も病院へ帰ることとなり、潜水実験は実現しませんでした。病院へかえってから、私は副官に潜水服もあまりに古すぎること、それだけでも事故が起こる可能性のあること、苛性ソーダの罐のブリキがあまりにも薄すぎることが事故の原因となっていることを報告し、善処の申し入れをすることを申し上げましたが、副官は『資材がないからね』と言っていました。（中略）

亡き方々――世界平和に貢献された功績は大きいのです――の御冥福を心からお祈り申し上げております」

◎神奈川県大磯・安本正氏（平成三年八月十四日付）

「伏龍特攻隊の方へ捧げる――見習医官の野比海軍病院での思い出――

昭和二十年七月はじめ、戸塚軍医学校の研修を終えた我々第二期生約一千名は、各分隊ごとにそれぞれの海軍病院や基地に見習医官として散っていった。

私たち二〇一分隊約六十名は、野比海軍病院へ一応配属された。私はそこの外科において十数名の医官の一員として、主に外科の手術後の患者の臨床的処置やベッドの見廻りについていた。（中略）

ある日、夜の当直というので少し休息をとっていた私と、もう一人のA見習医官が突然、分隊長から呼び出された。

『近くの海岸にある部隊が訓練中であるが、急患が出たということである。お前ら二人はすぐ看護士二名をつれて現場へ急行し、患者に応急手当をしてから、出来るだけ早く病院の手術室へつれてくるように』という命令であった。（中略）そのとき、『もし水をのんで呼吸がおかしければ水を吐かせ、気道を確保してからすぐ酸素吸入をしながらつれて来い。現場でグズグズ人工呼吸などやらぬように』という注意があった。

私はすぐこれはただの溺れではないな、と感じたが、何が起こったかは分隊長は何も言わなかったので、すぐ待機中の看護士二名に担架を持たせ、我々は救急箱と酸素吸入用具を持ち出して玄関へ出た。（中略）

約一キロばかりの現場へ息せき切って馳せつけたときは、すでに夕日が沈みかけていた。患者は上半身裸体で海岸に横たえられており、まわりに数名の上半身裸体の兵と二、三名の軍装の下士官がおり、その中で分隊長らしい人がすぐ我々に敬礼して救急処置を頼んだ。

患者は明らかに意識はなく、口からあぶくのようなものが出ていた。顔面ははっきり蒼白で、唇はあきらかにチアノーゼを呈していた。隊長は、『海中で事故が起こり、引き上げたが、呼吸はほとんどできない』と言う。『水は吐かせたか？』と聞くと、『出来るだけ吐かせた』とのこと。しかし口中へ指を入れ、口を開かせようとしたが、顔面の筋肉がケイレンを起こしていて開かない。A医官と二人で習った通り腹部をひざに抱き上げ、A医官が下顎骨を押し下げると、口からあぶく様のものが流れ落ち、水も少し出たが、まだ口内に何かありそうなので指を入れ吐かせようとした私の指先に、何かぬるぬるしたものが砂と共にふれた。出てきたのは少しの砂と痰の塊りのようなものだった。一刻の猶予もできない。胸の筋肉はケイレンして時々ピクンとする。そのたびにあぶくが出る。これはまだ肺に空気が残っているかも知れない。

普通の溺死なら、ここで人口呼吸をすればよいのである。聴診器で調べたら、心音はかすかに聞こえる。Aと相談して酸素吸入を強くつづけながら、病院へ運べば生命を保たせることができるかも知れないということになり、一キロの砂浜を駆け足で運んだ。ビタカンフル注射をしたかどうか覚えていない。汗だくで病院へたどり着いたとき、我々は本当にへばりそうになった。分隊長は、『御苦労！　息はまだあるのか？』と聞かれた。『自呼吸は分かりませんが、心臓はまだ動いているようです』と報告するのがやっとであった。以後、手術室でどのような処置が取られたか不明で、見習医官の我々はそこまではタッチできなかった。（中略）

のちほど看護婦に聞いたところでは、その方は翌日昼ごろ呼吸困難で亡くなられたとのこと。名前や顔は約半世紀の霞の中に消えて私の記憶にはない。顔や胸のケイレンの様相と、我々の砂浜との必死の格闘の苦しさだけが、私の記憶の中に今もはっきり残っている。そしてまず一人の患者の生命を保たせながら病院まで運び得たという医者としての安堵の気持ちは一生忘れ得ない記憶である。（中略）

二〜三日後、我々は分隊長から、『この海岸の先の方で、ある特殊部隊がかなり危険な訓練をしている。全貌は厳秘事項なので詳細は語れないが、特殊な潜水訓練なので、水中で事故の起こる可能性がある。その部隊長より病院長に、訓練中の事故に備えての応急処置と監視の依頼があったので、外科班と内科班より各一名ずつ訓練所の近くへ待機させることになった。鈴木（筆者の旧姓）は内科班長と相談して派遣員のリストを作って提出せよ』と命令された。（中略）

救急を行なう医者として、どんな訓練が行なわれているかを知りたかったので、先方の士官に教えてくれるよう頼んだ。その人は、これは厳秘事項だから絶対漏らさないようということで、訓練内容のあらましを教えてくれた。それで、『先日の事故は呼気中の炭酸ガスを吸収するための苛性ソーダを吸い込んで発生したと考えられる』とのことであった。苛性ソーダを吸い込めば肺炎が起こることは理解できたし、人工呼吸ではこれは救えないこともよく分かった。（中略）

ずいぶん危険な訓練をするものだと思ったが、まさかこれが特攻隊の訓練（自爆のための訓練）とは気がつかなかった。幸い私の一、二回の当番の時は事故は起こらず、訓練を終わった人が裸で来て、血圧や聴診などして無事、役目をすませて帰った。

荒天の日は訓練はなかったが、台風の季節なので、晴天でも海中で波に足をさらわれたりして転がることもある、とのことで、他の当番の人で同じような事故にぶつかった人もあることを聞いた（正確な数は覚えていない）。（中略）

今回突然、伏龍特攻隊の方よりのお手紙をいただき、あの特殊部隊がその伏龍特攻隊であったことをはじめて知った。私の知る限りでは野比の病院では訓練中の事故で亡くなられた方は十名以下であったようで、何十名も出れば病院にいた我々には解ったはずである（他の病院へ行かれた人もあるかも知れぬ）。（後略）」

◎愛知県・弥政洋太郎氏（平成三年七月二十五日付）

「（前略）この文章は四十年以上前の記憶をたどりながら述したものですから、詳しいことは分からず、正確さについてもかならずしも自信はございません。

しかしながら、毎日のように担ぎ込まれてくる年少の隊員、時に士官もおられましたが、ものすごく苦しんで死亡してゆきました。それは見るに忍びない悲惨でショッキングな状況でした。医師の卵であった私たちには耐えられない事件でした。（中略）

非常に濃厚なアルカリ液を食道から胃にのみ込んだり、気管・気管支に誤嚥したりするわけですから、現在でも的確な治療法はありません。そしてまず助かりません。そしてかなりの時間、激しい苦痛にさいなまされるのです。麻薬などでその苦痛を少しでも柔らげることくらいしか手の打ちようがないのです。残酷というほかはありません。

ただ犠牲者の数がどのくらいであったのかは、残念ながら手元に資料がありません。海軍病院としての記録は当然あったはずですが。どのくらいの期間、野比海岸での訓練がつづいたのかも私には分かりませんが、私の記憶では毎日一〜二名の犠牲者が病院へ運び込まれたように思いますので、訓練実施日数を掛ければ、おおよその人数が分かるような気もします。貴七十一嵐伏龍隊だけでも、五十名を越す訓練中の犠牲者が出ていると聞く……とありますが、真実のような気がします。（後略）」（注・「五十名を越す訓練中の犠牲者」というのは、実験隊長笹野大行氏談）

◎仙台・小山寛氏（平成三年七月三十日付）

「残念ですが、ご希望にそいかねます。たしか御連絡いただいた一連の出来事は記憶していますが、件数、症状、転帰など、ドクターとして大切な所見を申し上げるだけの内容がありません。（中略）

呼吸のための器具についている苛性ソーダを誤嚥して、口腔、食道、気管の強アルカリによる化学損傷で死亡してゆくときかされました。この眼で現認していません。目撃者としての記述ができぬのが残念です。（後略）」

◎東京・生駒亮一氏（平成三年六月十八日付）

「二十年七月五日、野比病院に配置されましたが、七月十三日、同僚十名と横須賀防備隊

（久里浜・浦賀）に再配転され、野比にはわずかしかおりませんでした。野比にいるとき、伏龍隊のことは聞いており、見習医官が隊の演習に浜へ派遣されましたが、私は行きませんでした。（後略）」

◎茅ヶ崎市・時任直人氏（平成三年六月五日付）

「下の浜辺に暁部隊（注・七十一嵐の誤り？）という特攻隊が訓練していた。目的は敵の上陸用舟艇を水中から爆破しようというもので、酸素ボンベと炭酸ガスを吸収する苛性ソーダの入ったボンベを背負い、浮き上がらぬよう鉛のついた重い靴を履く。（中略）隊員はまだあどけない十五、六の少年だったが、ときどき苛性ソーダを誤飲して病院に担ぎ込まれて来た。肺も胃もソーダにやられて処置なしで、可哀そうに名誉の戦死である。

（別便）私どももまだ医師免許を持たず、教育訓練中だったので、実際に患者の診療は許されておりませんでしたから、伏龍隊員の救急を手がけた者はいないと思いますが、あるいは見学した者はいたかも知れません。私も患者が運び込まれた時に、偶然そこにいただけで、診察室に入った憶えはありません。（中略）事故はそれほどたびたびあったようではなく、おそらく二〜三件だったのではないかと思います。（後略）」

私は、「訓練中の犠牲者」にいささかこだわり過ぎていると思われるかも知れない。しかし、本書を著わすに当たって、〝特攻〟を美化するあまり、その訓練内容を必要以上に猛烈なもの、悲惨なもの、危険なものと強調し、それがために訓練中に、かくも多くの犠牲者を生んでいるのだ、と意図的に悲惨さを誇張して読者に受け取られる表現をしないよう、できる限り警戒し、裏付けのない事故は書くべきでない、とも考えた。

しかし、約半世紀を経た今日、すべての事故・犠牲の発生を正確に証明することは、現段階での私の力では不可能である。実験隊長や先任教員から直接お聞きした談話とて、日時、氏名、状況は不明であり、その裏付けは取れないのである。といって、これらをすべて無視するということは、実際に尊い生命を亡くした方々に対してその霊を冒瀆することになりかねない。今後、数々の真相が発掘されるであろうが、機会あるごとにその時々に応じて訂正することとして、あえて談話や書信をできるだけそのまま発表することにしたのである。

II　伏龍特攻隊員となって

伏龍特攻隊員へ選抜されて

昭和二十年四月、私たちは予科練教育中止のまま、三重県志摩半島の半農半漁の村、安乗村へ特攻隊の基地構築作業に動員されていた。海寄りの山際をくり抜いて「震洋」（特攻水上艇）の格納庫となる洞窟作りである。

初めのころは新しい環境と手慣れぬ作業に興味を覚え、ツルを振ったり、ダイナマイトを仕掛けたりやっていたが、これも一と月も経たないうちに飽きてきてしまった。

――俺たちは穴掘り作業員になるため、一年近くも撲《なぐ》られたりしながらしぼられたのではない。それにこんなところで、落盤やダイナマイトの暴発事故で死ぬのは嫌だ。

私をはじめ、こんな気持ちが作業場全体をいつしかおおっていた。事実、この間に作業中の事故死傷者は何名か出ていた。

五月末ごろ、だれ言うとなく「今度ここでも漁労隊を編成するそうだ」「農耕隊もできるらしいぞ」などの噂が流れてきた。いずれも食い物に関係のあることで、もし運よくその隊員にでもなれれば、今より少しは食い物のヨロクにありつけるかも知れない、という願望もこめられた噂であった。また一方、どんな形にせよ、現状から脱出したい、という環境の変化を求める気持ちは、皆胸中に秘めていた。

六月一日、飛行兵長に進級して間もない十二日、朝食後に私は同宿の五味健次（山梨県出身）と二人、佐々木福松班長（先任上曹）のところへ呼ばれた。

当時、私たちはこの漁村の民家に分宿し、私と五味も岸本さんという方の家へ六名で止宿していた。同宿の者も、突然の私たちの呼び出しに、例のやつか？　と漁労・農耕隊を考えたらしい。私も「しめた！」と内心思った。

呼ばれて駆けつけた宿舎で、班長は戸口の上がりがまちに腰を下ろし、私たち二人の到着を待っていた。

「門奈、五味参りました」と申告すると、「よし、楽にしろ」と言ったきり、班長は黙って私たちの顔を交互に見ている。なんとなく緊張した雰囲気が私たち三人の間に漂った。ややあってから班長は大きな溜息を吐くと、静かな口調で私に問いかけた。

「門奈、お前は確か長男だったな」

「はい」

「御両親は元気か」

「ここへ来てからは一度も便りを受けておりませんが、多分、元気だと思います」

「そうか、弟がいたな、幾つになる」

「弟は一人おります。小学校四年ですから……十一歳になります」

「お前がいなくても、家が困るようなことはないな」

「はい、大丈夫です」

と答えたが……私はおや？と思った。すでに「長男だったな」とたずねられたときから私は妙な気がしていた。漁労隊や農耕隊に派遣するのに、なぜいちいち家庭の事情を、それも、「お前がいなくても家が困らないか……」とまで質問する必要があるのだろう。予科練に入隊したときから、私はすでに家にいないのだ。

五味は次男だったが、彼にも同様な質問をした班長は、

「詳しいことはやがて分かる。このますぐ船着場へ行け、よその分隊の者も来ているはずだから」

と言い残すと、くるりと背を向けて奥の部屋へ去っていった。

いつもとどことなく様子の違う班長の言動をいぶかりながらも、指定の場所へ行くと、すでに六、七十名の者が集まっていた。

「漁労隊だ」「いや農耕隊だ」「穴掘りのつぎは百姓か」

と各自勝手な雑談を交わしながらも、なんとなくはなやいだ気分でカッターへ分乗して、私たちは本部のある渡鹿野島へ行った。

この本部には、私たちばかりでなく、近辺の作業場へ分散していた者（二十一期生もいた）もやって来た。私の記憶は、このあたりから古ぼけた写真さながらに不鮮明になる。ただ脳裏に映画のフラッシュバックみたいに写し出される途切れ途切れの記憶をたどると、次のようになる。

渡鹿野島の本部で私たちは一室に集められ、そこで一人の士官？から、われわれは特攻要員であること、これは強制でないので、別室に分かれて願書に必要事項を記入し、各自提出することを命ぜられた。

ここで身体検査を受けた気もするが、どんなことが行なわれたか記憶にない。しかし、士官だったか下士官だったかはっきりしないが、その人から、

「ここへ集められた者は〝特攻要員〟」

と言われたとき、全身を電流が駆け抜けたかと思われる興奮を覚えたことだけは、今でもはっきりと覚えている。

だが、この時点では、特攻の内容はまったく知らされなかったが、帰途のカッターの中で「雨がえる（震洋特攻）」だろうなどと話し合ったが、だれ一人として「伏龍」とか「水際特攻」を口にした者はいなかった。

朝〇七〇〇（七時）ごろ、安乗村の作業場を出発したのに、すべてを終えて帰村したのは夕食の時刻で、表面が半乾きになった昼食の飯が、夕食の飯と一緒に並べられていたのをはっきりと覚えている。その間、私たちは渡鹿野島の本部で一体、何をして時間を食っていた

のかさだかでない。

私は、自分のこのあいまいな記憶をもう少しはっきりさせるため、同じく伏龍へ行った三人の同期生に問い合わせを出し、それぞれ返事をもらっているので、ここに抜粋紹介することとする。この書信は、ほとんどが各自の記憶をもとにして書かれているので、それぞれに食い違いが出ている。しかし、私はあきらかな間違い以外はできるだけそのままの形で転載し、それぞれの共通項を読者に判読していただくこととする。

◎降籏勝一氏（三重空乙二十二期）昭和五十七年十二月来信

「小生は○月○日の午後、『降籏、明日午前に渡鹿野で水泳競技会があるから行け』と言われ、小生は水泳は自信がないのでためらっていたら、『何でもよいから行ってこい』と言われ、次の日に門奈君ら選抜予定者と共にカッターで渡鹿野へ行った。

ところが水泳競技でなく、身体検査（健康診断）であった。このカッターの中で特攻選抜の話が出たようにも思うが定かでない。

身体検査は目、耳、胸部等はもちろんのことで、驚いたことには、性病の有無検査で陰茎まで調べられたことだった。

そのとき、特攻隊志願の書類を書いた記憶はない。

特攻行きは機密であったから、世話になっている岸本さんにも話さなかった。安乗から渡鹿野へ集合してポンポン船で穴川で下船し、三重空本隊へ戻った。一週間から十日くらい滞在したように思う。

特攻選抜者は二十二期では六十名くらいだったと記憶している。なお、今でも不可解なのは、長男が多かったことだ。

対潜学校への出発および到着月日はまったく記憶にない。三重空からは今はなき参宮線の高茶屋の駅まで行軍し、列車に乗って横須賀まで行ったが夜行列車であった。対潜学校へは朝着いたように思う。

第七十一嵐部隊伏龍特攻隊は分隊ではなく部隊であった。その中に幾つかの班が編成されたが、多分十四、五名で一班が作られたように思う。

班長は飛長の二十期生が当たり、その下に二十一期二名、二十二期二名くらい、二十三期、二十四期、それに甲飛十五期生が二、三名くらいいた（小生の郷里松本市出身の者がいて一緒に復員している）。したがって階級構成は、飛長、上飛、一飛であった。

後期訓練で野比へ徒歩で移動した。日時の記憶はない。野比海軍病院（現在の国立療養所久里浜病院）横を通り、約七、八百メートルくらい行った木造二階建ての兵舎に入った（昭和四十四年春ごろ取りこわした）。

犠牲者について、何人死んだか軍の秘密上よく判からないが、相当に死んでいるらしい。……小生の知人に野比の海軍病院で衛生兵をしていたのがいて、その者の話によると、若い特攻隊員の解剖の手伝いを何回もやったとのことであった」

◎梅島明氏（三重空乙二十二期）の談話
（鈴木行雄氏記述）昭和五十九年一月十八日来信抜粋
「昭和二十年七月十日
梅島君にはあらかじめ連絡があって、手旗の赤旗が出たら『お前来い』ということで、作業中（注・彼も志摩半島で穴掘りをしていた）手旗信号で呼び出しをもらったのでカッターで島へ帰り、すぐ渡鹿野館（旅館）へ行った。
部屋へ入ると、参謀とか副官だろうと思われる偉い人、誰だか分からないが五人ほどいた。そこで家族構成とか家のことを主に聞かれて、最後に、『お前が行かなくても他に行く者があるからはっきりしたことを言え』『はい、行かせてもらいます』と答えてそれだけで終わった。この間三十分ぐらいだったと思う。
この時は梅島君一人で、他の人は見なかったとのこと。宿舎へ帰り、身支度をして一人で三重空へ向かった。（門奈注・梅島氏の選抜日時は、私たちより約一ヵ月後で一人で行なわれていたが、これは私たちが三重空で再度検査を受けた際、選抜もれになった者が出たので、その補充であったらしい）
七月十一日
午前中に三重へ到着し、佐藤昇班長へ報告したら、班長から、『お前も行くことになったのか、世話になった人に挨拶して行け』と一日の休暇を許可され、五円の餞別をもらった。
七月十三日

午前中は写真をとったり、身仕度をしたりして、午後、第四兵舎へ出発者全員が集まって、司令加藤少将の訓示があって赤飯で会食して、素焼きの白い皿で別れの盃をした。

夕方、高茶屋駅から汽車に乗った。一輌に全員が乗った。汽車は窓によろい戸を降ろして外部と遮断され、どこへ連れて行かれるのかさっぱり分からなかった。

夜中の十二時ちょっと前、ある駅で陸軍の兵隊が七、八人乗り込んで来たので、これは予科練の専用車輌であると乗車を断わった。その陸軍の兵隊は麻機（静岡県麻機）の駐屯兵ということで、この駅が静岡駅であることが分かり、ここで汽車は東へ向かって走っていることを初めて知った。

水雷学校へ行って初めて自分の所属と任務を聞かされた。水雷学校に梅島君の隣保班の米沢主計兵長がいて、『明ちゃん、ここへ来ると死ぬ人があるから気をつけろ』と言われ、この人が梅島君が水雷学校へ来たことを家へ知らせてくれた。

訓練所の名称は、横須賀市浦賀町海軍水雷学校久里浜分校。部隊の名称は、七十一嵐ウ七七二新谷部隊第一部隊西村隊。

梅島君は二十年八月二十六日午後六時に自宅へ復員しています」

（注・対潜学校は二十年七月十五日廃止となり、正式名称は、水雷学校久里浜分校となった。ただし、当時、私たちは名称変更をまったく知らされなかったので、本書では、以後も旧名称の対潜学校を使用することとする）

◎山本豊太郎氏（三重空乙二十二期）の書信抜粋（昭和五十八年十二月四日）

「一、伏龍選抜の日は忘れましたが、六月中旬ごろ（十二日）と記憶しています。

二、選抜日朝、同班の吉沢と二人、班長より午後集まれ、と午食をすますと舟で帰ったようです。

三、渡鹿野の医務室（渡鹿野寮という旅館）が集合場所であった。集合人員は約三十人くらいではなかったか。朝潮大隊本部より上田上曹が来て、『命令で来てもらったのだが、特攻隊志願の件である』というような発表があった。

坂井大尉より願書を書くように言われ、各自、本籍、家族、生活（中流円満）と、久し振りに父母、特に弟妹の名を書いた懐かしさが現在も忘れられません。

身体検査は一通りのことをし、また、水泳が出来るか、と確認された。

四、渡鹿野出発は七月七日午後一時ごろ、選抜より二十日以上たっていた。渡鹿野の波止場中央船着場より神勢丸か漁与丸か忘れましたが、同期、島の人、大勢手を振って別れを惜しみました。

五、七月十二日午食は司令以下、横須賀転勤の練習生一同会食、銀飯に天ぷらと今まで口にしたことのない御馳走。

六、編成は二十期二名、二十一期二名、二十二期三名、他は第一岡崎空よりの整備予科練として上等兵が七、八名いたようだった。班長は工作科兵曹でした。

七、野比には第一実習場と第二実習場があり、距離は一〜一・五キロ、野比海軍病院をはさんで東西であった。

私たちは第二実習場の第二中隊（二階）で、中隊長は陶山中尉でした」

◎山本豊太郎氏から昭和六十一年一月二十日の来信（これは筆者が海老沢氏より借用した伏龍隊員名簿を複写して送ったのに対する返信）

「海老沢教員については、対潜学校で定員（注・特別幹部練習生の誤り）と騎馬戦をした時、われわれの監督であったと思います。そのとき、相手の下士官が、こちらのあまりの多くの『騎馬の生き残り』を見て、『こんなことあらすか』と抗議して来たら、すかさず『勝ったのだからしようがないではないか』とやり返したのを憶えています。

名簿にある富重十一郎は二十期、八月に入ってから潜水訓練中、空気清浄罐破損浸水によって殉職したのでした（注・二十年八月八日）。そして野比病院の霊安所へ通夜に行きました。そのとき、特攻長の少佐が、『ソビエトが参戦し、いよいよ本土決戦』と報告、日の出と共に十数人は富重飛長の霊を後にして実習場へ帰りました。

安藤昇二十一期、戦後の安藤組。また、及川は大雨の後、防空壕（兵器格納作業に出て落盤事故死。注・八月二十二日）。明日復員の前日であったと思います。その翌日、近くの火葬場まで行って来ました。そのときの班長さんが海老沢さんだと思います。終戦後とはいえ、柩を四人で肩にして約一キロ余もあったろうか、道行く人が、とくに年頃の女性が最敬礼をした人の多いのに我も深く心を打たれました。

柏木圭輔、二十一期広島、彼は原爆投下で家はないだろう、もしなかったら俺のところ（中隊長陶山中尉）へ来い、と言われていました」

以上、私は三人の来信を抜粋して並べてみたが、私を筆頭とする人間の記憶の不確かさを思い知らされるのである。とくに日時、人数など、数に関するものにそれがいちじるしいことを改めて知った。今後、折あるごとにより正確な事実を追及する努力は重ねるつもりである。しかし、すでに半世紀近い過去のこと、それも終戦のどさくさ寸前のことなので、どこまでそれが可能なのか見当もつかない。今のところ、三人の書信を重ね合わせ、読者にモンタージュを作っていただくつもりで、あえてこれらの書信を転載した次第である。

私の体験した伏龍特攻訓練

三重海軍航空隊へ第二十二期乙種飛行予科練習生として、昭和十九年六月一日付で入隊した私たちの大部分は、昭和三、四年生まれであったが、大正十五年〜十三年早生まれの者もいた。現在の学齢に換算すると、中学三年から高校三年卒といった年齢の幅があった。

昭和二十年六月十二日に私は特攻要員に選抜され、三重空へ一時帰隊、七月十三日付をもって久里浜の対潜学校へ転勤を命ぜられている。私の履歴表には次の通り書かれている。

「二十・七・十三　乙種飛行予科練習生教程繰上卒業　三重空」

「同日　海軍対潜学校兼久里浜第一警備隊附ヲ命ズ　三重空」

しかし、この日の朝、久里浜に到着した私たちが入れられたのは、平作川河口に向かって右側にある横須賀海軍工作学校であった。ここに二日間ほど滞在してから対潜学校に移ったのだが、それには次の理由が考えられる。

私たち伏龍隊の最重要基礎訓練はまず潜水である。元来、海軍の潜水関係は工作学校の受け持ちであった。となると、基礎訓練実施のためには工作学校が便利なはずである。しかし、「動く人間機雷」としての攻撃面から考えれば、対潜学校（爆雷・機雷）に所属することになる。結局、私たちは、対潜学校を本拠として工作学校から派遣されてきた教員によって潜水訓練を受けることとなった。このような理由で私たちの所属・取り扱いに手間どって、二日間の空白が生じたのではないかと思う。

さらにもう一つ考えられることは、先の梅島明氏の書信のところでも注として述べたが、対潜学校は、七月十五日をもって廃校、その施設をそのまま「海軍水雷学校久里浜分校」として使用することになっていた。私たちは、ちょうどその二日前の十三日に転属となっているので、切り替えの二日間を工作学校で居候として過ごしていたのかも知れない。

工作学校に到着した日の午後かその翌日、私たちは総員畳敷の、猛烈にノミの多い柔道場へ集められ、ここで初めて私たちの「特攻」の使命が明らかにされたのである。特攻要員選抜の日からこの日まで、私たちの任務は完全に秘匿されていた。私たちはすでに先輩練習生が選抜されている水上特攻の「震洋」（四艇）か水中潜水翼艇「海龍」の搭乗員になるものとばっかり思っていた。したがって、工作学校の門をくぐったときには「？」という気持ちがなかったわけではなかった。それが今はっきりと、簡易潜水器を身につけて水に潜るということが明らかにされたときの落胆といったらなかった――「もぐらの次は潜水夫か」と。

壇上の黒板の前に立った士官からは、次の説明があった。

「お前たちはこれから特攻の訓練を受けることになる。われわれの部隊は第七十一嵐突撃隊水際特攻伏龍隊である（ここで士官は黒板に『伏龍隊』と白墨で書いた）。文字どおり水際に伏す龍のごとく、水中に身を秘めて、頭上を通過する敵の大型上陸用舟艇を、棒機雷で爆砕するのが目的である。

われわれの攻撃により、敵戦車をはじめ、一兵たりとも本土に上陸させぬために戦うのである。そのためまず潜水訓練を行なう。この潜水に熟達すれば、大型潜水艦でサイパン島付近まで運んでもらい、ゴム袋に入れた兵器をもって海底から敵の背後に逆上陸を試み、挺身奇襲攻撃をかけることもできるのである。

ところで肝腎の潜水だが、百五十気圧の酸素ボンベ二本を潜水服の上から背負い、この酸素を利用して呼吸・浮上・海中懸吊するのである。

われわれは、陸上ですでに大気の圧力一気圧を受けているが、水中では深度十メートル増すごとに、一気圧ずつ水圧が加わってくる」

沈降、浮上、海中停止（懸吊）および「鼻・口による特殊呼吸法」など、いろいろ細部にわたっての士官の説明はつづいたが、故意か偶然か、このときには、後で述べる特攻としての最も重要な部分ははぶかれていた。

この説明のあった翌日、工作科教員の指導により、兵舎内で潜水具の説明と装着訓練が行なわれた。

私たちの使用した簡易潜水器

「簡易潜水器の開発研究」の項で、簡易潜水器についてはー応述べたが、その後改良が加えられてもいるので、私が実際に使用した実物の記憶を、防衛研修所で入手した資料（設計図）を参考にして説明することとする。

◇潜水服（ゴム製）

上衣とズボンに分かれている。私たちは通常着用しているチョコレート色の特攻服（絹製のパイロットスーツ）の上から、夏だというのに純毛のシャツとズボンを着込み、その上から潜水ズボンをはいた。ズボンの腰回りには、内側から自転車の車輪の外枠に似た鉄製の輪をはめ込み、上衣下端の裾の部分を、鉄枠部で重ね合わせ、その上から上衣バンドで締めつける。手首の部分は、セーターのそで口のように細くなっていて自然に締まる。手首から先の部分は露出。

上衣の肩から首の部分は、五ミリ程度の鉄板製兜取付台で覆われ、首回りには兜を接続するための四本のボルトが上向きに熔接されている。

◇潜水兜（鉄製）

長径二十二・八、短径二十・五センチ、高さ二十八センチの楕円形円筒型の軟鋼板でできており、顔の部分は眉毛から鼻のあたりを直径とする、約十五センチの円形ガラス窓となっている。この窓の内側にネジ溝が切ってあり、面ガラス（厚さ約五ミリ）の金属枠をねじ込むようになっている。

兜の内部は、後頭部に小さな酸素供給孔（兜吸気口）があり、この孔から顔面へ流れて来る酸素を鼻から吸うのである。口の当たる部分は、口唇に合わせたゴム製筒口（排気口）がついていて、外部の可撓製ゴム管に接続している。

兜の内側右、こめかみの上辺にあたる部分に排気弁の凸起があり、右側頭部を軽く押しつけると、潜水服内に滞溜している空気が排出される。

◇給気関係

百五十気圧の酸素ボンベ二本と、清浄罐から成り立っている。ボンベの口の部分に取りつけられた二本の真ちゅうの管が、減圧弁の部分で一本となり、これが右腰部へのびて給気弁（腰弁とも言った）を通って、兜の後頭部の酸素供給孔（兜吸気口）へ接続している。この給気弁を左へひねると酸素が兜内へ供給され、一部は鼻から吸われるが、大部分は潜水服内に滞溜する。

◇清浄罐

前にも述べたが、この簡易潜水器は、酸素を呼吸ばかりでなく、浮上、海中懸吊にも使用するので、限られたボンベ内の酸素を、有効かつ長時間使用するため、つぎの装置がほどこされていた。

鼻から吸って口から排出された炭酸ガスの混じった呼気を、口元の排出孔からゴム管で、途中の露滴溜《ろてきだまり》を経て清浄罐に導き、そこで炭酸ガスが除去された呼気は、ゴム管を通って兜の後部にある還元孔からふたたび兜内に流入し、吸気として再使用されるのである。(図参照)

清浄罐は、戦前ビスケットなどを入れるときに使用されていたていどの、薄い銀色の四角の罐で、中には苛性ソーダのか粒が詰まっている(写真の曲線形のものは改良前)。この苛性ソーダか粒の間を呼気が通過する間に、炭酸ガスが吸収され、空気は清浄されるのである。

なお、この清浄罐が薄い金属でできているので、接近してきた敵船のスクリュー音が水中の音波となって清浄罐の金属板を振動させ、還元孔を通って潜水者に聞こえることになっていたそうである。

既述のごとく、横須賀海軍工作学校での「実験研究報告」では、「距離六米以内互ニ背ヲ向ヒ合セタル場合其ノ他ノ場合ハ約三米ノ通話容易」とされている。

じつは、私も教員から水中会話ができると聞かされていたので、野比の第二実習場で潜水したとき、一緒に潜った者と、お互いの背中の清浄罐を密着させて会話を試みてみたが、このときは、ただゴモゴモウワンウワンといった感じの、相手の音声は聞こえたが、それは言葉というにはほど遠いものであった。スクリュー音については聞く機会はなかった。

◇露滴溜（通称ろてきだまり）

潜水兜の呼気排出口に接続している、曲折・伸縮自在な、表面が蛇腹になっているゴム管は、右腰の露滴溜（扁平小型の水筒型）を経由してから清浄罐に接続している。ゴム管を通ってくる温かな呼気が、海水で急速に冷却され水滴となるのを、この露滴溜にためるのである。

◇前錘（通称なまこ）

潜水者の沈降を助ける役目と、背中のボンベ、清浄罐との重量釣り合いをとるため、胃部

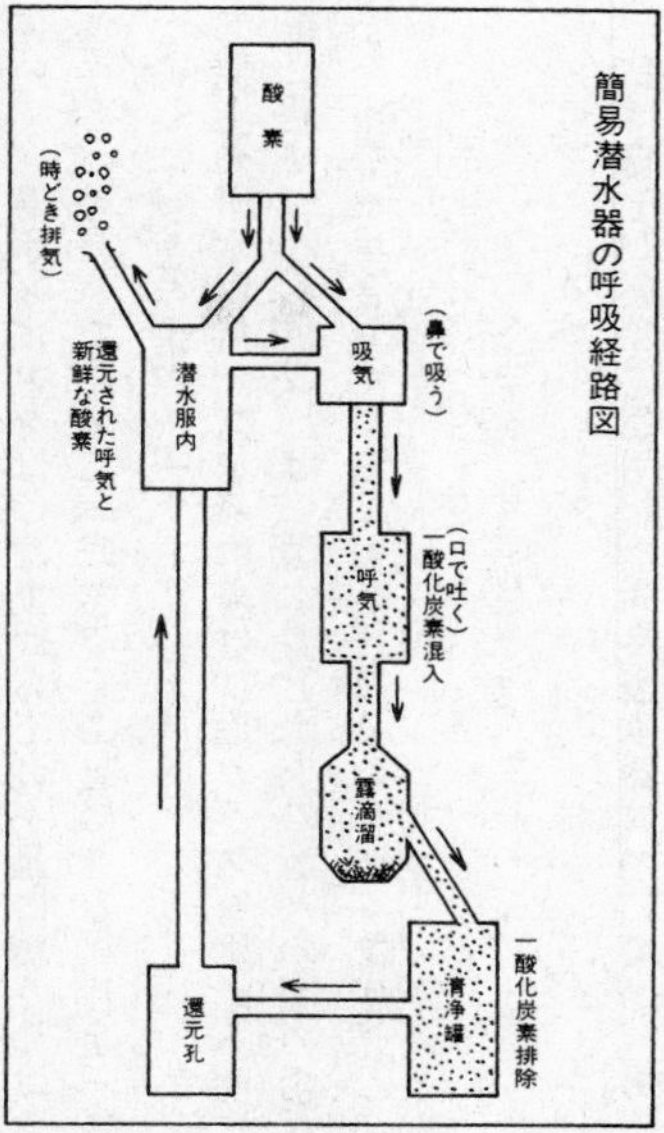

簡易潜水器の呼吸経路図

辺に取りつける九キロの鉛錘で、扁平楕円形をしているので、「なまこ」と呼ばれていた。

◇潜水靴（通称わらじ）

初期の潜水靴は、靴裏が厚い鉛で、キャンバスの靴甲がついていたが、私たちの使用したのは、靴底の形をした、厚さ三センチ、長さ三十センチの鉛の厚板であった。前後左右に細引を通す金具がつい

ていて、潜水ズボンをはいた上からこれを足に縛りつける。文字通り「金のわらじ」をはいて、といったいでたちで海底を歩くことになる。片足一キロの重量があった。

◇命綱（通称腰なわ）

以上の潜水用具一式を身に着け、面ガラスをはめる前に、人さし指ほどの太さのロープを腰に結びつける。これは、潜水者と水上の者との間で相互に信号を送ったり、潜水中の事故が発生した場合、ただちに引き揚げるための、文字通りの命の綱である。

五式撃雷＝棒機雷について

私は自分が実際に使用した簡易潜水器については、ある程度記憶もしており、説明もできるが、伏龍隊で使用することになっていた棒機雷については、当時、実物はおろか、訓練用に使用する模擬機雷すら見たこともなかった。ただ話として、「約五メートルの竹棒の先にバケツほどの大きさの五式撃雷をつけて、海底から敵の船底目がけて突き上げて爆破させる」ということを教員から聞かされていたにすぎない。

しかし、私たちより約一ヵ月ほど先に伏龍隊員になった人（講習員）からは、「かなり重い訓練用の機雷を、海岸のたこ壺陣地から引きずって歩いた」「海中で棒機雷を操作しようとしても、水の抵抗や潮流でかなりしなり、命中精度には自信がもてなかった」「訓練用の機雷は、先端の信管がガラス製であった」という話を聞いたことはあった。

昭和六十一年十一月、私は上田恵之助氏（第二十七震洋隊先任艇隊長）に同道して、防衛研修所の戦史室を訪れた。このとき、まったくの偶然といった形で「仮称五式機雷外観図」「仮称五式撃雷組立及解剖図」（注・傍点筆者）を発見した。

正直な話、私はいささか興奮した。

と同時に、「ああ、これが俺と抱き合い心中をすることになっていた片割れか！」と異様な感動をすら覚えたものである。

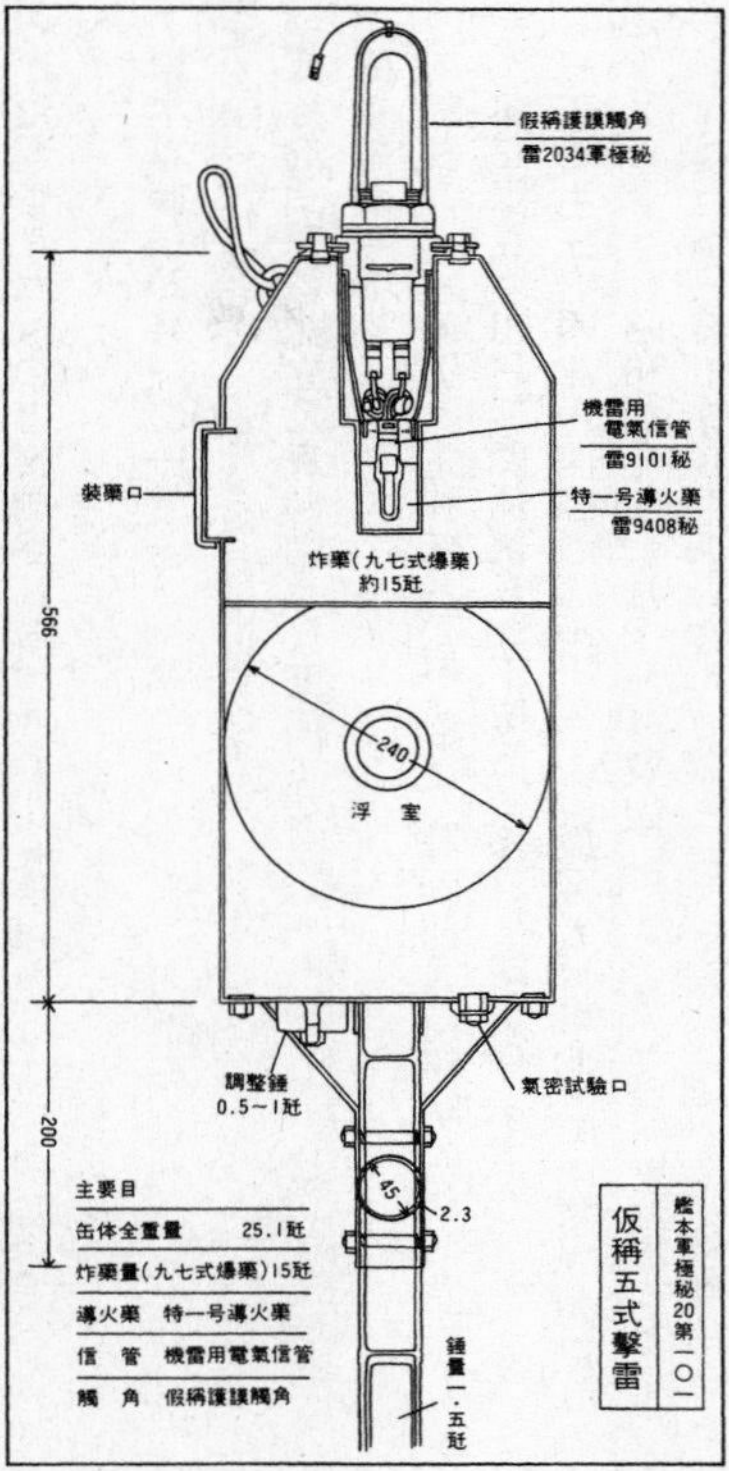

缶体全重量	25.1瓩
炸薬量（九七式爆薬）	15瓩
導火薬	特一号導火薬
信管	機雷用電氣信管
觸角	假称護蓋觸角

現在、私の手許には、この「機雷」および「撃雷」のB判全紙のコピーがあるが、この図面から判読できる記載記事を拾い出してみることとする。なおこれらの図面の説明書きには、いずれも英文が併記されているので、これは戦後、米占領軍に引き渡されたも

のが返還されたものと推測される。

艦本軍極秘20第一〇一号

軍極秘　取扱注意　用済返却ヲ要ス

「仮称五式撃雷組立及解剖図」尺度1/1　1/2

海軍艦政本部第二課

部長　田辺　主務部員（不明）　計画部員　嶋崎

第二課長　田村　関係部員（不明）　係員　荻久保

工場主任　木津　閲図者（不明）　製図者　川北

昭和二十年七月十一日製図

雷15011

（注・氏名はいずれも捺印より判読）

1罐体胴部　6器筒

2罐体頭部　7導火薬筒

3罐体頂鈑　8導火薬筒底鈑

4罐体底鈑　9装薬口

5薬室隔鈑　10以下は不明

主要目

罐体全重量　二五・一kg（炸薬、導火薬、触角、電器ヲ含ム、竹柄ハ除ク）
罐体調整浮量　〇・五～一kg（〃　〃）
炸薬量　（九七式爆薬）約一五kg
導火薬　特一号導火薬
信　管　機雷用電気信管
触　角　仮称ゴム触角

以上が五式撃雷設計図の主要項目である。

図面により補足すれば、長さ五十六・六センチ、直径二十四センチ、頭部約九センチのところから円錘状となった筒型で、先端に約十五センチの触角がついている。竹竿は径四・五センチ、長さの寸法は記載されていないが、末端部には、釣り合いを取るためと思われる一・五キロの錘りが埋め込まれている。

この図面の製図年月日は、昭和二十年七月十一日となっている。とすると、特攻用の実験機雷は、「仮称五式機雷」を改良して作製使用し、訓練用のものは、外形・重量を実物と同一にしたものを使用していたと思われる。

この図面の日付（二十年七月十一日）から推測すると、おそらく終戦の二十年八月十五日までには、「五式撃雷」の量産体制には入れなかったものと思われる。私たちは、対潜学校でも、後期訓練を受けた野比の部隊でも、「五式撃雷」は一度も見かけなかったし、貯蔵庫もまったく不明であった。

潜水器具の装着と体験潜水

訓練の初日、私たちは、午前中、潜水器具の説明を受け、午後からはただちに装着と工作学校内のポンド（溜池）での体験潜水を行なった。

潜水ズボンを穿き、足に鉛のわらじを着けると、とたんに両足が地面に吸い着いたかと思われるほどおもくなる。潜水上衣を着て木箱の上に腰をおろす。潜水服にきずをつけないため、帆布を上衣の前後に頭からかぶって腰のあたりまで垂らす（メキシコ人の民族衣裳ポンチョを短くした形）。

補助員が面ガラスをはずした潜水兜をかぶせ、これを四ヵ所、ナットで締め、上衣の兜台に密着させる。

酸素ボンベ二本に清浄罐をはがねバンドで取りつけ、背に負うと、体が後方へ反り返り気味になるが、これは前腹部に吊るした鉛錘で釣り合いがとれる。酸素供給管、呼気排出管などが兜に接続されて命綱が結ばれると、いよいよ最後に面ガラスが取りつけられる。この面ガラス一枚によって、潜水服内の者は外界から遮断された完全な気密状態となり、呼吸もその瞬間から、「鼻で吸って口で吐く」方式に切り替えなければならない。

陸上で装具一式着けると、約六十八キロ、大人一人を背負った重さとなる。よちよち歩きでポンドの縁にたどり着き、補助員の手を借りて水中に入ると、潜水服内の空気がいっせい

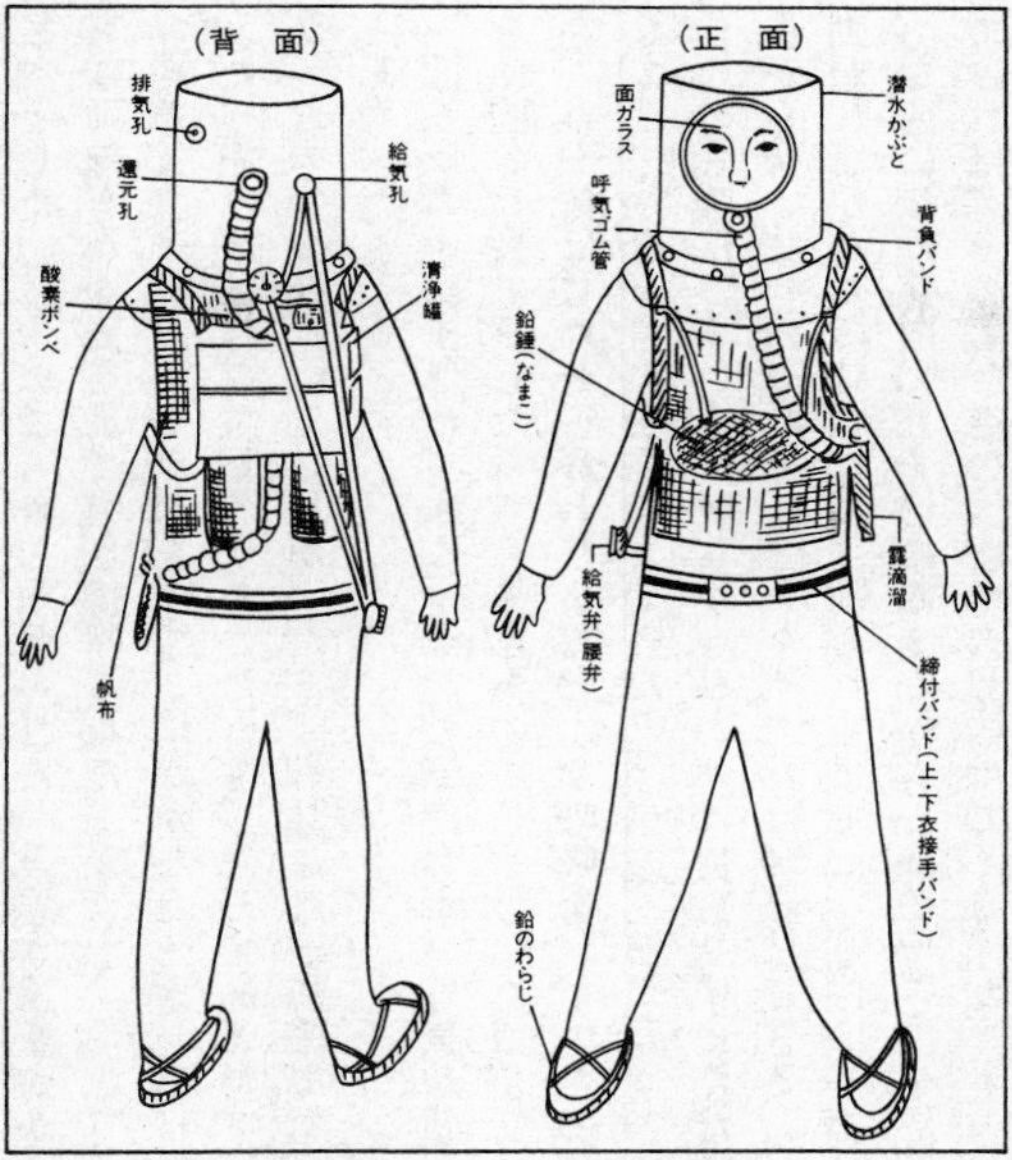

に上衣の方に移動し、これが浮力となって急に体が軽くなる。例の鼻と口の呼吸を繰り返しながら、右側頭部の排気弁をちょんちょん押して排気すると、次第に体は沈んでいく。目の前に青くよどんだ水が現われる。小さな気泡が絶えず目の前を上昇していく。

やがて足が底に着いた感じがした。ああ、俺は今、水中にいるのだな、それにしても何ときたない水だろう。絶えず目の前を上昇する小さな気泡に混じって、緑や茶色の小さな浮遊物が漂っている。まっすぐ立っているつもりでも、何となく体が後方へ反り返る気がする。いきなり腰なわがぐいっと一度長く、続いて短く三度引かれた。「浮上セヨ」の合図だ。

腰弁をひねって体を浮かせ、ポンドの縁に手を掛けて、肩の辺りを水面に出したとたん、ずしっとした、巨人にでものしかかられたかと思う重量がかかり、体が動かない。二人の補助員に両腕をかかえられて引き揚げられた。

補助員の一人が面ガラスをはずしにかかったとき、私は例の呼吸をしていないことに気づいた。先ほど猛烈な重量のかかったとき、思わずあわてて忘れてしまったらしい。時間が短かったので大事にいたらなかったが、もしこれが海底で気づかずにいたら……と思うとぞっとした。

面ガラスをはずされ、すーっとした気持ちよい外気が頬を撫でる。あとで私が呼吸の失敗を仲間の兵長に話したら、「俺もあのずしっとした奴を受けたときから駄目になったよ」とか、「一体はじめから終わりまでどんな呼吸をしていたのやら、だいいち息をしていたのかなあ……」など言い出す者までいた。

この呼吸法はまことに難しく、私たちは何もせずにただ呼吸のことだけ考えている間は、鼻から吸って口から吐く、という不自然な呼吸はできる。しかし、他のことを考え、手足を動かしながらこの呼吸をつづけられるまでになるには、相当の努力と慣れが必要であった。ちなみに掛け算の九九を逆に唱えながら（頭の中で）この呼吸を正確にやれるかどうか試してみれば、その難しさの大よその見当はつくはずだ。

教員の言葉をかりれば、「飯を食うとき、眠っているとき以外は常に鼻と口の呼吸をしていろ」ということであった。が、またこれを本気になって、一点を見つめたまま実行している者の姿を見ていると、臨月に近い妊婦が目を据えて、出産時の心配ごとを考えながら肩で息をついている格好に見えて、思わず吹き出してしまった。

私たちはよくふざけて、こういう者を見つけると、わざと無駄話をしかけて邪魔したものである。

この呼吸と共に私たちにとっては、面ガラス一枚が現世と地獄の別れ目であった。潜水直前、いよいよ面ガラスを装着されるという段になり、キキキーッという締めつける音を聞くと、「ああ、これでいよいよ……」といった気持ちにさせられるのである。かつて伏龍隊員の座談会の席上、この音のことを、「四十数年後の現在もあの音は忘れられません。もし聞けたとしたら、棺桶のふたを閉められるときに聞かされる音と同じではないだろうか……」と述懐していた人もいた。私は潜水を終えて面ガラスをはずされた瞬間、いつも「助かった！」という気持ちになったものである。

昭和五十九年二月五日、伏龍特攻隊員有志による慰霊祭が靖国神社で行なわれた。その後の懇親会の席上、挨拶に立たれた七十一嵐伏龍隊の実験隊長笹野大行氏は開口一番、次の言葉を発せられた。

「今回の催しの世話人、海老沢さんから本日の会合の御通知をいただいて以来、犠牲者を火葬にする順番を待っている間にただよって来る死臭と、あの面ガラスを締めつけるとき耳にした、キキキーという音が幻聴のように私の耳から離れなくなり……」

簡易潜水器を装着して水に潜る私たちが、どれほどの思いをこの面ガラス一枚に寄せていたか、言い尽くしてあまりある言葉である。

前期潜水訓練

体験潜水を行なった翌日から、私たちの前期潜水訓練は開始されている。場所は冒頭の「海底到着チョー タン タン」の舞台となった浦賀沖である。

伝馬船型の潜水工作船で沖へ出る。この船は和船型ではあるが、立ったまま、十二名がカッター同様にオールで漕ぐのである。

工作学校前の平作川にかかっている夫婦橋際に繋留されている船に、潜水用具一式を積込み、平作川を出て右折、沖合に出る。

所定の場所へ来ると、船は、舳を風上に向けた前後錨で固定される。舷側から張り出している腕木先端に、錘りのついたロープ（誘導索）を海底まで下げる。ついで同じ腕木から約二メートルの梯子を、先端の三分の二を海中に入れて、斜め四十五度に固縛する。船の四隅に柱を立て、上に日除けの天幕を張って準備完了。

潜水の模様は冒頭で述べた通りなので割愛し、多少補足的なことだけを述べることとする。

潜水者と船上からの連絡（命令・応答）は腰なわで行なわれる。記憶している幾つかの例を挙げてみよう。

海底到着　ー－－　（長《チョー》　短《タン》　短《タン》）

右ニ行ケ　ー　（長）

左ニ行ケ　――　（長　長）
停止セヨ　―-　（長　短）
浮上セヨ　―---　（長　短　短　短）
安否を問ウ　-　（短）
緊急信号　------　（短連発）

潜水者（一番）も船上の補助員（二番）も信号を受けたら、了解の合図としてかならず同じ信号を送り返すことになっている。船上の教員と命令を伝達する補助員（二番）とのやり取りの例を挙げてみよう。

教員「右ニ行ケ」
二番「応答アリ」
二番「右ニ行け　長《チョ》ー」（復唱して腰なわを長く一回引く）潜水者からの応答を確認。

船上の二番はこれを大声でやる。また、潜水者の安全を確かめるために、二番は教員の命令を待たず、随時「安否ヲ問ウ」の信号を送る。

二番「安否ヲ問ウ　短一発」
潜水者からの応答があれば、
二番「応答アリ」と大声で報告する。

私たちは体験しなかったが、船上あるいは海底で、スパナなどの金属を水中で打ちつけ、音波によって信号を送る方法も行なわれていたそうである。

次に潜水中に発生する事故について述べてみよう。

最も多いのは、呼吸を間違えて起こす炭酸ガス中毒である。また、ボンベ内の酸素残量の欠乏による窒息死であるが、これについては、私が海老沢先任教員から聞いた、とんでもないことが原因であることも後述する。

次に清浄罐破損による海水浸入で、中の苛性ソーダと海水が化学反応を起こし、沸騰して口元に逆流、これを飲み込んで食道から胃部にかけて火傷してしまうそうである。

そのため、各船には食用酢が常備されていて、応急処置としてこれを事故者に飲ませ、苛性ソーダを中和させることになっていたが、この事故はまず間違いなく一命を落とすそうである。

「清浄罐をやられたと分かったら、ただちに排出孔から口をはずし、緊急信号を送れ。後頭部の還元孔から沸騰水が逆流するかも知れないから目を閉じて呼吸を停止しろ、助かる場合もあるかも分からん」

教員が真剣な顔つきで細かな注意を述べるのだが、私たちは、「俺だけは大丈夫、絶対にそんな目に合うはずはない」と呑気さをよそおっていたものだ。しかし、何回潜っても、面ガラスをはずされたとき、「ああ助かった！」という思いは、最後まで変わりなかった。

ユーモラスな事故としては、次のようなものもあるとのことである。

潜水者が浮上中、給気弁を閉め忘れ、そのまま大の字になって勢いよく海上に浮上、さらに出しっぱなしになっている酸素のため、ゴム製の潜水服がだるまさんのようにふくれ上がり、ついに水しぶきと共に破裂して死んでしまう……とは教員の話であるが、真偽のほどは定かでない。

後期潜水訓練

対潜学校における私たちの前期訓練は、十日足らずで終了、ただちに徒歩行軍で後期訓練のため野比に移動した。七月下旬のことだったと思う。兵舎は海辺近くの小高い丘の上に建てられていた海軍水測学校の木造二階建ての校舎で、すぐ近くに海軍病院（現在の国立療養所久里浜病院）があった。

この野比海岸での後期訓練は、やや実戦的なもので、初めは装具と腰なわをつけたまま、五名一組となって徒歩で海岸から潜水していった。約十メートルの深度で各自五メートル間隔に散開、その位置で浮上沈降をくり返し、ふたたび徒歩で海岸へ戻ってくるのである。

一見簡単な訓練に思えるが、ここの海岸は遠浅で、海底を歩いている間はいいが、上半身が水中から出たとたん、例のずしっとした重量が肩にかかり、そこから海岸の天幕（波打ち際から約二十メートルの距離にある待機所）にたどり着くまでは、大変な重労働であった。そのため、この間に鼻・口の呼吸を間違えて炭酸ガス中毒事故を起こす者が多発した。

余談ではあるが、戦後、私は友人とこの野比海岸に海水浴に行ったことがある。そのとき、「ああ、ここは俺たちの古戦場だった」といった懐かしさのあまり、水中から友人の一人を背負って歩いてみた。六十キロ前後の男だったが、やはり腰から上が水上に出てからは、とても歩ききれるものではなく、途中で投げ出してしまった。海水パンツではだし、呼吸は鼻でも口でも自由といったまったく身軽な状態ですらこの始末、若かったとはいえ、七十キロ近い重装備で、よくあの訓練に耐えられたもの……と胸の熱くなる想いで感慨にふけったことを思い出す。

訓練が進むにつれ、腰なわの先端にバレーボール程度の大きさの黒色鉄製ブイをつけ、これによって潜水者の位置を海上の伝馬船で確認しての訓練が行なわれた。

この訓練の段階で、私と同期の降籏勝一氏が体験した、事故寸前の模様を、私はすぐ間近で視認しており、また、本人からも聞いた話を述べてみよう。

それはよく晴れた日の午後の訓練のときだった。私は潜水者の監視役として伝馬船に乗っていた。と、近くの別の班の伝馬船であわただしい騒ぎが起こった。潜水者のブイが急に見えなくなったらしい。同乗の兵曹長が、

「もっと沖へ船を進めろ、急げ！　左の方を注意しろ」

と怒鳴っている。

「あ、ブイが見えました。あっちです」

「馬鹿野郎！　あっちとはどっちだ、右か左か、よし、分かった、俺に貸せ」と、特務上がりの年輩の兵曹長は、兵隊から櫓を取り上げると、見事な手捌きで船を進めた。

一人が船から体を乗り出し、ブイを掴むと、ぐいぐい引いている。浮上信号を送っている

らしい。間もなく水中から浮上してきた青茶色の土佐衛門のような姿で、潜水服の兵隊が船べりへ引き寄せられた。排気が間に合わなかったのか、潜水上衣はかなりふくれている。面ガラスを通して見かけた顔に何か見覚えがある。

「あ、降籏だ！」太い眉と切れ上がった目でそれと分かった。船中に引き上げられ、面ガラスをはずされた彼は、何か盛んにうなずきながら、大きな口を開けて呼吸している。

「生きている！」私は大声で叫んだ。

このときのことについて、降籏氏は最近、次の説明をしてくれた。

「私が海中を歩いていたとき、深度につれて伸びるはずのブイのロープが、背中の清浄罐にひっかかってしまったらしい。それを知らず私は、沖へ向かってどんどん歩いていた。ブイが自分の頭上一、二メートルにあったのを知らず歩きつづけているうち、清浄罐がミシミシ音をたてはじめた。これは相当水圧が加わってきたな、と思った。

私たちの使用していた清浄罐は、十五メートルの水圧で破損すると聞いていたので、これは相当深い所へ来てしまったぞ、と思ってふと上を見ると、何と水上にあるはずのブイがすぐ頭上にある。ロープが引っかかっているのに気づいてはずすと、しばらくして『浮上セヨ』の合図があった。給気して浮上すると、すぐ伝馬船に引き寄せられ、船へ引き揚げられた。面ガラスをはずされたとたん、『この野郎のぶい奴（野太い奴）だ、普通なら大の字になって上がってくるのに、ちゃんと浮上しやがって……』と怒鳴られた」そうである。

私たちは後期訓練に入ってまだ間がなかったので、最後まで棒機雷による舟艇攻撃訓練は行なわれなかった。

味方の攻撃でも死ぬ特攻

後期訓練のため野比へ来て間もなく、だれ言うとなく、「俺たちの使用する棒機雷が一発爆発すると、水中五十メートル以内の者は全滅するそうだ」という噂が流れてきた。

現在は約五メートル間隔で五名一組単位の潜水歩行訓練だが、実戦では一体どうなるのだろう。敵の上陸予想地点に配備され、五十メートル間隔で散開せよといわれても、あの歩き難い海底で、時々刻々変化する潮流に押し流されながら、どうやって前後左右各自五十メートルの間隔を保って配置につくことができるのであろうか？

『海軍水雷史』で清水大尉は、「……何回も何回も配備訓練が行なわれる。最後には、隊員は目をつむっていても、歩数で自己の配備点につけるまでになる……」と書いている。再度にわたっての批判がましい反論で申しわけないが、当時、簡易潜水器を装着して海底歩行を体験した者なら、清水氏の言われることは絶対不可能であることが納得できるはずである。おそらく清水氏は、「……目をつむっていても自己の配備点につけるぐらいに、潜水歩行に熟達するよう訓練が重ねられていた……」と書かれるつもりであったのであろう。

私はこの噂を聞くまで、毎日、死と隣り合わせの訓練に無我夢中であった。午前の訓練は無事だったが、午後の訓練ではどんな事故が発生するか分からない。何しろ呼吸一つの間違いが、ボルト一本のゆるみが、死に直結する海底での訓練なのである。そんな中での、潜水・歩行・散開・浮上等に精一杯の毎日であった。したがって、自分が接敵したときのことまで考えるゆとりはなかった。

しかし、私はこの噂を耳にして以来、これから自分が行なおうとしていることが急に恐ろしくなった。俺は特攻隊員だから、自分の撃雷攻撃で敵と刺し違えて爆死するのは当然のこととして、気持ちの上では覚悟していたつもりだ。しかし、他人の攻撃で水圧死したり、自分の撃雷が誘爆したりして死ぬことまでは、計算に入っていなかった。これではまったくの犬死ではないか！

他人にさとられ臆病者と思われたくないこの悩みに、私は数日間苦しみ抜いた。しかし、ふと志摩半島での洞窟掘りのとき、落盤事故で圧死したり、ダイナマイトの暴発事故で重傷を負った同期生たちのことを思い出した。それに夜ごと飛来する敵のB29爆撃機になす術もなく、本土が焼土となるにまかせているこの戦局である。

まもなく敵の上陸作戦は開始され、（私たちには上層部が予測していた十月末、敵上陸は知らされていなかったが）どこにいても死は避けられないはずだ。とすると、運がよければ敵の上陸用舟艇と刺し違えて死ぬことのできるいまの立場は、まだ恵まれているのではないだろうか。もしそれができたなら、俺の死は、自分の親兄弟や友人知己の死を、一分一秒でものばす役に立つことができるかも知れない――よし、こうなったら、配置についたとき、俺は海底でできる限り沖へ進出し、真っ先に攻撃をかけてやろう、そうしないと他の奴に殺られる、絶対にそうしよう。

数え年十七歳の少年の頭で悩み抜いた揚句、やっとたどり着いたこの結論を得て、私の気持ちは不思議に平静になった。大げさな表現を使えば、安心立命の境地を得た、とでも言うのであろうか? 口にこそ出さなかったが、他の隊員も同じことを考えていたのではなかろうか?

午前・午後の訓練は相変わらずつづけられていた。

〝恐るべき〟日本の兵器

私は先に「本格化した『伏龍特攻』計画」の項で、海軍省から艦政本部へ提出された「伏龍隊急速展開要領」および「編成標準」を紹介した。これには、「陸戦兵器ハ非常ナル減産ニ付キ装備標準ヲ設定スルモ空文トナルヲ以テ各鎮所定ニ依リ適宜実施ノコトトセラレ度」と付箋がつけられて戻されていたことを述べた。そして、私はこの目でこの付箋の文章がまったくの「空文」でなかったことを知ったのである。

昭和二十年七月二十四日、後期訓練に入って間もなくのことだった。就寝後いつごろだったろう、突然、非常呼集がかかって、私たちは兵舎前の校庭に集合した。「千葉県九十九里浜に敵機動部隊が接近し上陸が予想される」という情報のもとに、伏龍隊も急きょ陸戦隊を編成、これに対処することとなった。

「九十九里浜と同時に、相模湾にも上陸の公算大なるをもって、只今から兵器を分配する。各員は、早急に与えられた兵器に習熟し、いつでも使用可能な状態としておくように」という隊長の訓示があり、持ち出されたのが木箱入りの「兵器」であった。九九式小銃、自動小銃（「編成標準」に出ていた機関短銃と思われる）、ロケット弾（同じくロサ弾）、手榴弾のあったのを記憶している。

私は予科練入隊前、中国の北京で、現地駐屯の陸軍の兵隊が持っていた、騎兵銃に似た折りたたみ脚付の九九式小銃をすでに知っていたので、薄暗がりの中で木箱からそれを取り出そうとした。とたんに、チクッとした痛みを指に感じた。銃把の辺りの木部がささくれ、とげが刺さったのだ。

外見は確かに小柄な九九式小銃だが、脚はなく、黒さび色の銃身は旋盤の荒削りのままざらざらである。試しに槓桿を起こして開鎖梃を引いてみると、「ガキッ」という妙な音と共に薬室が開いたが(注1)、中はべとべとにグリスが塗りたくってあった。右手で握った槓桿もざらざらである。

（注1）

九九式短小銃が三八式歩兵銃と異なる主な点を列挙すると、弾薬口径が6.5㎜から7.5㎜に増大し、威力が増した（そのため反動量も増加し、精度操作性が落ちたという人もある）。寸法が15センチ短く、重量が200g軽くなり、初速は60m／秒落ちたが、最大射程が400m延伸し、したがって有効射程が200m延長した。

また、照準器が谷型から対空照尺つき孔照門とかわり、目もりが４００～２４００ｍまであったのが３００～１５００ｍになった。

さらに射撃姿勢を安定させるため、折りたたみの針金製単脚が加えられて、銃床前部に木被（ハンド・ガード）が加わり、白兵戦用に強化されたことがあげられる。

こうして、三八式歩兵銃と共に九九式小銃が戦線に参加していったが、やがて太平洋戦争が開始され、単脚、遊底おおいなどが省略され、とうとう粗雑な製品が次々と出されるようになってきた。（『日本の秘密兵器』小橋良夫著・池田書店刊・五六ページより）

俺は自動小銃にしよう――あんなお粗末な九九式の引金を引いて、弾が飛び出さず薬室が爆発して自分の顔を吹っ飛ばすのは御免だ、と思ったからである。私の班の四人の兵長はいずれも自動小銃をとった。記憶がさだかではないのだが、七、八十センチの長さで、薬室左側に弾倉をはめる部分があったと記憶している。

銃尾には小型の銃床尾があって、銃身右側の小さな槓桿を手前に引くと、一発弾が薬室に送り込まれ、引金を引きっぱなしにすると、つぎつぎに弾（弾倉の大きさからすると、拳銃弾程度と想像された）が自動的に発射される仕組みになっているらしかった。（注2）

（注2）

日本に輸入されたＳＩＧ・１９２０は、少数が試験用に陸軍に納入されたが、大部分は機関銃整備が少なかった海軍陸戦隊の制式装備となった。昭和7年1月の第一次上海事変と昭和12年の日華事変当初の上海事変でも、海軍特別陸戦隊はベルグマン機関短銃を使用し、上海市内の近接戦では思いがけない好性能をあげたため、陸軍も短機関銃の性能にあらためて注目し、ドイツ・ベルグマン社から新型のMP34／Iマシンピストルを輸入し、一〇〇式短機関銃開発の母体としたものであった。

このため正式にはSIG・1920であるが、日本では原型の名をとってすべてベルグマンと総称し、海軍側では特に名称を陸軍式の短機関銃ではなく、機関短銃と称した。

……昭和19年から戦局に対応して製造工程を簡略化し、大量生産にむくように設計された一〇〇式改短機関銃が製造された。

口径8㎜、装弾数30発、作動方式反動利用、給弾方式箱型弾装、照準器照尺100㎜、全長950㎜、銃身長240㎜、重量3.8kg、初速370m／秒、発射速度800発／分。

（前掲書一四二〜一四三ページより）

私は左手で弾倉を握り、薬室に装着しようとした。――「カチッ」という快い音がしないで、弾倉は銃にはまらない。弾倉の上下を間違えたかと、あれこれやってみたが、どうやっても駄目だ。

「畜生！　オシャカ弾倉などよこしやがって」と、つぎつぎに弾倉を取りかえてみたが、いずれも駄目だ。私のところの四梃の自動小銃のどれも、弾倉を装着できるものはなかった。

「小隊長！　この銃はどれも弾倉がはまりません」

腹立ちまぎれに私は、小隊長に突っかかり口調で言った。

予備学生出身の、眼鏡をかけた若い少尉はむっとした顔つきになった。私の言葉遣いに腹を立てたのだろう。

「なに、弾倉がはまらない？　そんな馬鹿な……」

「私のところの四梃の自動小銃、どれも駄目です」

私の手から銃と弾倉を取り上げて、あれこれいじくっている小隊長に私は言った。

「すぐ取り替えて下さい」

「なに、取り替えろ……貴様、いったい、今何だと思っているのだ、この非常事態に！　いいか、敵と戦うということは、何も弾を撃つことばかりではないのだあ！　肉弾で突き当たり、銃身を握って敵をぶん殴るのだ、体当たり精神だ、体当たり特攻だ」

大声でわめきたてながら、本当に銃身を握り、荒れ狂って振り回す小隊長の顔は、夜目にもそれと分かるほど真っ赤になっている。私は意外にこれをさめた目で眺めていた。

——どうにもならないので、あんなことを言って誤魔化しやがって。

しかし、私はいつの間にか自分のひざが、自分でも分かるほどがたがた震えだしているのに気づいた。これはとんでもないことになったぞ！「上陸して来る敵と、早急に習熟した武器をもって戦う」ということは、この一メートルに満たない自動小銃の銃身を握って振り回せということだったのか？　ならば竹槍の方がまだましではないか？

しかしまてよ、俺たちは上陸して来る敵を水際で迎撃する伏龍特攻隊員ではなかったのか？　いくら未熟とは言え、今は潜水には慣れている。つぎつぎに撃雷をもって突っ込んでいけばいいではないか？　伏龍としての水際特攻作戦は一体どうなったのか？……

あっ、と思った——撃雷がないのだ。この部隊のどこにも、いや、ひょっとすると、日本中のどこにもないのではないか？　だからこそ、いまさらあわてて使い物にならないこんな武器を持ち出して来たのではないか？　もう駄目だ、と思ったとたん、総毛立った全身の震えはいっそう激しくなり、がくがくと歯の根も合わない恐怖感は、いちだんとその厚さを増して全身を包んでいった。

「板子一枚地獄の底」のその地獄の海底で、死と隣り合わせの訓練をしているときには、恐怖といえるものはまったく感じなかったのに、陸上で、見えない敵接近の情報を聞いただけで感じるこの不思議な恐れは、一体、何なのだろう。俺はこんなに臆病者だったのだろうか？

他の奴にさとられないよう、私は黙って下を向いて、何とかふるえを鎮めようとしていたが、ふと気がつくと、周囲の者一同、私語一つするでもなく、陰うつに黙りこくっていた。

あの時は、そして戦後になっても、久しく誰もあの夜の恐怖を口にしなっかた。しかし、最近になって野比で一緒にこの夜のことを体験した仲間に聞くと、「いや、じつは俺もあのときは……」と、もう時効が成立したかのように、異口同音に恐怖の思い出を語るのであった。

幸いなことに、この機動部隊接近の情報は、未熟な海岸監視員が沖の夜光虫を敵艦隊と見誤った誤報と分かり、私たちは陸戦配置につくことなく解散となった。

今だからこそ言えるのかも知れないが、空・水上・水中を問わず特攻隊員になった者は、自分が運命を共にする兵器と一体となれて、はじめて死の恐怖から逃れられたのではないだろうか? 爆装した飛行機、人間魚雷、あるいは震洋艇(爆装モーターボート)でも、それに乗って敵に体当たりすれば、「必ず死ぬ」ことが分かっていても、自分がそれに身をゆだねてさえいれば、理屈抜きの安心感に似た気持ちでいられたのではないか、と思うのである。私たちの場合も、まだ目にしない撃雷でも、いざというときは、「俺たちは撃雷と一緒に体当たりするのだ」という〝決意〟を持っていたからこそ、必死を前提とした訓練に取り組むこともできたのであろう。

例が適切であるかどうか分からないが、報道カメラマンが、手にしたカメラのファインダーを覗いている限り、乱闘や惨劇の修羅場に肉薄できる、あの心理状態と共通するものが特攻隊員にはあったのではないだろうか?

私たちの最後の頼り「五式撃雷」はどこにも見当たらない。とすると、竹槍にも劣るあの使えない兵器を手にして、ただ敵の攻撃にさらされ逃げ惑い、やがて無惨な最期を迎えなければならないのだろうか……。という恐怖、だが一方、「そんな馬鹿なことはあるまい、どこかにきっと秘匿されているはずだ、敵の上陸までには、かならず撃雷を手にすることができるはずだ!」と、幻の撃雷の期待を無理に自分に言い聞かせて、その後も私たちは潜水訓練に励んでいたのである。

戦後、先任伍長だった海老沢氏もこの日のことを覚えておられ、次のように話された。

「あのときの兵器は七十パーセント使用不能という報告が、私のところにも来たのを覚えています。今から考えますと、一応合格品は全部戦地へ行っていたのですね。兵器としての基準はあっても、当時の日本の情勢としては守れるわけがなく、〝各鎮守府ごとに武器は調達せよ〟ということで、不合格品でもなんでもそこらに積んであったのをよこせ、ということで持って来てばらまいた、というのが実情だったようです」

しかし、この「恐るべき兵器」にたいする絶望とおどろきはこれで終わらなかった。その翌日、午前の潜水訓練は中止となり、海岸で〝手榴弾〟の使用法の実演が行なわれることになった。すでに私は中学校の軍事教練で手榴弾の投擲訓練は経験していた。訓練用の模擬製ではあったが、信管と火薬がないだけで、型も重さも実物とまったくおなじものを使用していた。ねずみ色の鉄製円筒型で、表面にコカコーラのびんの表面模様に似た凹線が刻み込まれ、ずっしりした重量感——それは信頼感とも言えよう——があった。太さ五センチ、長さ十センチぐらいだったろうか？

安全ピンを抜いて頭部の撃発装置の凸起を打ちつけ、「いち、にっ、さん」で投げると同時に身を伏せる、といった訓練で、撃発から七秒後に破裂すると聞かされていた。

ところが、この日お目にかかった〝手榴弾〟なるものは、野球のボールぐらいの、素焼きの瀬戸物製で、一部に凸部があり、ちょうど昔の八十ワット電球をもう少し丸くした感じである。凸部の被いをはずし、マッチの刷板様のものを取り出し、これで凸部をこすると、シューという発火音と共に白煙を吹く。「えいっ」とばかり投げると、二、三十メートル先で「ポンッ」と花火の弾けるような音と共に破裂して、五メートル四方に黄白煙が舞い上がる。

皆の見まもる前でこれを実演して見せた中尉（予備学生出身の、色の浅黒い精かんな感じの士官）は、ゆがんだ顔つきで、「これでも敵に傷を負わすことぐらいはできる……解散！」と吐き出すように言い捨てると、後も見ずに兵舎へ戻っていってしまった。

昭和五十七年二月、テレビのニュースで、場所は失念したが、「戦争末期に作られた瀬戸物製手榴弾が大量に発見された」と、ブラウン管に写し出された木箱入りのそれは、まさしく私たちが野比の海岸でお目にかかったのと同一の代物で、妙な懐かしさを覚えたものである。

〝手榴弾〟実演のあった日の午後、〝ロケット弾〟（ロサ弾）の説明が兵舎で行なわれた。四十数年前のことで、記憶は定かでないが、直径十二センチ、長さ約一・五メートルの、先端の尖った円筒型の弾体である。これを前後二人で肩に担いで運搬移動するのだが、これを発射する砲も台も見当たらない。

説明に当たった特務兵曹長の話によると、このロケット弾を所定の位置（なるべく遮へい物のある小高い所）へ運び、長さ四メートル以上、幅約二十センチ、厚さ二～三センチのなるたけ頑丈な板二枚をV字型に釘で打ちつけ、木製の樋を作る。この樋を前方の敵に、距離に応じた仰角をつけて（目測で）方向を定め、石などでもって固定させる。これが砲（ランチャー）となるのである。砲の末端にロケットの弾体を安置させ、尾部の点火栓のひもを引き抜くと、噴射音と共に射出されたロケット弾は弧を描いて敵陣へ飛び込み、大爆発と共に敵を粉砕するのだそうである。

最後にいちだんと声を張り上げた兵曹長は、「われわれはこれでもって敵空母一、戦艦一を轟沈することになっている。……なぜならば我が部隊にはこの弾が二発あるからである」と苦笑しながら話を締めくくった。(注3)

（注3）

太平洋戦争の中期以後、米軍の大反攻に苦しむ日本軍の補給はますます不利になり、図体の大きな火砲の補給などできなくなったので、陸軍はこれまで採用しなかった20センチ噴進弾を昭和18年の春、制式兵器とした。……

20センチ用の砲身は、肉薄の鋼管で迫撃砲の形式を採用していたが、迫撃砲とちがい、発射筒の前後部が開放され、後部には蝶つがい式のフタがあり、そこが噴射弾の装塡口となっている。砲身は中央よりやや前方に支環を備え、それに連結された脚によって支えられている……点火方式は電気式または、拉縄式であった。

つまり、弾底にネジ止めした門管の鍵に縄をつけてひくと、摩擦によって門管が発火し、その火は点火薬室の黒色火薬に点火することになっていた。砲弾は尖頭型の砲弾で、前部が弾頭、後部が推進体（ロケット）となっていた。

一般の火砲とくらべて本来簡単な発射台がさらに簡略化され、けっきょく断面が三日月型の鉄製架台も採用された。その形は雨樋に脚をつけたような形状になり、最悪の場合は木製樋でもよく、また、地上に直線溝を掘っても発射できた。

全長１０２９㎜、噴進薬７・58㎏、炸薬量16・54㎏、全重量83・7㎏、最大速度１７５m／秒、最大射程２４００m。（『日本の秘密兵器』二〇九～二一〇ページ他）

「国破れて」も「山河あり」

暑い暑い真夏の太陽が、その日も海岸の白砂を焼き、なぜか午前の訓練が早目に切り上げられて、兵舎へ向かう私たちの素足の裏を焦がしていた。昭和二十年八月十五日昼前のことである。

「本日の昼食は一時間繰り上げる。昼食後、制式軍装に着替え、全員、号令台の前へ集合」

午前の訓練開始に先だって、当直士官から言い渡されたこの通達に、私たちは何ごとだろう？ とは思ったが、それよりも早飯が食えるという期待の方が大きく、さして詮索することもなく、午前の訓練終了とともに、焼けた砂浜にしぶとくへばりついて、点々と生えている緑の雑草を拾い歩きしながら兵舎へと急いでいた。

正直なところ、このころになると私たちは約一ヵ月前、初期潜水訓練を受けていたときの張りつめていた気持ちは失いかけていた。この気のゆるみは、明日は我が身かも知れない訓練中の犠牲者の多発の噂と、素焼きの瀬戸物〝手榴弾〟や、弾倉のはまらない自動小銃を目のあたりにしてからの絶望感、そしてこれが最も大きかったと思うが、潜水に対する狡《な》れが無意識のうちに働いていたようであった。

こんなだれかけた気分が、とくに兵長の間で広まりはじめた折りも折り、「物凄い爆弾」が広島に投下（八月六日）されたのに引きつづき、「ソ連が日本との約束を破って攻撃して来やがった」（八月八日）翌日、今度は長崎に新型爆弾が落とされたというニュースが流れて来た。

しかし、そのころの私たちは、もう日本に不利な戦況ニュースに麻痺していて、「物凄い爆弾」にも「ソ連の侵攻」にもさしてのショックは受けなかった。

何か日と共につぎつぎと報ぜられる敗け戦さが、いずれも私たちのいるこの野比の海岸から遠く離れたところで繰りひろげられていることなので、今のところ俺たちには直接どうってことないじゃないか、俺たちは〝その日〟が来れば、好むと好まざると（本心から好む奴は一人もいないはずだが……）にかかわらず爆死しなければならない、その「ならない」訓練を毎日やっていればいいのだ、そんな投げやりな気分の毎日であった。

ただこの「物凄い爆弾」が落とされて以来、この爆弾の被害を最少に食い止めるため、「できるだけ白色の衣服類で身をおおうこと」と通達が出されたときには、「一体どうなっているのだ!?」とあきれ返ってしまった。敵の目になるたけ目立たないよう、白色の二種軍装（夏服）をはじめ、事業服、戦闘帽にいたるまで、すべてを緑またはカーキ色（当時は国防色といっていた）に染め変えた現在、身をおおう白衣など下着以外だれも持っていなかった。

発令者とて、この事実は充分承知の上での通達なのだろう……。幼稚な頭でこの矛盾に思いをめぐらし、一体どうすればいいのだ、いよいよ俺たちの最期の日が近づいてきたのだ、と思った。

これまでも、私たちは日常のラジオニュースはもとより、新聞などを耳目にする機会はなかった。時折り当直教員から○○海域での敵空母撃沈、戦艦大破とか、神風特攻による赫々たる戦果といった景気のよい「大本営発表」ニュースの通達はあった。しかし、今回の新型爆弾の広島・長崎の被害については、たまたま皆が吊床に入った(就寝)直後、わざわざ当直教員がやってきて、その爆弾の威力について、「これまでに類を見ないすさまじいものであるから、空襲警報に対しては緊急に対処して身を守るよう」と「我が方の被害」と「敵の使用した爆弾の威力」につき、声を強めたのである。

私は文字通り「寝耳に水」の、これまでに例を見ない甚大な爆撃被害と、白衣による対処の通達に、当直教員の言葉が一語一語、熱針が肌身に突き刺す思いで聞いたのであった。そしてますます「いよいよ……」の気持ちが強まった。

それはまことに奇異な光景だった。

真夏だというのに、私たちは紺ラシャ地の第一種軍装(冬の制服。夏服の第二種軍装は、三重空にいたとき、緑色に染めるため津の工場へ出し、空襲を受けて焼失していた)で舎外へ出たが、私たちがそこで目にしたのは、だれも人間のいない号令台の上に、白布でおおわれた一台の机が置かれ、そこにラジオが、〝様〟と敬称をつけたい格好で安置されているのである。私たちはその前に整列した。

「気おーつけーっ、脱帽、最敬礼！」

正午、「君ヶ代」の奏楽放送が終わると共に当直士官の号令で、私たちは号令台のラジオから流れてくるはずの〝現御神《あきつみかみ》〟——天皇陛下の玉音を待った。

……ざーざー「トホッシ　ココニ　チュウリョウナル……」じーじー「ベイエイニコクニセンセンセル……センジンニシシ　ショクイキニ……」がーがーざーざー「ゴタイタメニサク……」ざーがががー「タエガタキヲタエ　シノビガタキヲシノビ……」ざーざー「……コクタイヲゴジシエテ……シンシュウノ……ヨクチンガイヲタイセヨ」

「？　？　？」

「なおーれっ」

当直士官の号令で、真夏の太陽に焼きつけられ、額から流れる汗に目をしばたたかせながら、耐え難き暑さに耐え、忍び難き苦しさを忍んでいた私たちは、ほっとして頭を上げた。

一瞬、妙な静けさが号令台の前の集団を支配した。

——一体、今の放送は何だ？

敗戦後、この〝玉音〟放送を聞きながら、「感涙にむせんだ」とか「地団駄ふんで口惜しがった」などの文章を読んだり耳にしたりしたが、あの聞きとり難い放送の、いったいどこで敗戦を知ることができたのであろうか？　少なくともあの時、あの場所では戦争の終結を知った者は、一人もいなかった。したがって野比の伏龍隊に関する限り、「感涙」も、「地団駄」もまったくなかった。

「別命あるまで兵舎で待機、午後の課業は取り止めとする」

当直士官の通達に、ふと我にかえった私たちは隣りの者と、「なんだ、どうしたのだろう」などとささやきを交わしながら兵舎へ向かった。

「何だあれは一体……さっきの奴は？」

先任の兵長が、妙におもっくるしくなった兵舎の空気を吹き消すつもりか、大声で怒鳴った。ひたいから流れる汗を手の甲で拭いつつ、私たち兵長は、ラシャの冬服を薄地の特攻服に着替えながら、だらだらとぐろを巻いていた。

「新型爆弾も落とされたし、ロ助も攻め込んで来たから、もっとしっかり戦争しなさいっていう天皇陛下のお言葉よ」

「各員一層奮励努力せよか……」

「そういうこと」

こんな投げやりな言葉をお互いに吐き出していたが、だれもが心の中では、「何かがあったらしい」「その何かは何か？」と思案している様子だ。その証拠に、お互いに顔色をうかがってはいるが話はいっこうにはずまない。ちょうどそんなときだった。

「おい、戦争がな、終わったらしいぞ！　日本がな、敗けたらしい」

何かの用で本部へ行っていた一人の兵長が血相を変えて、その割にはのんびりした口調でわめきながら駆け込んできた。

「何？　戦争が終わった……」

「本当か貴様！　それ」

だらけきっていた兵舎の空気が、一瞬凝結したかと思うほどの緊張と静寂の後、どっと兵長たちがその男を取り囲んだ。

「いまな、横鎮から連絡が入ってな、陛下の御放送は戦闘を止めろ、という放送だったそうだ。だがな、はっきりしたことは分からんがな、もしかしたらデマかも分からんからな。それに、もし日本がアメリカと戦争止めたといってもな、横鎮は止めないでつづけるって士官たちが言ってたぜ」

ガッシャーン！　こののんびりした〝重大ニュース〟が終わるか終わらないかのとき、どこかの班の兵長が食器入れの網袋をデッキに叩きつけた。

「貴様、それ嘘じゃないだろうな⁉」

皆に詰め寄られ、胸ぐらを掴まれた兵長は後ずさりしながら、

「俺がどしてこんな嘘つかなければならないんだ。司令からの伝令がな、士官室へ来て話しているの聞いてな、俺、そのままとんで来たんだ」

掴まれた胸ぐらをふりほどきながら、彼は言った。

「総員ただちに号令台前に集合せよ」

ちょうどこのとき、拡声器から、この重大時にもかかわらず、いつもと変わらぬ抑揚のな

い事務的な号令が流れてきた。

「ひとこと言っておく」

台上に立った司令・新谷喜一大佐は、冷静さを粧っているのか、普段よりも低く、ゆっくりとした口調だが、心持ち青ざめた顔色と語尾のふるえに心の動揺をかくすことができず話しはじめた。

「先ほど天皇陛下の御放送があったが、電波の状態が悪かったか、御趣旨がよく聞き取れなかった。しかし、只今入った横鎮からの連絡によると、日本は天皇陛下の御命令により、戦争を中止することになったそうである。しかし、横鎮および当隊としては、今のところ現状を維持する方針である。皆はあくまでも軽挙妄動を慎み、次の指令を待つように」

こんな意味のことを司令は言われたようだが、私は真昼の悪夢でも見ている気持ちで、司令の言葉が耳元をかすめて、単なる音として通り過ぎて行くのを感じていた。

それから後はよく覚えていない。ぐたぐた崩れそうな、芯棒のはずされた操り人形のような体をどうやって兵舎まで運んだのか。

「日本が負けた」こんなことが本当にあっていいのだろうか？

「日本が負けるときは、地球上には何も生物がいなくなる時だろう」

私たちは本気でこんなことを考えていたが、大学教育を受けた予備学生出身の士官でさえも、志摩半島での穴掘りのとき、そんな意味の話をしていた。それなのに司令は、「戦争を中止することになった」とはっきり言った。今、日本がこの状態で戦争を中止するというのは、間違いなく日本は負けた、ということではないか。負けたというのに、今こうして俺は、ここへいていいのだろうか?

青天のへきれきのようなことが突然降って湧いて、私は自分の心の置き場、身の処し方を見失っていた。なぜか今初めて、「日本は戦争をしていたのだ」という現実を思い知ったようでさえあった。

だれかに肩をたたかれてふり向くと、三重空からずっと一緒だった五味が立っていた。目顔で外へ行こうと誘っている。そこに五味がいるということで、一瞬、虚脱から私は目覚めた。私たちは無言のまま連れ立って、海の見下ろせる青々と夏草の茂った丘へ向かって歩いていった。

やや傾いたとはいっても、日差しはまともに照りつけて暑い。何だ、戦争に負けたというのに昨日と変わりなく暑いじゃないか。いつも訓練のため海岸へ降りて行く道すじの丘に、二人は並んで腰を下ろした。不思議だ、まったく不思議だ。青くすっきりと晴れ渡った空の下の海は、昨日と少しも変わっていない。静かに寄せて岸辺の砂浜にまだらな白泡の曲線を描いて返す波も、右手に突き出ている濃紫色にかすむ半島も、海岸の松林の深緑もまったく昨日と変わりないではないか。戦争に負けたというのに。

「国破れて山河あり」か……。かつて中学校の漢文か何かで習ったこの文句が、私の頭の中に浮かんだ。これまでの私の考えからすれば、戦争に負けた日本には、山も河も海もあってはならないはずだった。仮りにあったとしても、それは昨日と変わっていなければならないはずであった。俺自身が今ここで昨日と同じく呼吸していることすら不自然なはずなのに。無理に頬をゆがめて、俺を包んでいる大気が変わっていないか確かめてみても、少しも変わった感じはない。

……「国破れて」〝も〟「山河あり」か……。私はうつむいて一人そんな感慨にふけっていた。

と、いきなりひざを揺すられて、私は眠りから覚めたように顔をあげた。並んで座っている五味が右下の海岸を指さしている。

あ、何だあれは⁉　折しも一隻の漁船が半裸の漁師四、五人の手で海へ押し出されようとしているではないか！　それはまるでお祭りの山車を押す若者たちの、躍動感に溢れた活気さえ感じさせる動きである。数時間前までは「民間人絶対立入禁止」の特攻作戦訓練場の海岸を、一刻も早く海へとび出したいのか、半ば駆け足で船を押している。彼らは解放感を全身で現わし、海へ乗り出すことでそれを実感として味わいたいのか……。

やがて三丁櫓のその船は、波頭を切ってぐんぐん沖を目ざして漕ぎ進んで行く。船の行方をあっ気に取られて見送っていた私の視野に、やがてそれが豆つぶほどになったころ、私は「ニッポンは負けた」ということを現実のものとして認めざるを得なかった。

数え年十七歳の、海底の少年飛行兵が迎えた敗戦の日であった。

エピローグ――伏龍隊解隊まで

敗戦の日、五味と二人で沖を目ざしてゆく漁船を見送ってから兵舎へ戻った私は、一体何をしていたのだろう。とにかく猛烈に暑い日で、開け放した窓から吹き込んでくる午後の風が、かえって汗を呼ぶ熱風であったことを覚えている。

八月十五日から復員の日、たしか二十四日だったと思うが、この十日間の記憶は切れ切れの、まことにあいまいな、日時も定かでないままの、頼りないものだが、想い浮かぶままにたどってみよう。

その日の午後、敗戦のショックに茫然自失、いずれの隊員も虚脱した感じで何するでもなく兵舎にたむろし、「これから一体、どうなるのだろう」とそれぞれ思い沈んでいるときであった。

「馬鹿野郎！　何言ってやがる、畜生め」

突然、大声がしたと思うと、ぐでんぐでんに酔っぱらった一人の年輩の兵曹長が、抜き身の日本刀を振り回して私たちの居住区へあばれ込んできた。三、四人の下士官がこれを取り押さえようと後を追って来たが、何しろ酔っぱらいに刃物で近寄れない。

私たちもいっせいに立ち上がった。ちょうど居住区の中ほどまで来たところで、柱に掛けてあったピストル型の消火器を取りはずした兵曹長は、いきなりぶっ放した。

ボアッ、鈍い発射音とともに、辺り一面、白煙につつまれた。

「ヤンキー出て来い！　ぶった切ってやる」

自分も頭から白ねずみになって白煙（じつは白の粉末消火剤）の中から姿を現わした兵曹長は、左手の消火器を投げ捨てると、両手で大上段に振り上げただんびらを、見えない目の前のヤンキーにでも斬りつけるつもりか、いきなり振り下ろした。

「あっ」と言って崩折れたのは、ヤンキーならぬ御本人である。手許がくるったというよりも、滅茶苦茶に振り下ろした刀の切っ先で、自分の左足の甲を切りつけてしまったのだ。

それまで遠巻きにしていた下士官たちが、どっと折り重なって酔っぱらい兵曹長に飛びつき、足を血まみれにしながら、なおもわけの分からぬことをわめき散らしてあばれ騒ぐのを抱えて連れ去っていった。

この場面を、私と同期で共に伏龍隊に行っていた山本豊太郎氏は、次の通り話している。

「私たちの兵舎は二階建てで、私たちの居住区はその二階にあった。八月十五日午後、私が外から帰って階段を上りかけたところ、ちょうど踊り場の辺りで大声がしている。『おい、担架だ、早く担架を持って来い』という声に重ねて、『いらねえ、いらねえ、俺は担架なんかいらねえぞ、棺桶を用意しろ、棺桶を！』と大声でわめく声も聞こえる。一人の兵曹長が足を血だらけにして、下士官数人に押さえつけられている。兵舎での騒ぎは後になって知りました」

十六、十七、十八日と潜水訓練は平常通り行なわれた。十七日の訓練終了後、私たちの中隊長が、「俺たちだけでも日本を占領に来た米軍に一泡ふかしてやろう」ということで、その気のある者は名前を書いて持って来い、ということになった。

正直なところ、私はいまさらもう……という気持ちであまり気が進まなかったが、例によって臆病者、卑怯者と言われるのが嫌なばっかりに、心ならずも名前を書いて出した一人であった。この呼びかけには中隊の者ほとんど全員が同調したと思う。

ところがいつの間に持ち出してきたのか、例の〝手榴弾〟が二発ずつ渡され、見つからないように保管しておけ、と言われた。私は赤色箱入りのそれを、私物入れのトランクにしのばせた。

だが、このさして重くもない野球ボール大の素焼きの手榴弾が、ずっしりと、あたかも鉛でも飲み込んだかのように私の胸にわだかまり、「本当にやらなければならないのだろうか？」と不安でならなかった。しかし、この企図は翌日には発覚し、手榴弾を返納したときは心からほっとしたのを覚えている。

終戦の〝玉音放送〟を聞いた後、「今後の行動は未定」で「現状維持」することになっていた野比の伏龍隊の方針も、はっきりと訓示の形で示されたわけではなかったが、終戦処理の方向へ進みはじめていた模様である。

八月十九日だったか二十日前後の午後だった。このころは訓練も中止となり、兵舎でごろごろしていたところ、突然の高射砲の炸裂音に、「おや？」と空を見上げて驚いた。偵察に来たらしい米軍の大型機（飛行艇だったかも知れない）が、久里浜上空を飛んでいる。それを目がけて、右手の半島上空に高射砲の弾幕が張られ、一面に爆煙の花を咲かせている。私たちが八月十五日以降初めて見る米軍の大型機は、それほどの高度もとらず、悠然と爆煙の上を飛んでいる。高射砲の射撃はますます激しくなる一方である。

——何ということだ！　戦争中、つまりつい数日前までは、昼夜を分かたずどんなに敵機が飛来しようとも、固く固く沈黙を守りつづけていた防空隊が、戦争が終わったとたん、この日本によくもこれだけの弾があったもの、と感心するほどの凄まじい砲撃なのである。

「おい、止めてくれ、頼むから撃つの止めてくれ、戦争は終わったのだ。今になって、あの新型爆弾という奴を落とされたらどうするのだ、止めろ、馬鹿！」

私は心の中で必死に叫んだ、祈った。

幸い新型爆弾も落とされず、米機も撃墜されずどこかへ飛び去ったときは、思わず助かった！　と胸を撫で下ろしたものである。敗戦を境いに、私はとにかく死ぬのは嫌だという気持ちが猛烈に強くなっていた。

戦時中だったので、私が三重空へ入隊したときから志摩半島の作業場でも、ここ伏龍隊でも、夜間は厳重な灯火管制が敷かれていた。しかし慣れとは恐ろしいもので、終戦のころは私たちは「夜目」と「勘」が大変効くようになっていた。暗闇で駆け足したり、便所への渡り廊下など、灯火なしでまったく支障なく歩けるほどになっていた。

ところが、敗戦の翌日だったか翌々日だったか、「夜間はできるだけ明るくしろ」と、命令のような妙な通達が出され、私たちの隊の灯火管制は解除となった。しかし、身に沁み込んだ習性から抜けきれず、日没前になると私たちは、当然のごとく窓の遮蔽幕へ手をかけ、半分閉めかけたところで、ああそうだったかと気づいたものである。しかし、なんとなく気持ちが落ち着かなかった。

夏の日が暮れ、「釣床おろせ」があってからしばらくして、私は屋外へある便所へ行こうと外へ出て驚いた。それまで明るい兵舎にいたので気がつかなかったのだが、兵舎の窓という窓から明かりがもれている！　いや、もれているといった生やさしいものではない、そこにはわざと窓から外へ向かって光を照射しているとしか思えない、今まで見たこともない光景が出現しているのである。そして二階建ての兵舎全体が、輝く電光の中に白っぽく浮いて見えるのだ。

三重空入隊のため北京を出発して以来、一年六ヵ月ぶりに目にする夜景である。

「きれいだなあー」私は思わずつぶやいて、便所へ行くのも忘れてしばし見とれていた。

八月二十二日の午後、潜水器具をはじめとする兵器を処理するため（海中投棄、防空壕への格納、土中へ埋めるの三説あり）、隊員はいずれもその作業に狩り出されていた。前夜の豪雨が嘘のような、晴れ渡った日であった。

私はちょっと手を出したかどうか、すぐずらかってネッチング（釣床格納所）で寝っ転がっていた。さぼるというよりも、もう完全にやる気をなくしていた。

そのとき私の頭の中を去来していたのは、「俺はこれから一体どうすればいいのだろう？」という、差し迫った身の振り方であった。日本は負けて戦争は終わったのだから、当然この軍隊はなくなるはずだ。とすると、「お前たち、もういいから家へ帰れ、家のない者もどこかへ行け」とここを放り出されるだろう。外地から来て帰るあてのない私が、「俺は嫌だ」と、たとえ自分だけがここに居座っていても、「軍隊」という影と形がまわりから消え失せ、自分一人だけがここに取り残されている、ということになるだろう。

生まれたときからずっと家庭、学校、軍隊と管理された環境で生活してきた私が、これから放り出される社会で、自分一人で生きていく道を探さなければならなくなったのだ。親兄弟のいずれもが中国の北京、天津、山西省の原平鎮と離散している。この敗戦のどさくさに日本から中国へ渡ることなど、とてもできる相談ではない。もしそれが可能だとしても、中国は戦勝国なのだ。そこへ敗戦国の日本兵《リーペンピン》が「ただいま」と、のこのこ帰ることなどとても考えられない。

俺は今、帰れと言われても帰るところはないのだ。とすると、これから先、一体どうすればいいのだ……こんなどうどう巡りをくり返しているとき、

「総員ただちに号令台前に集合せよ。作業中の者も作業を中止、ただちに集合せよ、急げ！」

いつになく緊迫した当直士官の号令が、スピーカーから流れてきた。先ほどからなんとなく外が騒がしいな、とは感じていたので、何かあったのかな、でも俺は行かねえよ、とふてくされ気味の私は気にも止めていなかった。が、「作業中の者も作業を中止……急げ」の言葉が気になって、「では行くか……」と重い腰を上げたのだった。

「人員点呼。人数確認の上、至急異状の有無を報告せよ」という当直士官の緊張した声に、「おい、何かあったのか？」と隣りの者に訊ねると、「何だ、お前、あの騒ぎ知らんのか？作業中に土砂崩れがあって何名か埋まってるらしいんだ。自力で何人かは這い出してきたのだが」との答えだった。

「ふーん、そうか……」人が何人か生き埋めになっている、もしかしたら、死んでいるかも知れない大事故が発生したというのに、私はまったく無関心そのものであった。

「ふーん、埋まったか、土の中に……」敗戦のショックからであろうか、この当時の私はほ

とんど感情をなくした人間になっていた。

このときの事故について、降簱氏（三重空同期生）は次の通り記している。

「その日、命令により使用していた特攻器具を一ヵ所へ集めるための作業に従事していた。小生あの日は午前、雨が少し降っていたように記憶している。昼食後のことだったと思う。小生の前方十メートルくらい先を行く数人が、道路の陥没と共にめり込んで行った。黒石君（三重空同期）も腰まで埋まっていたが、自力で這い出してきた。他にも二、三人這い出して来たが、二人は首の辺りまで砂に埋まり、鼻血を出して苦しんでいた。これには手を貸して引っぱり上げたので命は助かった。

陥没はその道の下が防空壕になっていたため、重味で蟻地獄のようにすっぽり抜けたのだった。

ただちに非常呼集がかかり、人員点呼をしたところ、一名が不明なため埋まっていると認め、掘り出し作業にかかった。丘陵地の中腹の道とて、上から砂がずるずると落ちてきて、作業は危険ではかどらなかったが、午後四時ごろ、穴の下から、足と手が見えた。ところが下は特攻服、上は三種軍装だったので、二人いるとして、再度、人員点呼したが、不明は一人であった。……掘り出して検視したと思うが、戦病死ということで落着し、東北出身者だったところから、同郷の人が遺骨を託されたことを知っている」（注・この日の事故死者は、乙二十三期・上飛・及川常雄・岩手県出身）

同じくこの事故について、山本豊太郎氏（二十二期生）は、次の書信を寄せてくれた。

「及川常雄は同班でした。及川は大雨の後、防空壕へ兵器格納の作業員に出て落盤事故、殉職したのでした。明日復員の前日であったと思います。その翌日、近くの火葬場まで行って来ました。その時の班長が海老沢さんだと思います。終戦後とはいえ、柩を四人で肩にして約一キロ余もあったろうか、道行く人がとくに年頃の女性が最敬礼した人の多くに我も深く心を打たれました。そして分隊長（学生）の兵曹長（少尉候補生）が吉田と一緒に実家に遺骨を届けることになり打ち合わせをしたのでした」

八月二十三日は明日の復員を控え、その準備で何かと忙しかった。

夕食は士官も下士官・兵も一緒の、別れの会食となった。酒が一升びんごと幾本も出た。どんな料理が出されたか忘れたが、宴が進むにつれ、のど自慢、お国自慢の歌が飛び出し、ついには乱れた宴席のあちこちで立ち上がり、幾つかの輪が出来て、肩組みあっての「同期の桜」の大合唱となった。

飲みつけない湯飲み一杯の冷や酒で、顔がかっかとほてってきた私も、しばらく隣り同士で肩組み合って合唱の仲間に入っていたが、ふと例の士官――「貴様、今何だと思っているのだ、この非常時に……」と非常呼集の時、弾倉のはまらない自動小銃を振り回してわめき散らしていた、眼鏡の坊や面の士官が、飛びはねる格好で合唱の輪にいるのが目に入った。

そして偶然にも、一昨日、被服庫を破って略奪兵の先頭に立っていた工作科の教員（二等兵曹）が、ねじり鉢巻の上半身裸体で一升びんの酒をラッパ飲みであふっている姿も目に写った……あいつには俺たち兵長は目の敵《かたき》にされ、昼食時、衆人環視の中で理由なきバッターをくらわされた。

「やめた！」俺はあんな奴らと同期の桜ではない。私は酔いをさますふりをして一人で舎外へ出た。そして例の海岸へ通じる丘陵、あの敗戦の日、五味と二人で海を眺めた丘の草の上に寝転んだ。夜露に濡れた草がほてった頬に触れて気持ちよい。きれいな夜空だ、満天の星が美しい。

うっとり星空を眺めているうち、対潜学校でまったく偶然に再会した、三重空入隊時の田嶋分隊長のことを思い出した。再会を約して別れた、ほんの数分間の夢を見ているような夜半の対面だったが、その翌朝には私はこの野比へ移動して来ていたのだった。

「……命を粗末にするなよ」と言われて去って行かれた分隊長は、あれからどうされただろう……。佐々木福松班長のどんぐり眼が浮かんできた――三重空入隊時の私の班長で、幾度かの分隊編成替えの後、奇しくも私が伏龍隊員へ選抜されたときの班長……特攻訓練へ向かう私たちを乗せた船が防波堤から遠ざかって行くとき、その先端まで走って来て、両手で手旗信号を送ってくれた班長――「ゲンキデ　ガンバレ」と。……

私は手の甲で頬を拭った。やけにこの夜露はよく流れる。三重空のテーブルで、いつも淋しそうな笑顔で向かい合ってすわっていた松井の顔が浮かんできた。いつの間にか肺をやられ、食欲をなくした松井に、俺は何度か烹炊所からお粥をギンバイしてきたっけ……。ついに一万メートル競争のとき、力尽きて倒れ、そのまま帰休兵となったが、無事、北京へ帰り着けたのだろうか？　入隊当初の班の整列順は、俺、太田、松沢となっていたが、長野の農村出身の二人には皮靴が合わず、足を引きずりながら駆け足していたっけ……。二人とも重厚ないい奴だったが操縦へ行ってしまった――

今度は両手で私は頬をぬぐった。夜露ではない、涙だ。つぎつぎと頬をつたって流れる涙が、敗戦の日以来……いや、伏龍特攻隊へ来て以来失いかけていた私の人間性を取り戻してくれたのか。涙でかすみはするが、いつまでもいつまでも私は星を眺めていた。予科練―穴掘り―伏龍隊―そして明日からは……。

兵舎の方からは、いつ果てるとも知れぬ歌声が流れてくる。

……………

同じ伏龍隊の庭に咲く
咲いた花なら散るのは覚悟
見事散ります国のため

………

貴様と俺とは同期の桜

……………

くり返しくり返し歌われる歌に合わせて、私はいつしか小声で唱和していた。

同じ三重空の庭に咲く
咲いた花なら……

ああ、俺はやっぱり三重海軍航空隊で育った予科練だったのだ、飛行兵だったのだ。そしてそのまま、〝伏龍特攻隊〟という名の海底の飛行兵となったのだ。

一年数ヵ月の海軍生活ではあったが、これからも〝予科練だったのだ〟、そして〝伏龍特攻隊員となったのだ〟という思いは、凝縮された青春の一齣として一生ついて回るだろう。

貴様と俺と、そして、

同期の桜に――。

「最後の八月二十六日午前十時ごろ、新谷喜一司令以下、士官数名、下士官は先任伍長の私と、信号長の二人で軍艦旗を降下し、伏龍隊は解隊した次第です」（昭和五十九年二月八日、飯島健五氏からの来信）

III　伏龍・秘められた戦話

伏龍特攻秘話

私が伏龍特攻隊（第七十一嵐）の先任伍長をされていた高等機雷科上曹海老沢善佐雄氏に、昭和五十八年十二月七日にお目にかかり、直接お話を伺ったときの録音をもとにして、伏龍隊の裏話の二、三を記してみよう。

◇伏龍隊の創設

私（海老沢）が横須賀田浦の防備隊で機雷科の教員をしていた時、たまたま練習生の補充がつかず、一、二ヵ月遊んでいた。ちょうどそのとき、横鎮命令で「今度、伏龍隊という水際特攻隊を作ることになったから、お前、行け」ということで対潜学校行きを命ぜられた。昭和二十年五月のことであった。

この私の転任した伏龍隊も、短期間に幾度か名称が変わっているので、正式にはどう呼ぶのかはっきりしない。ただ履歴表によると、「伏龍隊教員ヲ命ズ」とあるが、七月十五日に七十一突撃隊となり、それから約十日後に七十一嵐部隊になっている。今考えてみると、七十一嵐部隊という大世帯の中に「伏龍特攻隊」が組み込まれていたのではないかと思う。したがってあえて正式名称を定めるなら、「第七十一嵐部隊伏龍特攻隊」とでもいうのであろう。

ところで、この名称の変更については、昭和二十年五月四日、軍務局より次の通達が出されている。

特攻戦隊突撃隊通称変更（但軍機軍極秘文書ヲ除ク）

軍務機密第二〇二二〇三番電

昭和二〇年五月四日

軍務局

宛　各特攻戦隊司令部司令官

各突撃隊司令

特攻戦隊、突撃隊ノ通称ヲ左ノ通リ定メラレ四月二〇日以降軍機軍極秘文書ヲ除ク文書及其ノ他一切ニ使用ノコトニ定メラル

第一、二、三、四等特攻戦隊ハ第一、二、三、四楠部隊

第十特攻戦隊ハ龍部隊、突撃隊ハ嵐部隊ト称シ上ニ固有ノ番号固有名称ヲ附ス。（例、第七十一突撃隊ハ第七十一嵐部隊、平生突撃隊ハ平生嵐部隊）

以上

◇酸素と闇

訓練開始早々、事故が続発した。大部分の事故が呼吸不全による死亡事故である。私は機雷専門で潜水のことはよく分からないが、あまりの事故の多発に、先任下士として放っておくわけにいかず、工作学校から派遣されていた若い兵曹に聞いてみた。

すると驚いたことに、潜水に絶対欠かすことのできない酸素が足らない。しかし、上からはどんどん訓練を進めろ、とうるさく言われる。仕方がないので、かならずしも充分でない酸素ボンベも使用せざるを得ないとの返事である。まったく信じられないことが実際に行なわれていたのである。

いくら必死を前提とした特攻隊員だといっても、彼らに必死を前提とした訓練をやらすなどとんでもない無茶苦茶だ、と私は兵隊五、六人を連れて久里浜の対潜学校から馬堀というところまで、大八車を引いて酸素を取りに行った。片道六キロぐらいあったのではないか？確か横須賀酸素株式会社といったと思う。先方の係の者は、なんとなく酸素不足で出せないといった煮えきらない素ぶりで応待していた。そのうち、私の胸の名札を見て、「海老沢さん、煙草なんとかなりませんか？」と言い出した。

私は昭和十四年の現役兵で海軍に入ったものだから、そのころ世間で横行していた「闇」（裏取引きの略称）というものをまったく知らない。しかし、煙草さえ都合つけてやれば酸素も何とかなりそうな気配だったので、「よし、明日かならず都合つけるから」と、その日はとにかく、車一杯分の酸素ボンベを持って帰隊した。

さっそく酒保に話をつけ、リンゴ箱一杯分ぐらいの煙草（多分二、三千本あったのではなかったか）を持って行ったところ、まるでどこからか湧き出すように、じゃんじゃん酸素が出てくるのである。それにしても、特攻の訓練に使用する軍需物資、それも直接生命にかかわる酸素にまで闇がつきまとうとは……。これが戦争末期の日本国内の実情だったのであろうか？

◇焼き場の沙汰も餌次第

〝闇〟にまつわる話としてこんなのもあった。

七月末ごろ、野比で一度に三名の犠牲者が出た。私はその遺体を焼き場に運んで火葬を頼んだところ、係の者は、一週間ぐらい先にならないと焼けないと言う。

夏の真っ盛りでもあるし、今と違って、遺体をそんなに長期間保存しておく設備もない。何とかしなければと思って理由を尋ねると、はじめは、ホトケが多いわりに燃料が不足でなかなか上がらないのだ、という返事だ。

そのうち、「何しろわしら生き仏の食い物が足らないので……力が出なくてねえ―」とつぶやくのである。私はすでに酸素の件で〝闇〟にも目が利くようになっていたので、そら、お出でなすったと思った。

「よし、分かった。お前たちのお供物はすぐ何とかするから、とにかく頼む」といって、私は自転車でとって返し、主計科から米一俵（海軍のは二斗）と鮭缶二十個ばかり持って行ってやった。

「そら、これでお前たち、生き仏も力が出るだろう」と言うと、「いやいやーこれはこれは……こんなに話の分かる隊長さんの下で死んだ兵隊さんは幸せだ。はやいとこ成仏させなきゃ、おらたちが罰当たる」など言いながら、今まで釜に入っていた半焼けの先客を引きずり出し、さっそくこちらのに取りかかるのである。

見ている私が思わず吐き気を覚えるすさまじい光景だった。

「地獄の沙汰も金次第」だそうだが、あの当時は「焼き場の沙汰も餌次第」だったのである。

火葬がはじまったのはいいが、当時は薪で焼くので六、七時間も時間がかかる。私は通夜を兼ねて予科練の応援を二十名ぐらい連れて行ったのだが、夜になると、火葬場という恐ろしさと、昼間の猛訓練の疲れもあり、皆ぶるっちゃって顔色がさえない。考えてみると、いずれも今の中学三年か高校一、二年ぐらいの少年たちだから無理もない。かわいそうになって皆を帰し、私一人居残った。

焼き上がったのが夜中の二時、焼き場のすぐ近くの寺に持って行って預かってくれとたのんだのだが、そこの住職は駄目だと言う。ここの伏龍隊の仏は、いずれも浦賀の方にある大きなお寺に安置することになっているので、戦友たちの待っているそちらへ持って行くように、とのことである。

私は骨箱を胸に一つ、背中に二つ背負って、灯火管制で真っ暗闇の田舎道を一人で歩きはじめた。ところが、焼き上がったばかりの骨を、木箱にじかに入れたのだからたまらない、余熱で木箱が焦げてくると共に、屍体を焼いたときの脂臭も一緒に漂ってくる。

背中と胸の熱さ、時折り箱の中で動く骨の音、そしてこんなときに限って、あの釜から引きずり出された半焼けの屍体の無惨な姿が頭の中を去来する。自分の足音まで、だれかが後からついて来るように聞こえてくる。

身ぶるいしながら脂汗を流して、一人であの暗い夜道を歩いた心細い想い出は、生涯忘れることはできないだろう。

◇七十一嵐部隊の編成

久里浜の対潜学校から野比に移動したときは、海軍の音測学校の兵舎を使用した。浦賀の方から来てトンネルを出たすぐ右手のところに伏龍隊本部があり、そこには、司令、副官など幹部が寝泊まりしていた。そこから五、六分歩いたところが海軍病院（現・国立療養所久里浜病院）、さらに五、六分歩いたところに伏龍隊の兵舎があった。近くの小学校の分教場も一部兵舎に使用していた。

甲種と乙種の予科練で大隊が編成されていた。兵長、上等兵、一等兵で各班十五名ぐらい、野比にいた伏龍隊員は約五百名だった。（注・海老沢氏所持の名簿には次の通りになっている）

昭和二〇年七月一〇日

横鎮出身　呉鎮出身　佐鎮出身

飛長　一五五名　　四五名　　四五名
上飛　一〇八名　　六一名　　一五名
一飛　　　七名　　　八名　　一八名
　　　　　　　　　　計四九九名

（注・これは士官および下士官を除いた約一コ大隊の人数に相当する。また終戦時作成されたと思われる米軍への「引渡調書」《海軍水雷学校久里浜分校》の付図、野比の第一・第二実習所略図には、それぞれの収容人員四百名となっている。したがって、終戦時の野比の在隊人員は、八百～一千名であった）

特攻隊員とは別に、工作学校から定員といわれる一般兵が来ていて、潜水器具の整備手入れなどをしていた。伏龍隊員は特攻だから、潜水訓練にだけ励めばよい、ということで、器具の手入れなどはしなかったはずだ。

ところが、工作学校から来ている教員の若い二等下士たちは、この特別扱いの伏龍隊員、それも兵長たちが面白くない。「奴らは間もなく俺たちを抜いて進級しやがる」ということで、何かと罰直を加えていた。

これを知った私は、工作科の下士官を集め、「陛下からあずかった大切な特攻隊員を撲るとは何事だ！　今後、特攻を撲った奴がいたら、俺が承知しないぞっ」とどやしつけた。私は先任上等兵曹だったたし、階級章もわざとヤスリですり切らしてハクをつけていたので、これは効果があったはずである。

第七十一嵐伏龍特攻隊の笹野大行実験隊長が遭遇された大事故の模様（昭和五十九年二月五日、録音による）

◇今も浦賀の海底に眠る伏龍の霊

横須賀の浦賀海岸で実験しているとき、海底に二千メートルのロープを、沖合の岩礁で折り返せるよう逆U字形に導索として張った。われわれ実験隊員はこのロープに従って、午前中、二千メートル歩いた。水中でこれだけ歩くと、酸素の消費量も非常に大きくなる。また疲労度も相当のものである。すでに午前の訓練中に何名かの事故者が出かかっていた。このときは途中、緊急浮上で助かっている。

しかし、潜水訓練中の浮上は隊員にとって屈辱である、という風潮が伏龍隊にはあった。このため、潜水中、多少身に危険を感じても隊員たちは、何とかして浮上せず、それを克服しようと無理をしてしまうのである。これが午後の訓練の大事故の原因の一つになっているとも考えられる。

私はこの実験の責任者島田喜与三少佐（海兵六十六期、当時特攻長・故人）に、隊員の疲労がかなり激しいから、午後の実験は取り止めてほしいと強く申し入れたが聞き入れられず、実験は強行された。

午後の実験で私が先頭で上がってきたら、海岸に張られているテント内にいるはずの、司令以下だれも見当たらない。自分で面ガラスをはずすこともできずそのまま待っていると、だれかがやって来てはずしてくれた。そこへ新谷司令が私に飛びついてきて、「よくお前、助かったなあ」と言われた。

その日の午後の潜水者たちが何名だったか今ははっきりしないが、全員が行方不明ということで、すでに捜索作業が行なわれていたのである。私がまず上がり、その後十五分ぐらいしてもう一人上がって来た。この日の午後の実験で七、八名行方不明、三名の遺体は収容できたが、他はついに発見できず、今もあの浦賀の海底に眠っているはずである。

伏龍特攻隊〝残藻録〟

『会者定離』——田嶋分隊長の想い出

寝入りばな、ふと名前を呼ばれたような気がしたが、昼間の猛訓練の疲れで、夢ともうつつともなく聞き過ごしていると、「門奈はこの兵舎にいるか？」のいちだんと大きな声ではっきりと目が覚めた。

左右の者二、三人が釣床から、かま首をもたげて私の方を見ている。どこかで聞いたような声だな——

「はい、おります」

急いで身繕いして、私は声のした入口の方へ駆けて行った。

灯火管制で薄暗く遮蔽された廊下の常夜灯の下に、一人の士官が立っている。

「門奈か？」

「はい、門奈です」

暗がりの薄い光をすかして、戦闘帽に三種軍装の士官の顔を見上げて驚いた。

「あ、田嶋分隊長」

「おお、やっぱり門奈だったな」

そこには紛れもない田嶋中尉が、いや、襟の階級章は大尉になっていた——あの懐かしい温顔をほころばせて立っていた。

伏龍特攻隊員として私が転属して来た横須賀の対潜学校で、やがて前期の基礎訓練が終わろうとする昭和二十年七月下旬のことであった。

私が三重海軍航空隊へ、第二十二期乙種飛行予科練習生として入隊したのは、約一年前の昭和十九年六月で、そのときの私たちの四十八分隊の分隊長が、四十歳を幾つか越したかと思われる田嶋中尉であった。

いきなり放り込まれた軍隊社会、西も東も分からず何かと途惑いがちの私たち新入り練習生に対し、田嶋分隊長は何くれとなく気を配ってくれていた。私たちが兵舎にいるときは、つとめて練習生に接するよう、温かな笑みを浮かべて兵舎内を巡回し、「どうだ、少しは慣れたかな？」「郷里《くに》はどこだ？」「御両親は元気か？」と言葉をかけてくれていた。

予科練教育の中には、毎月最低一〜二回程度、分隊長の精神訓話があった。これは主として雨天などのため屋外訓練が中止となったとき、兵舎内で行なわれた。机や椅子が両サイドにかたづけられたデッキ中央に黒板が持ち出され、練習生は各自の手箱を腰掛け代わりにして、黒板を中心に扇形に参集する。

精神訓話の内容は、練習生に海軍軍人としてそなわっていなければならない精神や心構えを教え込むのが目的であって、「我が国体」「御勅諭謹解」「大東亜共栄圏と日本の役割」といった、練習生にとっては面白くもおかしくもない退屈なものが行なわれがちだった。ところが、田嶋分隊長のは一味違っていた。時には「海軍の軍人らしさ」「礼儀について」などの話もあったが、どちらかといえば、人間本来の在り方について説くことが多かった。

「皆も知っている通り、石川五右衛門は捕えられて、最期は釜ゆでの刑にあっている。一緒に釜に入れられた我が子を両手で差し上げ、いよいよ力尽きんとするとき、南無阿弥陀仏と唱えたそうだ。極悪非道といわれたこの盗賊にも、人としての温かな善心はあったのだ。つまり、人間本来の在りようは善――性は善なのである」

およそ軍隊で話される精神訓話とはおもえない、お寺で聞かされる法話にも似た話であるが、私はこんな分隊長の話が好きだった。

六月から七月と暑さが増すとともに、訓練の激しさも日々強まってきていた。日ごろの疲れが出てくるのか、練習生の中にはこの精神訓話のとき、こっくりこっくり舟を漕ぐ者がいる。練習生の後ろでカッターの爪竿を持って見張っている教員に、居眠り練習生はコツンとやられる。そして後ほど「爪竿で頭をやられた者整列」とお呼びがかかり、「兵舎の周り駆け足五周、最後の三人はさらに三周」などのお負けがつく。

私は自分の居眠り防止と、どちらかといえば低音の分隊長の話がよく聞きとれるよう、いつも最前列に陣取った。そのため、どうしても分隊長の目につき、質問を受ける回数も多くなる。したがって、緊張しているので居眠りも出ない。こんなわけで、変わっている私の名前のせいもあったろうが、比較的早く、分隊長から私は名前と顔を覚えられた。

確か昭和十九年七月末のころだったと思う。

「本日の温習取り止め。ただし、全員温習講堂（自習室）に集合」の通達が夕食後にあった。温習講堂には、私たち練習生のほか、二人の分隊士と全教員が集まっていた。

「四十八分隊員全員そろいました。起立、敬礼、着席」

N先任教員の号令で、教壇上の田嶋分隊長への挨拶が終わると、分隊長はいきなり黒板に向かってチョークを走らせた。

〝会者定離〟

「だれかこれを読める者はいないか？」

分隊長はこう言うと、皆を見回した。残念ながら私には初めてお目にかかる字句で、読み方も意味もさっぱり分からない。「アイモノサダバナレ」「カイシャテイリ」？

「門奈、どうだ？」分隊長から指名されたが、私は「分かりません」と答えた。元来、軍隊には「分かりません」という返事はなく、「忘れました」でなければならないのだ。しかし覚えるも忘れるもまったく初めての〝会者定離〟なので、後で班長から、「あれほど教えておいたのに、分隊長に向かって分かりませんはないだろう、分かりませんは……。あれではまるで班長がお前たちに何も教えていないと思われるではないか！」とやられるのを覚悟で私は答えた。

「うん、これは〝えしゃじょうり〟と読む。遺教経に出てくる仏語で、対句として〝生者必滅〟とある」

おや？　今日は温習の代わりに精神訓話なのかな……。それにしても、分隊士をはじめ、全教員そろっての精神訓話も珍しいが……。

「この世に生を享《う》けた者は、いつの日かかならず死ななければならない。これを生者必滅と言う。そして会者定離――同様にこの世で出会った者は、かならず別れなければならない運命にある、ということを教えている言葉である」

分隊長は皆に教え諭す口調で話しはじめた。一言一言を自分にも言い聞かしているかのように、静かな口調でゆっくり話す分隊長の様子は、どうもこれまでの精神訓話のときとちがう。時折り両手をついた前のテーブルを黙って見つめている。言葉が途切れ、しばらく沈黙がつづいた。やがて、きっと顔を引きしめた分隊長は一同を見渡し、何かをふり切るかのような口調で一気に言った。

「分隊長は本日限りで、皆と別れることとなった」

一瞬、声にならないざわめいた空気が温習講堂にみなぎった。

「入隊以来約二ヵ月、これまで皆は事故一つ起こさずよく頑張ってきた。これは分隊士をはじめ、各班長の並々ならぬ努力の賜だと思う。本日命令が出て、分隊長は明日、三重空を離れることになった。会者定離は海軍軍人の宿命とも言えるものである。しかし、同じ海軍にいる限り、きっといつかどこかでまた会うことができると思う。皆も承知の通り、戦局は日増しに熾烈の度を加え、第一線では一日も早い皆の活躍を期待している。どうかこれまで通り、新しい分隊長のもとで、立派な飛行兵となるため日々の訓練につとめてもらいたい。終わりに一言、健康にはくれぐれも注意して事故を起こさないように。終わり」

諄々と教え諭す口調で話す分隊長の話を聞いているうちに、私は自分の気持ちが次第になえていくのが分かった。今、目の前にいる分隊長、あの温厚で滋味溢れる田嶋分隊長と今日限りで別れなければならない。あまりの突然の話に、私が自分の動転した気持ちを鎮めかねているとき、N先任教員の号令がかかった。

「起立、敬礼、なおれ」

私たちの敬礼にいつもの温容で応えた分隊長は、温習講堂を出て行かれた。

解散となって兵舎への帰途、私はくり返し考えた。「海軍にいる限り、きっといつかどこかで会えると思う」と分隊長は言われたが、万に一つでもそんなことがあり得るだろうか？この戦時下、北へ行くか南へ飛ぶか、行方も告げず去って行く分隊長にふたたび会えることなど……。

翌日の午後、四十八分隊全員の「帽振れ」に送られて、白の第二種軍装の田嶋分隊長は三重空を去っていった。

「今日、私はこの対潜学校へ来たのだが、三重空からの予科練出身者がここへも来ていると聞いたので、だれか知ってる者はいないかと思って、さっきから各兵舎の靴箱の名前を見て歩いていたのだ。たまたまこの兵舎の靴箱で門奈の名前が目についたので、もしかしたらと思って呼んでみたのだが、やっぱりそうだったか……」

にこにこ顔をほころばせて語りかけてくる分隊長は、なぜか言いわけするかのように、手振り身ぶりをまじえながら照れた口調であった。約一年前、真白な第二種軍装で別れた分隊長だったが、今は緑色の三種軍装に二本線の戦闘帽姿である。

「は、はい……」

久し振りにお目にかかる分隊長の顔を見ているうちに、まったく思いもかけない異郷で偶然、父親に出会った気になって、私は喉元でふくれ上がった熱い塊りにさえぎられて、容易に言葉が出てこなかった。

「伏龍特攻要員だそうだな……。うん、戦局がここまできては……いや、それにしても飛行機に乗れなくて残念だな」

「はい、水に潜ることになりました。でももぐらみたいに穴を掘っているよりはまだましです」

私はつとめて陽気さを装って言った。

「そうか、私はしばらくここの本部にいることになっている。かならず尋ねて来いよ」

「はい、有難うございます。きっとお伺い致します」

田嶋大尉はつと一歩、私へ近寄った。そして両手を私の肩に置くと、顔を近づけて耳元でささやいた。

「命を粗末にするなよ、体に気をつけてな。せっかく眠っているところを起こしてすまなかったな、また会おう」

「分隊長、わざわざ有難うございます。失礼します」

「わっ」と声をあげて田嶋大尉の胸にとびこみ、思いっきり涙を流したい衝動をやっとこらえて敬礼したとたん、どっと涙が溢れた。

——万に一つでも……と思っていたことが実際に起きたのだ。「海軍にいる限り、きっといつかどこかで……」

釣床に戻った私はなかなか寝つけなかった。約一年ぶりにお目にかかった分隊長の温容に変わりはなかったが、何か〝戦闘〟といった気迫めいたものが肩の辺りに漂っている気配さえ感じられた。きっとどこかの激戦地から戻られたのであろう。「戦局がここまで来ては……」と後の言葉をのみ込まれた分隊長の顔は一瞬、曇ったかに見えた。よし、明日は何としてでも本部へ行って、田嶋分隊長とつもる話をしよう……私はいつしか寝入ってしまっていた。

「本日〇八三〇本隊は後期訓練のため野比第二実習場へ移動する。全員の衣のうは自動車輸送、各自、身の回りの手荷物持参の上、朝食後兵舎前へ整列。野比まで徒歩行軍する。時間がないからただちに準備にかかれ」

起床直後、兵舎の拡声器から流れてきた伝達事項であった。

海底散歩の道連れ――忙中閑あり地獄の底も

◇魚の昼寝

私たち伏龍特攻隊員は初期訓練で、順調でスムーズな潜水・沈降・浮上および海底での自由自在な歩行ができるように徹底的にたたき込まれた。元来、陸棲生物であるヒトが水中で歩行するのであるから、たこやかにの真似をするのは容易なことではなかった。それに猿回しのえて公よろしく、船上からの綱一本の合図で、「それ右」「やれ左」も能のないことと教官が考えたかどうか分からないが、海底にいる間は比較的自由な行動が許されていた。

私がはじめて潜った海底は、「海底到着チョー　タン　タン」に書いた通りの一面の砂地で、それこそ曇天夕暮れの砂漠を思わせる無味乾燥？　なまったく風情のない場所だった。しかし、潜水位置が変わって岩礁地帯に当たると、そこは一変して美しい変化に富んだ別世界になるのだった。

戦後、輸入された天然色（カラー）映画「青い珊瑚礁」などで、色彩豊かな海底の様子は広く知られるようになった。しかし、戦前、戦中は、せいぜい理研映画の「ある日の干潟」

（モノクロ）などで、潮の引いた岩礁地帯が紹介されていたに過ぎなかった。したがって、私が初めて目にした海底の岩礁地帯の美しさは、驚異そのものであった。

水底で揺らぐ海草の林、岩間を縫って泳ぐ魚の群れ、褐色の岩を彩っている緑や黄は、海中の苔なのであろうか……。このような海底の景観は、思わず戦時中の生死を賭けた特攻訓練を忘れさせるパラダイスであった。

たまたまこんな場所で潜水したとき、私は驚くべき体験をした。岩間の海草に腰なわをからませぬようにゆっくり歩いていると、ふと目の前の岩の裂け目に、青・赤・黄の三原色に彩られた美しい魚が、体を斜めにして横たわっている。約二十センチほどの魚だが、今考えてみると、ベラの一種らしい。この様子を見たとたん、私は、あ、魚が岩のすき間にはさまって死んでいる、と思った。それほどその姿は静かであった。

しかし、近寄って目をこらして見ると、ひくひくとかすかに胸びれが動いている。さらに体を寄せて手でそっと触れてみる。ぴくっと体をふるわせたが逃げ出す様子もない。よし、摑まえてやれ、と指先を腹の辺りの岩のすき間に入れたとたん、するりと魚は岩から抜け出して、向こうの海草の陰に逃げていった。——どうやら私は、魚の昼寝の邪魔をしてしまったらしい。

私は、約四十年昔のこの体験を、何かの折、ふと思い出すことがあった。しかし、そのたびになぜか昔、夢にでも見たことを現実と取りちがえているのではないか、という疑念も捨てきれなかった。まさか昼日中から海中で魚が昼寝をきめ込むなんて、ちょっと信じられない、多分、何かと錯覚していたのだろうと思ったりしていた。ところが、最近になって、中央公論社発行の『続・百魚歳時記』に次の通り書かれているのを読んで、やっとあれは夢ではなかったのだ、と納得できた。

「ベラたちはまた面白い習性を持っている。……日暮れが迫って来ると、砂を掘ってさっさと身を横にして早々とお寝みになってしまう……」

あの日、まだ日暮れには間遠かったが、私と出会ったベラは相当な横着魚で、砂地に穴を掘るのも面倒と、岩の裂け目をベッドにして体を横たえ、昼寝をきめ込んでいたに違いない。

◇好奇心の強い魚

私はつい最近まで、玄関の靴箱の上の水槽に、二匹の鮒を飼っていた。約十五センチほどの大きさだが、数年前に十センチ足らずのを貰ってきたのが成長したのである。狭いガラスの水槽の中だが、いつも仲よく二匹寄り添って、ときにゆっくりと遊泳し、ときに水中の哲学者のごとく水底に静止し、つぶらな瞳をじっと外から覗き込んでいる私に向けている。

魚の好きな私は、仕事に疲れると二階から玄関まで出掛けて、時の経つのも忘れて水槽のガラス越しに鮒を眺めて楽しむのである。そんなある日、私はふと海底で逆にガラス越しに私が魚に覗き込まれたことを思い出した。

――敗戦の年、八月初旬、私たちの訓練が後期に入り、場所も対潜学校から野比の海岸第二実習場へ移ってからのことであった。

この後期訓練は、海岸の砂浜から潜水服をつけたまま徒歩で海底に潜る、やや実戦的なものであった。

その日の午後の訓練のとき、私は先端にブイがついた腰なわをつけて、一人で沖へ向かって歩いていた。真夏の太陽が照りつける海岸は、裸足の足の裏を焦がさんばかりの熱さで、私たちは砂浜を歩くとき、この熱砂の海岸に、しぶとくはりついてところどころに生えている青草を、ひろうようにぴょんぴょん跳びはねながら歩いたほどであった。

しかし、海中へはいると、潜水服と毛糸のシャツを通して、ひんやりとした冷気が肌に心地よい。給気・排気をひんぱんに行なうと、ボンベ内の酸素の消費量が大となり、はなはだよろしくないのであるが、炭酸ガス中毒防止と、〝健康維持〟のためには、当然ながらこれが最も効果的なのである。それに酸素を浮上のため使用する必要のない海岸からの潜水なので、それほど酸素残量の心配をする必要もない。私は必要以上に給排気を繰り返し、「冷房完備・呼吸安全」の真夏の海底歩行を楽しんでいた。

耳がツーンと鳴りはじめたときだから、深度が五メートルほどになったころだろう、前方から私の方へ向かって七、八匹の魚の群がやってきた。それはいずれも十五、六センチの黒鯛の子に見えた。私は思わず足を止めた。すると、この魚の群は体すれすれに通り過ぎていった。魚好きな私は思わず体を回してその行方を追ったが、私のかきたててきた砂煙の中へ彼らは姿を消していった。おそらく、私の排気の気泡と、水中の濁りを見つけて、餌をあさりにやってきた魚の一群だったのだろう。

ぐいっと腰の辺りが引かれた。私の動きが中断したので、安全確認の合図を送ってきたのだ。「俺はこの通り生きているぜ。せっかくの楽しみを邪魔するな」と「短一発」を返して私は前進を再開した。

しばらくすると、先ほどの魚と思われる数匹の群が、うしろから私の横をすり抜けていった。あ、さっきの連中だな、と見送っていると、彼らはふたたびくるりと向きを変えて私の方へ向かって来る。海中で光る面ガラスが気になるのか、今度は私の顔目がけてぐんぐん接近してきた。ふたたび私は立ち止まった。と、先頭を切って進んでいた奴が、私の面ガラスの前でぴたっと停止した。そして、私の顔をしげしげといった様子で覗き込んでいる。

「おかしな奴だな？　岩でもなし、草でもなし、といって、俺たちの仲間でもなし……」とでも考えているのかのように――。そんな魚の姿がおかしくなり、私は思わず独り笑ってしまった。すると、私の顔の動きにつり込まれたか、相手がつと体を進めたため、魚の鼻っ先が面ガラスにぶつかり、驚いた素ぶりで魚体をひるがえすと、沖へ向かって泳ぎ去っていった。

腰がぐいっと引かれる――またまた「安否ヲ問ウ」だ。

「うるさい、俺はいま魚と遊んでいたのだ！　じゃまするな」

私は「短一発」の応答をして、しばらく魚群の泳ぎ去った方を眺めていた。

◇たこ獲り

先にも述べたが、私たちの潜水位置が岩礁地帯であれば、水中の自由行動がある程度許されているだけに、これは大変楽しい訓練となる。黄褐色や緑の海草のゆらぐ岩の間を歩いていると、ときにごつごつした岩の一部が動いていることがある。「おや？」と一瞬目をこらすと、岩の塊りと見えたのは、岩にへばり着いたさざえで、これが餌を求めてか食後の散歩か、自分の家ごとゆっくりゆっくり移動しているのである。それも二十センチもある大きな奴だ。

しめた！　とばかり手をのばすと、何のことはない、自分の手も巨人の手のごとく大きくなっているのだ。面ガラスが水中でレンズの作用をしていたのだ。潜水中、さざえは何度か獲ったが、あわびには一度もお目にかかれなかった。

たこは、岩礁が自然の横穴にえぐれている入口の辺りに、貝殻やかにのナキガラが散乱していたら、たいていその中に潜んでいるはずだから……とかねて教員に教えられていた。実際にそれらしき穴を見つけて手を突っ込んでみると、いきなりぐにゃりとした手応えがあって、びっくりさせられる。

強引に引っぱり出すと、手の甲を吸盤で吸いつかれ、下手してあの烏口でひっかかれたこともあった。たこを捕まえたら例の頭（本当は胴体）をひっくり返すと、参った、と大人しくなる。そのゆとりのないときは、上手に潜水服の胸の辺りに吸いつかせ、軽く押さえて浮上するのが確実な運搬法であった。

当時この辺りで行なわれていたたこ漁は、「たこ壺」（堅い素焼きの、たたきつければ壊れる奴で、下世話に〝名器〟だ、何だと言われるそれではない。念のため）を、柿渋を塗ったしゅろ縄につつましい数を一連にくりつけ、手漕ぎの舟に積み込んで、昼のうちに岩礁地帯の海底に沈めてくるのである。たこは、今宵の宿りはここと、寝心地のよい壺の中にもぐり込み、翌朝目覚めたときは漁師の舟の中、ということになるのである。

戦争直後、三浦半島のさびれた漁村に行くと、ふじつぼのいっぱい着いた、色あせたたこ壺が、漁師の苫屋の軒下辺りに転がっていて、海辺の一点景として風情をそえたものである。

ところが、最近のたこ漁ときたら、コンクリート製で、長さが四十センチほどのかまぼこ形の容器に、落とし蓋の装置のある箱を使用している。中に仕掛けられた餌のいわしに誘われて入ったたこが、この餌にしがみついたとたん、すとんと入口がふさがるといった、味も素っ気もない代物である。これを何十個とナイロンロープでつなぎ合わせ、「魚探」のついた快速船で海底の模様を探りながら放り込んでくるのである。

獲るためには手段を選ばないといった感じむき出しのもの——自然界の人と動物の相互関係をぶち壊す、人間の「ルール違反」——と感じるのは、旧い型の人間に属する私のひが目であろうか？

ところで、私たちが前期訓練を行なった浦賀沖でも、地元の漁師がたこ壺を沈めて漁を行なっていた。たまたま潜水中にこのたこ壺に遭遇すると、……ということになって、潜水者はみごとなたこを獲って浮上してくる。浦賀の漁師さん、申しわけありません。獲ってきたたこは、船上で生のまま刻まれ、酢だこにして私たちの腹中に納まるのである。

「酢はどうしたのかって？」なに、そのため各船にはかならず酢が用意されているではないか！（「前期潜水訓練」一二三頁参照）。また隊へ持ち帰り、海水を煮て製塩作業をしている定員のところへ持って行き、「足を一本やるから……」とゆでだこにして食ったこともあった。

◇「貴様は馬鹿か？」

私は先に横須賀海軍工作学校で行なわれた「簡易潜水器ノ実験研究」を紹介した。この中で、「……本潜水器ハ背負ヘル空気清浄罐ニ依リ距離六米以内互ニ背ヲ向ヒ合セタル場合其ノ他ノ場合ハ約三米ノ通話容易ニシテ……」と書かれていると述べた。

当時、私たちも教員から、「背中の清浄罐を相互に密着させると、水中で会話ができることになっている」と聞かされていたので、野比の海岸で実際に行なってみた。しかし、これは、私たちの未熟のせいもあったと思うが、会話というにはほど遠い、ゴモゴモウワンウワンといった音しか聞こえなかった体験はすでに述べた通りである。このときの模様をもう少し詳しく述べてみよう。

この日、私はS上飛とペアを組んで潜水する予定であった。Sは新潟県出身で第一岡崎航空隊の整備予科練から来た男で、年齢は私より上だったが、陰日向のない、大変重厚な人物であった。なぜか私とウマが合うらしく、北京出身の私によく中国の話を聞きたがったりした。入隊前は杜氏（酒造り職人）をしながら予科練受験の勉強をしていたという努力家でもあった。

　私はかねてから本当に水中で会話ができるのだろうか、と疑問を抱いていたのだが、私たちの訓練はたいてい五人一組で潜水、水中展開、浮上、沈降といった場合が多く、なかなか水中会話を行なう機会がなかった。たまたまこの日は二人一組となり、深度約五メートルで交互に浮上沈降を繰り返すという訓練が行なわれることになった。よし、今日こそチャンスと、私は潜水前にS上飛に水中会話の件を打ち明け、合図するから背中合わせで会話をしようと打ち合わせておいた。

　私が先頭、Sがつづいた。浮標のついている腰なわで、深度およそ五〜六メートルと思われる地点に来たとき、私はふり返って（実際には体を百八十度回して）Sを見た。Sは片手を上げた。私は潜水かぶとの呼気排出口の辺りで、人差し指と拇指の先をつけたり離したりして、会話の手まねをした。Sが指で円を作って、了解の合図を返してきた。

　私たちはお互いに接近して背中合わせとなった。清浄罐取付バンドが触れ合うゴソゴソした音がかぶと内に伝ってくる。私はふといたずら心を起こして言った。

「貴様は馬鹿か？」

「ヴホヘ……ス……ゴモ……」何か音声といった感じの響きが、私のかぶとの中に伝わってはきたが、無口な相撲取りがインタビューに答えているよりもまだ不明瞭な音しか聞こえない。

「何、言ってるんだ、日本語で言え、日本語で」私の言葉に先ほどよりも大きな音声がSから返ってきたが、やはり何を言ってるのかはまったく不明だった。

潜水終了後、私はSに言った。

「俺の言った言葉、分かったか？」

「いや、何かよく分かりませんが、バなんとか、音みたいなものは聞こえました」

「そうか、俺はやっぱり日本語の話し方下手なのだな、北京に長くいたから……。Sが俺に言った〝貴様は馬鹿か〟という言葉ははっきり分かったのだが……」

「門奈さん、それはひどい！　私は〝聞こえますか〟〝聞こえますか〟と言ったんですよ、本当ですよ」

真面目なS上飛がむきになって弁解するのがおかしくなって、二人で大笑いした。

「嘘だ嘘だ。俺もSの言葉はさっぱり分からなかったよ。やっぱり手先信号しかないな水の中では……」

海岸に張られた天幕の中で潜水服を脱ぎながら、私たちは、「分からん、分からん」をくり返しながら、ぶじ潜水を終了したのを喜ぶかのように何度も大笑いした。

薄暮の決闘

「門奈さん、あの騎馬戦のこと覚えてますか？」

「いや、覚えてるどころではありません。あのときの光景、いま思い出すだけで身がぞくぞくしますよ」

「とにかく凄い騎馬戦でしたね。まるで他国人同士が乱闘していたようでしたよ、あれは。私はあのとき審判をしてましたから、間近でよく見ましたが、おそらく生涯二度とあんな凄まじい決闘は見られないでしょうね。五、六人失神したのを、医務室に運ばせましたよ」

昭和五十八年十二月八日、私が初めて七十一嵐部隊の先任教員だった海老沢善佐雄氏にお目にかかり、一通りの話がすんだとき、突然、海老沢さんの口をついて出た騎馬戦の話であった。かなり広い喫茶店の一隅で、周囲の話し声や店内を流れるムードミュージックにさまたげられがちだった二人の話に、急に熱が入った。

「おい、変なのがやって来たぜ」

外から戻って来た兵長の一人が、ゴキブリでも飲み込んだ顔つきで吐き出す口調で言った。

「何だ、その変なのってのは？」

「兵長マークをつけた七ツ釦の奴らだ。が、それが予科練ではないんだな、なぜか……」

「じゃ予科兵か？」

「でもないんだ、短剣吊ってないし、帽章も違うし」

「それで兵長？」

「ああ、ところがあの隊列の組み方や、だらだらきょときょとした歩きっざまは、新入りの二等兵もいいとこさ、どう見たって兵長面ではないいな」

「面白くねえな、その七ツ釦」

喧嘩っ早い二十一期のY兵長が、浅黒い顔をゆがめてつぶやいた。面白くない——私たち兵長の胸に一様にくすぶりはじめた気持ちであった。

対潜学校での基礎訓練がそろそろ終わりにちかづいた七月下旬、予科練でない七ツ釦の兵長、特別幹部練習生——通称〝特幹練〟と予科練出身の伏龍隊員の出会いの日であった。

昭和二十年に入ると、戦局の緊迫化にともない、海軍各種教育制度の大幅な改変、短縮および教育施設、学校などの廃止統合が緊急措置として実施された。ちなみに私の履歴表によると、「六月一日　海軍飛行兵長ヲ命ズ」となっているが、すぐ次の行に「六月一日　航本機密第四一七二号ニ依リ六月一日ヨリ飛行予科練習生ノ教育ヲ中止ス」とある。

問題の特幹練であるが、昭和二十年三月九日に、「海軍特別幹部練習生制度制定」「五月一日海軍特別幹部練習生（第一期生）入団。服装は飛行予科練習生と同一として襟章を桜花とする」（以上、写真集『わが海軍』ノーベル書房、55・8・15「年表」参照）となっている。

写真集百二十頁には、十七、八歳の七ツ釦にひさしのついた下士官帽をかぶった、約五十名ばかりの練習生の写真が出ている。その説明文には、「七ツ釦の特別幹部練習生（中等学校卒業生を教育し、機雷学校卒業と同時に下士官になる。第一期生のみ）20年7月ペリー上陸記念碑前にて」とある。

ところで、私たちにとって面白くないのは、彼らが入隊して三月とたたないのに兵長になっているのもさることながら、その服装である。私たちの第一種・二種（冬・夏）軍装の七ツ釦は、襟の翼のマークと共に予科練のシンボルであり、また秘かな誇りでもあった。私たちは飛行機に乗りたいと同時に、このスマートな服が着たいばっかりに予科練を志願した、といっても過言ではない、少なくとも私の場合はそうだった。

その誇り高い七ツ釦の制服を予科練でない奴が着ているとは！　それに私たちがアゴ、バッター、駆け足の三百六十五日でやっと獲得した兵長の位を、入隊して三月に満たない連中が右腕にひけらかし、悪くすると間もなく私たちを追い抜いて下士官に任官する（らしい）。——これは許しておけないことだ。

特幹練見参の日から、私たちの胸中には、うっ屈したひがみに練り上げられた溜飲がわだかまったのである。特幹練の奴らめ！　といった私たちの気持ちは、上等兵や一等兵の伏龍隊員にも伝播していった。かくして伏龍隊員と特幹練の間でトラブルが続発したのである。

伏龍隊の一等兵や上等兵が欠礼した、と特幹練に殴られたというのもごくたまにはあったらしいが、大体において伏龍隊の兵長連中が仕掛けたトラブルが多かった。

烹炊所で食事受領の順番を待っている特幹練の前にわざと割り込み、文句を言った相手の食罐をぶちまけて来たとか、こちらを見る目つきが喧嘩をしたがっているようだとか……。中には、隣りで並んで小便をしていた特幹練があくびをしたので、「俺の小便がそんなに退屈か」と殴ってきたというのまでいた。理由はあってもなくてもよかった、ただ殴る口実にさえなれば。

私たちが三重空へ入隊した昭和十九年当時、最先輩の十九期生の駆け足はみごとだった。ぐっと顎を引き、胸を張り、両腕はほんのわずか軽く曲げてほとんど下へ垂らし、文字通り肩で風を切って四列側面縦隊の隊形をまったく崩すことなく、ダダダダダと、駆け足というよりは疾走といった勢いで、一糸乱れず走り来り走り去るのである。彼らの勢いがあまりにも凄まじいので、私たち新参者など、すれ違いざま端の者が相手に触れて、コマのように弾き飛ばされたほどであった。

対潜学校へ入ったころの私たちは、そろそろあの先輩練習生の真似ができる程度になっていた。そこで灯火管制下の隊内の暗闇道を、四列側面縦隊で駆け足をしているところへ、向こうから特幹練の一団がやって来る。彼らは私たちの入隊当時と同様な足取りで、ばたりばたりやって来るので、夜の暗がりの中でもすぐそれと分かった。——と、「それ行けっ！」とばかり、私たちは道幅いっぱいに隊形を開き、いちだんと勢いをつけて彼らの中に突っ込んで行くのである。

「どけどけ！」「邪魔だ、この野郎」口々に言いざま手当たり次第に殴りつけると、さっと隊形を整えて走り去るのである。

またこんなこともあった。

夕食後、二人の上等兵が泥だらけの濡れた下着の洗濯物を抱えて、息せき切って私たちの兵舎へ駆け込んで来た。そのただならぬ様子に事情を聞いてみると……

伏龍隊の二人の上等兵は、夕食後の時間を利用して洗面所で洗濯をしていた。そこへ五人ばかりの特幹練がやって来て、場所をゆずれと言ったそうである。二人が知らん顔で洗濯をつづけていると、

「おい、上級者の命令が聞けないのか！」

威丈高な口調で一人が怒鳴って肩を小突いたそうである。上等兵二人に兵長五人とたかをくくったらしい。しかし、これはまずい――いくら特幹練が入隊三月で軍隊に慣れていないといっても、ここは軍隊、中学校の上級生・下級生の関係がそのまま通用するといった甘っちょろい常識の通用する社会ではない。いくら特幹練が兵長だからといっても、俺たちは貴様らより三月余計に軍隊の飯を食っている上等兵様だ、この野郎！

「ものには順序というものがある」

言いざま、一人の上等兵が洗桶の水を特幹練の顔目がけて浴びせかけたのがきっかけで、洗濯そっちのけで乱闘がはじまったのだそうだ。

「それで、何だ、貴様ら逃げて来たのか⁉」

二十一期のY兵長が赤黒い顔をゆがめて、今にも特幹練の兵舎に殴り込みをかけんばかりに気負い込んで訊ねた。

「はあ、何しろ相手は五人、こっちは二人の多勢に無勢だものですから……」

「負けたのか？」

「三人はノシましたが、二人逃げられました。すみません……あの、これ奴らの下着ですが……」

こんな特幹練と私たちのトラブルは、七分三分で伏龍隊に分があった。それに私たちの隊の幹部も、私たちの心情が分かっていたのか、また私たちが優勢だったせいか、見て見ぬふりをしているふしがあった。私たちはこんなことで溜飲を下げていたが、おさまらないのは特幹練の幹部たちであった。

ある日の夕食後、海老沢先任教員が私たちの居住区に来て、「聞け！」をかけた。

「本日、特幹練の隊長から次の申し入れがあった。これまで伏龍隊と特幹練の間がしっくりいかず、何度かいざこざかあったそうだ。しかし、お互い海軍の軍人だ、いつまでもいがみ合っていても仕方がない。そこで双方から代表を出して騎馬戦をやってはどうか？ この騎馬戦をもってこれまでの喧嘩は一切水に流して仲よくし、それぞれの訓練に励むことにしてはどうか？ ルールは各方三十騎ずつ出し、騎手が落馬した方が負け、残存騎数の多い方を勝ちとする。二日後の夕食後に行なうことで承知してきた。ただし言っておくが、これは中学校の運動会でやる騎馬戦ごっこではないぞ！」

「うおーっ」といったどよめきが湧いた。皆、小躍りせんばかりに喜んだ。よし、この機会に公然と、心ゆくばかりやっつけることができるぞ！ 俺たちは予科練出身の特攻要員だ、海軍の飯は奴らより余計食っている。たかが中学生上がりに負けてたまるか、といった一丁前の自負が、いやが上にも私たちの闘争心をかき立てたのである。

それに大体、予科練志願者、とくに乙種飛行予科練志願者には喧嘩好きの暴れ者が多かった。戦後、新聞紙上をにぎわした「安藤組」の元組長、安藤昇氏も当時一期上の二十一期出身の伏龍隊員だった。比較的おとなしい私にしてからが、小学校に上がる前から、「年上の者とならば喧嘩してもよろしい」という父親のお墨つきをもらって、顔に生傷の絶えたことがなかったほどだ。小・中学校では柔道、剣道をやり、予科練時代の棒倒し、騎馬戦、闘球（ミニ・ラグビー）などの格闘技は、私の体内にうずく青春の情熱のはけ口として、大いに楽しんだものである。さらにこの一年間、有難くもアゴとバッターが、身も心もばっちり私たちを鍛え上げてくれていた。

いよいよその日がきた。

口から泡を吹き、前脚で地面をかき立てて首をふりふり馬丁を引きずり回す、スタート前の入れ込んだ競争馬さながらに、体内にうずく闘志に夕食もろくに喉を通らぬ伏龍隊員は、決戦場に指定されている校庭の号令台前に乗り込んだ。私たちは揃いのチョコレート色の特攻服（絹製のパイロットスーツ）、特幹練は緑色に染められた事業服を着ていた。

私たちと特幹練の〝薄暮の決闘〟の噂は、対潜学校中に広まっていたとみえ、定員の下士官兵、それに二本線の略帽の士官をまじえた大勢の見物も校庭にやって来た。

私たちは号令台を中心に、校庭左右に分かれた。双方の教員（下士官）が審判として校庭に散った。今しも西の山かげに沈もうとする夏の夕日が、私たちの影を長く校庭に映している。

ピー「用意！」

まず特幹練の先任下士官の号令で、双方三十騎ずつの騎馬が組まれた。私は前馬となり、左右に頑丈な上等兵がついた。騎手は例の喧嘩っ早い二十一期のY兵長である。

「かかれーっ」

うおーっという喚声とともに、私たちは駆け足で校庭の中央目指して突っ込んでいった。伏龍隊の一群が校庭半ばまで来ても、特幹練の騎馬は、まだのそのそとこちらに向かって歩いて来るだけだ。とくに前もって作戦をたてていたわけではないが、私たちはU字型に敵を包み込む体形で攻撃することとなった。伏龍隊の攻勢のすさまじさに、彼らが自然と団子にかたまってしまったからだ。

ロシアの小説家ショーロホフの作品に有名な『静かなドン』がある。これに描写されている革命前の、勇敢さでその名を馳せた、剽悍なドン・コサック騎兵の白兵戦の攻撃体勢「ラワ」という戦法と同じなのである。

「この野郎」「やるか！」「くそっ」の怒号と共に、ばしっ、ぐしっという肉を搏《う》つ殴打の音が響く。前にも述べた通り、この騎馬戦のルールは、相手の騎手を落馬させて勝負をつけるはずだったが、取っ組み合って落とすよりも、まず殴ることが先だ。馬の蹴立てる砂塵の中で、チョコレート色と緑色の塊りが入り乱れての乱闘がはじまった。

私は前に現われた特幹練の前馬の股間目がけて思い切り蹴り上げた。が、ねらいははずれて、ひざの辺りをしたたか蹴ってしまった。相手の馬が前へつんのめりそうになったとき、「うわっ」と妙な声をあげて相手の騎手が私の足元に落ちてきた。両手で押さえている鼻の辺りから、指を伝って血が流れているのがちらっと目に入った。Y兵長のストレートパンチをまともに鼻に受けたらしい。

「あっちだ、あっちだ！」

馬上で伸び上がったY兵長がわめいているが、下の私にはその「あっち」が分からない。ふと見ると、左前方でほとんど戦意をなくし、なんとか戦列から逃れようと、右往左往している緑の馬が、チョコレート色の馬二騎にからまれている。よし、あれだ、と私は後ろから回りこんでいった。

「こっち向け」

Y兵長は相手の騎手の後襟首をつかまえ、後頭部を思い切り殴った。

「あ、痛え、前だ、前へ回るのだ」

よほど強く殴ったらしく、Y兵長の手も相当痛かったらしい。それでも馬からほとんど落ちかかっている相手の騎手の襟首を摑んで、無理に引きずり上げようとしながら怒鳴っている。せっかくの獲物を取り落としてしまっては、殴る楽しみがなくなってしまうからだ。

前へ回ると同時に、接近しているのを幸いと、私は今度は狙いすませたひざ蹴りを、恐怖に頬を引きつらせ、いっぱいに目を見開いている相手の前馬の股間に命中させると同時に、体当たりを食らわせた。予科練時代、審判の教員の目をかすめてよく使った手だ。

「あわわー」という声と共に、相手の前馬が両ひざから崩れ、同時に騎手がY兵長に首を摑まれたまま落馬した。

私は一発頭を殴られた。せっかくのぶん殴るチャンスを逃がし、Y兵長が「余計なことするな」と上で怒っているのだ。次の敵を求めて周囲を見回したが、辺りで動いているのはチョコレート色ばかり、緑の馬は見当たらない。

ピーッ、「止めーっ」

私たちは駆け足で元の位置に戻って驚いた。相手の列には三騎残っているだけである。自分の見誤りかと何度数えなおしても、「馬」として立っているのは三組しか見当たらない。こちらは逆に三騎落馬である。

第二回戦がはじまった。今度は伏龍隊の海老沢教員の号令である。一回戦の大勝利で気をよくしている伏龍隊にひきかえ、まったくといってよいほど戦意をなくしてしまった特幹練は、三分の一くらいの連中が前進してきただけで、残りは逃げ場をもとめて右往左往している。そんな相手に、私たちは勢いに乗じてどっと襲いかかった。

がっちりと特幹練を包み込んだ伏龍隊は、コサックの騎兵がサーベルを振りかざしてのなぶり殺しもかくやとばかりの乱闘をはじめた。いや、乱闘というのは相手が抵抗してはじめて「闘」という言葉が使えるのである。ほとんど無抵抗に近い相手を殴りつけ、押し倒し、なお落馬した者を踏みにじるといった、やりたい放題の「乱」そのものの修羅場である。中にはみずから騎馬を崩し、しゃがみ込んで蹴られ放題の特幹練もいた。

鎧袖一触にもならない呆気なさで、号令なしで二回戦は終了した。つまり戦う相手が一騎もいなくなったのである。今度は伏龍隊は落馬なし。陽が落ちて、ようやく淡い暮色がただよいはじめた校庭に、騎馬を組んで意気揚々としている伏龍隊と対照的に、緑の事業服の一団は、首うなだれてしょんぼり立っている。中には立つこともできず、頭をかかえ込んだましゃがみ込んでいる者、校庭に倒れたままの者も三、四人いた。

兵舎へ戻った伏龍隊員は、勝利に酔いしいれていた。あちらこちらで〝戦闘〟の模様を語り合っている。右手に巻いたハンカチに血を滲ませたY兵長は、赤黒い顔をてかてか上気させ、大げさな身振りをまじえて、〝そのとき〟の模様を話している。戦勝の興奮で湧き返る騒ぎを背に、私は一人でそっと兵舎を離れた……あの恐怖で顔を引きつらせ、目をいっぱいに見開いた特幹練の顔が、私の脳裡をよぎったのだ。

私たちの騎馬戦は夕食後で、「決闘」のケリがついたのは、夏の遅いたそがれが訪れ、辺りが夕暮れの紫につつまれはじめたころである。外へ出た私は、ぼんやり夜空の星を眺めていた。先ほどまでの昂揚した気持ちが急速にさめて、なぜか急に空しさがこみ上げてきた。

食わされた「フケ飯」

久里浜の対潜学校での前期訓練が終わりに近づいた、ある日の昼食時である。食事準備を終えたとき、私たちの班受け持ちの教員A二等工作兵曹がやって来た。なぜか強ばった顔つきで片手にバッター（精神棒）代わりのつるはしの柄を持っている。

「兵長ら卓外へ出て通路に整列！　他の者はよーく見ていれ」

この兵曹は、私たちの班の兵長四人に「整列」をかけてきたのである。

私はここで伏龍隊の久里浜対潜学校における分隊の班編成にふれておきたい。というのは、この当時の班編成についての私の記憶がどうもあいまいなのである。今ここに登場した二等兵曹を、私はずっと班長とばかり思っていた。しかし、最近二、三の資料や同じ伏龍隊員だった者の話によると、どうも班長ではないような気もするのである。とすると、この兵曹は単なる潜水指導のため工作科からやって来た教員だったのかも知れない。

私の記憶では、当時の班編成は兵長四名、上等兵七、八名、あと一等兵がいたかどうか、一個班十四、五名で構成されていたように思う。この記憶で自信をもって言い切れることは四人の兵長と数名の上等兵がいた、ということだけである。私と一緒に伏龍隊に行った降籏氏は、私の班編成についての質問に対して次の返信をくれた。

「対潜学校へ着くと、ただちに班編成をした。七十一嵐部隊は分隊ではなく、部隊であった。その隊の中に幾つかの班が編成されたが、多分、十四、五名で一班が作られていたと思う。班長は飛長の二十期が当たり、その下に二十一期二名、二十二期二名くらい、二十三期、二十四期、それに甲飛十五期生が二、三名いた（小生の郷里、松本市出身の者がいて一緒に復員している）。

二十一期生に生意気者が多く、反対に二十期生は温和しかったために各班の運営には威張った二十一期生が主導権を握っていた。一般水兵はおらず、全部が予科練習生の集まりであった。なお、工作学校から二等兵曹らが来て潜水の指導に当たってくれていた（小生の出身地で三年先輩の小口という二曹がいた）。

したがって階級構成は、飛長、上飛、一飛であった」

降籏氏の記憶している班編成は、以上の通りである。また、昭和二十年七月十三日に伏龍隊員として久里浜へ転属してきた的場順一氏（甲飛第十五期）は、毎日新聞社刊「日本の戦史」別巻4「特別攻撃隊」の中で、次のように述べている。

「工作学校の兵舎に入ったところ、おどろいたことに各班にはすでに応召兵と見受けられる二水、一水、上水等の年輩者が着任していて、われわれ予科練生の到着を待っていた……」

的場氏の文章は、班長のことには触れていないので、どのような資格の者が班長となったか不明であるが、班の編成については、降籏氏が教示してくれた様式と異なっている。ただし、的場氏の場合は、私たちと異なり、終戦までずっと工作学校で潜水訓練を受けておられたとのことである。

また、私たちより二ヵ月早い五月に伏龍隊員となっている川野秀之氏（甲飛十四期）は、同じく毎日新聞社刊「日本の戦史」別巻8「予科練」の中で、次のように述べておられる。

「そんな海底で、ときどき合図のために命綱を引くと、綱の動きにつれ夜光虫が金粉を散らしたように光るのが実にきれいだった。そんな少しばかりの余裕のできたころ、後続の特攻隊員が入隊してきたので、私たちは班長として指導に当たった」

このように、伏龍隊員であった三人の班編成の記述は三者三様である。しかし、私の所属していた第七十一嵐突撃隊第二大隊伏龍隊には、私たちに潜水を教えるだけの技倆を持った先任兵長は、甲・乙出身の別なくいなかった。

潜水に関しては、皆一様に素人の未経験者ばかりで、私たちは工作学校から派遣されて来た教員から習ったのである。したがって、私の所属していた班は、数班かけ持ちであったかも知れないが、工作科の二等兵曹が班長代理の役割をしていたのは確かなようでもある。

次に班を構成している階級は、兵長、上等兵、それに少数の一等兵がいたと思うが、いずれも予科練出身者ばかりで、的場氏が述べておられるような、一般水兵出身(定員)の年輩者はいなかった。

まことに心もとないことではあるが、私がこの項を進める上で、班編成を一応、四名の兵長と八名の上等兵、二名の一等兵、そして二等工作兵曹の班長ということとして、話を元に戻すことにする(最近入手した名簿によると、私の所属大隊の兵階級は、飛長二百三十三名、上飛百八十四名、一飛四十二名となっている)。

私たちは、この二曹の「兵長整列」の理由が分からぬまま、通路に並んだ。元来、この〝整列〟という奴は、大体においてろくなことはないのである。「巡検後の整列」(最もヤバイ)、「作業員整列」「各班〇名整列」などいろいろあるが、元来、自由というもののない軍隊生活で、わずかに〝自分の時間〟が持てた「ひととき」に、突然かけられる「整列」の号令によって、〝自分の時間〟は中断されるのである。その「整列」を、衆人環視の中で私たち兵長はかけられたのである。まして奴はバッターを握っている。

通路に並んだ私たちの前に仁王立ちになった、と言ったら格好がよいが、むしろ小柄に属する二曹が、右手にバッター代用のつるはしの柄を握って、血走った目つきで私たち四人の兵長をねめ回した。

「貴様らあ兵長たちの近ごろのだらけっざま、一体なんだあ! たかがちぃっとばっか潜水できるようなったちゅうてからに、大きな面しくさって、兵長らだらけくさってるからして、下の奴ら皆たるんでしまってるんでねえか。お前ら率先して気合い入れてかからならんきに、まっ先にずるけてけっかる。今から俺が気合い入れてやるきに、一人ずつ前に出れ！」

私は前々からこの兵曹の言葉つきを不審に思っていたが、このたびも出身地不明の、ヒステリックな甲高い声でわめきはじめた。

バッター片手にこの小男が血相変えてやって来て「整列」をかけたときから、私は殴られるのは覚悟していた。予科練時代からの経験によれば、教員から殴られる前には、まずかならず、その殴られなければならない、よって来たる理由を説教という形で示されるのが通例であった。それがたとえ理不尽な、正当な理由でないにしろ、私たちも「ま、仕方あるまい」と観念できる程度の説教という説明があった。

ところが、「気合いを入れてやる」というこの兵曹の説教の中味は、まったく抽象的な、単なる言葉の羅列に過ぎない。「だらけざま」「大きな面」「ずるけ」……一体、俺たち兵長がどんな具合に、大きな面してずるけ、それがどのように下級者に影響して彼らがたるんだのか具体例はまったく示されない。これではただ兵長憎さの、殴るための単なる言いがかりに過ぎないではないか。

私はすでに海軍の飯を食って一年以上になる。今では顎やバッターなど、少しも怖ろしいとは思わない程度にスレている。他の三人の兵長とて同様だ。しかし、この兵曹の「整列」に最も承服しかねるのは、下級者のいる前、それも分隊総員が揃っている昼食前の衆人環視の中で、私たち四人の兵長にバッターを食らわそうというのだ。

私たちの潜水を直接指導してくれていた工作科の一等兵曹は、温厚な年輩の兵曹であった。しかし、この妙ななまりの二十歳そこそこの教員助手のような役目をしていた二曹は、訓練指導中、潜水服に兜を装着する段になると、かならず「遅い、遅い」を連発して、ときには手にしたスパナでわれわれの頭を殴ったりした。「オソイ、オソイ」が私たちには「ソイソイ」という合の手のように聞こえたものだ。つまり、四ヵ所のナットの締め方が手のろい、というのである。

私はついつられて、あまりにもスパナを急いで動かしたため、力をこめて締めつけていたスパナがナットからはずれ、右手拇指を兜とナットの間にはさみ込み、爪を半分はがしてしまったことがあった。

いつも眉間に縦じわを一本作り、顎のとがったどす黒い顔、上目づかいに人を見る陰険な男で、入湯上陸から帰ると、かならず前夜床を共にした女郎にどれほどモテたか、嘘八百の自慢話をするのを得意としていた。慢性インキン（一説には淋病）とみえて絶えず陰部を掻いている貧相な二曹であった。なんでも父親が海軍の高官で、一度は徴兵で陸軍にとられたのを、手を回して海軍主計学校に入れようとしたが、頭と素行が悪く、やっとこさ工作学校にもぐり込んでいた、という噂もあった。

戦争末期、人材不足で教員助手を務めていたのであろうが、敗戦の二日後、私の班の上等兵に瀕死の重傷を負わせるほどバッターを食らわせたり（殴られて意識不明となったこの上等兵は、私たちの手で近くの海軍病院へ担ぎ込んだが、急性肺炎を併発、生死不明のまま私たちは復貝した）、同じく敗戦後、倉庫破りの暴徒兵の先頭に立って、被服庫から両手に抱えきれないほどの衣料を持ち出したのも、この二曹であった。

先任の二十一期の兵長がまず進み出た。形通り兵曹の前で股を開き、両手を差し上げた。斜後ろに回った兵曹は、ひときわかん高い声で、

「てめえ、先任でいながらして、一番態度悪りい！」

と言いざま、バッターを振りあげた。ところがどうだろう、この兵曹はバッターを振りあげると同時に、左足を右足の方へ引きつけ、左ひざを軽く曲げて右足一本で構え、バッターを尻目がけて叩きつけると同時に左足をふみ出す、というこれまで私が一度も目にしたことのない殴り方なのである。

戦後、日本のプロ野球界をわかせた、あの王選手の一本足打法スタイルなのである。二曹のその構えからは、教育のため顎をとる（殴る）とか、強い兵隊を作るためにバッターを振るといった感じは微塵もなく、ただただ兵長憎さのため、こいつらを叩きのめしてやろうといった、憎悪の感情しか感じられなかった。

ばしっという肉を打つ音と共に、わずかに体を反らしかけた先任兵長はぐっと踏み耐えた。ばしっ、ばしっ……ひたいに汗を浮かべ、顔面を朱黒く染めて満身の力をこめてバッターを振った兵曹は、三発目を打ち終わると、

「よし、次！」

と、もう一人の二十一期のY兵長を呼んだ。

「二十一期だな、先任面すんのはまだ早い！」

バッターを腰に立てかけ、肩で息つきながら両手につばを吐きかけてから、一本足打法に構えて打ちつけた。このY兵長は、逆三角形の顔に切れ長の目で相手を射すくめるようににらみつける、喧嘩早い、上等兵以下の班員が最も恐れていた男であった。しかし、このYのにらみのおかげで、私たち班の物品がギンバイされる（盗まれる）ことは滅多になかった。逆に彼はどうやって仕入れてくるのか、〝スペア〟を豊富に持っていた。他の班の同期の兵長が、よく煙草など持って来て、

「Y飛長、頼むからこれで靴下一丁、都合してくれんか、うちの一飛のぼけなすが盗られたんだ……」

と頼み込んだりしていた。

「煙草なんかいらん、その代わり貸しとくぜ」

こんなとき彼は、気前のいいところを見せていた。

このY兵長は、顔の筋肉一つ動かさず、三発のバッターを受け止め、「よし次」と二人を殴って、汗をしたたり落とさんばかりに興奮した顔で兵曹が交替を告げても、両手を挙げた姿勢を戻そうとしなかった。

「この野郎、てえめまだ殴られたいちゅうか！」

ばしッ、四発目を打ちつけた兵曹は、顔の汗を手で拭って「よし、交替」とふたたび言ったが、心なしか声に力がなくなっていた。次は私の番だ。先にも述べたが、この兵曹の持っ

て来たバッターは、つるはしの柄である。これは全体が楕円形に削られ、つるが抜けないように先へ行くほど太くなっている。この樫の棒は、殴る者にとっての握り具合、力の入れ具合は抜群で、でん部の肉への食い込みは強烈だ。

かつて志摩半島で基地作り作業をしていたとき、納屋で賭博をしていた練習生が見つかって、このつるの柄で特務上がりの分隊士に殴られたが、五発以上持ちこたえた者はいなかったそうだ。それほどこいつは効く。Y兵長はすでに四発食っている。本当にもう交替しなくては……と出て行こうとする私を目顔で制したYは、手をゆっくりと下ろし、兵曹の方へ向きなおった。

――手前こそ兵曹面しやがって……。その五体がいつまで満足にもつかな？　といった凄味をきかせながら、上目づかいに相手を値ぶみするかのように、足元から顔へ視線を移し、もう一度ちょっと下に視線を持って行ってから、ニヤっと笑って、さすがに足を引きずりながら列へ戻って来た。

次は私の番だ。俺は果たしてあのY兵長の真似ができるだろうか！　いや、何としても頑張らなければ下級者の手前、恥をかく……。

ばしッ、頭に突き抜ける痛みをともなった衝撃が尻にきた。一瞬、目先が暗くなった。私が今まで味わったことのない痛烈な奴だ。二発目がきたとき、やっとのことで私は口から漏れそうになった声を飲み込んだ。

「交替」「？」当然くるはずの三発目がなく、交替を告げる兵曹の声に思わず耳を疑った。

ぼんやりつっ立っている私を押しのけて、最後のG兵長が私に代わって立った。やはり二発だった。私たち二人が一期遅れの二十二期だから、というよりは、Y兵長のあのふてぶてしい態度に、兵曹は気勢を殺《そ》がれた、といった方がいいのではないか？

「解散」――と声残して飯も食わず、そそくさとこの兵曹は、下士官室へ去っていった。

「あのう……フケ飯にしますか？」

午後の訓練が終わり、食卓番が夕食の配食にかかろうとしているとき、私たちより歳を食っている千葉出身のA上等兵が、Y兵長のところへやってきてお伺いをたてた。この男は歳を食ってるだけ何かと世故にたけていて、人に取り入るのが上手かった。下士官室へちょこまか出入りして、あの二曹の肩などもんでいるのを私は目にしている。そのくせ、訓練用の和船の橈漕のときは、常に船首の位置についたり（この位置が一番楽）、甲板掃除のときは、ほうきをもってさも忙しそうにうろつき回っていたので、私は前まえからこの要領男に目をつけ、不快に思っていた。

「馬鹿野郎！　そんなこと、いちいち聞きに来なけりゃ分からねえのか！　一体、俺たちはどなた様たちのおかげで、あんな楽しい思いをさせられたと思ってやがんのか」

Y兵長の鉄拳二発がAの顎に飛んだ。

午後の訓練のときからむっつり不機嫌な兵長たちの態度に、上等兵以下の者はびくびくだった。大体、軍隊という社会であれだけのことがあって、今日という日が平穏無事に暮れるはずのないことは、男が赤ん坊を生めないこと以上に確かなのである。上等兵以下の班員に対し、巡検後の「整列」が兵長たちからかけられるのは、間違いなかった。そのときの情況を少しでもなんとかしようと考えるのは当然だろうが、例によってあのAのお茶坊主がしたり顔でしゃしゃり出てきたのだ。

「フケ飯にしますか？」――つまり昼の仕返しに、あの二曹にフケ飯を食わせるのなど、いかがなものでがしょうか？　ま、その代わり、そのなにのときは一つよろしく……。

フケ飯とは、文字通り頭のフケを飯にふりかけて食わせる、まともに抵抗する手だてをもたない、軍隊社会の下級者が上級者に対する報復の手段なのである。この他、雑巾の汚水を汁にしぼりこむ「雑巾汁」、爪を粉のように削って飯に混ぜる「爪飯」（下痢をするそうである）、はえを細かにちぎって汁に混ぜる「はえ汁」など、いずれも上級者が知らずにそれを口にすることによって、秘かな満足感を味わう、下級者の陰湿な反抗手段なのである。

腕組みしたままむっつりしている兵長の顔を、ちらりちらり盗み見しながら、坊主頭の上等兵二人が、二曹の飯に一生懸命フケを掻き落としはじめた。他の者はそれを取り囲んで他所から見えないようにしている。

「あいつら何やらしても間が抜けてるな、上の飯かき落として、中をほじくって召し上がる方もいらっしゃるのが分からんのかなあ」

先任兵長が独り言のようにつぶやいた。

「しゃばで食った混ぜ飯は美味《うま》かったなあ」

私のこの独り言に、

「そうそう、お袋は混ぜ飯を作るとき、大きな飯台に飯を広げてから具を入れてよく混ぜていたっけ」

G兵長が答える。

兵長たちはこんな雑談を交わしながら、ますます睨みを利かした。例のAがあわててテンパン（食罐のふた）の上に飯をひろげ、さらにふけを掻き落とした。

「よし、かかれ」と犬に飯を食わせるときのような二曹の号令で、私たちは箸を取った。しかし、なぜか奴は箸を手にしない。

「ああ、兵長たちは食器出せや、俺は今日、腹の調子よくないで、晩飯は食いとうないじゃ。してからに俺の飯分けて食ってくれや」

「いや結構です」

兵曹の席に近い右隣りの先任兵長があわてて言った。

「なになに遠慮はいらんきに、ま、昼のことは水に流してくれや、俺もちいとば、いきあしついてしまったでよ……。さ、さ、こっちゃ食器さ寄こせ、俺が分けてやるきに」

私たち四人の兵長は、どうにも引っ込みがつかず、食いかけの飯食器を出した。兵曹は私たちの飯の上に等分に自分の飯を分けてよこした。

腹の具合がよくないので、夕食を食わないはずの兵曹は、そのまま席を立てばいいのに、いつまでも居据わっている。こうなっては観念してしまうより仕方がなかった。私はなるたけ底の方をほじくるようにして、飯をかき分けかき分け食った。かなり用心して食ったのだが、あの二人の坊主頭が目先にちらついて、容易に飯が喉を通らない。何とか喉を通過した飯も、胃袋の入口で中に入るのをためらっているようだ。飯が喉と胃袋の辺りを行ったり来たりうろうろしてる。なんとか半分ほど食ったところで箸を置いた。四人の兵長ばかりではない、上等兵以下の者も蒼白な顔をして黙々と箸を動かしているが、私たち以上に飯は減らない。

「俺の腹が伝染《うつ》ったんじゃろ、皆いつもと違うてようけに食わんのう」

知ってか知らでか、兵曹は妙なうす笑いを浮かべて席を立った。

私は卓を離れると急いで厠へ飛び込み、指を喉へ突っ込んで飯を吐き出した。隣りからも「うえっ」「げーっ」と聞こえてくるところを見ると、同じことをやっている者がいる様子だ。厠を出て水道の水を腹いっぱい飲み、私はもう一度吐き出した。

兵舎へ戻ると、生きている死人さながらの顔つきで、諦めきった下級者たちは黙々と食事の後かたづけをしていた。

「上等兵以下ネッチングに整列！」

巡検が終わるのを待ちかまえていたように、先任兵長が言った。夏のこととて、薄い袴下にじゅばん一枚の兵隊は、悪夢は早く終わらせたいとばかり、これも待ちかまえていたようにネッチング（釣床格納所）に上がって整列した。私たち四人の兵長は、打ち合わせ通り事業服のまま床に就いていたので、そのまま上がった。いつの間に用意したのか、Y兵長はバッター代わりに折れたオールを持っていた。

「まず一人ずつ兵長の前に行って挨拶しろ、話はそれからだ」

先任兵長に言われて、上等兵以下の者が順次四人の兵長の前に立って、顎を二発ずつ計八発食って整列しなおした。

「俺たちが晩飯に何を食わされたか知ってるな？」

「………」

「近ごろになく珍しい御馳走で、あんなに美味いもの食ったのは、海軍に入って初めてだ」

二十一期のY兵長は、むずむずする気持ちを抑えるようにしながら、わざと声を低くして凄味を利かした声を出している。

「今日ふけ飯を作った者一歩前！」

Aともう一人の上等兵が前へ出た。

「貴様らにだれがふけ飯つくれと言った？」

Y兵長のこの質問に、Aが顔をひきつらせ、しどろもどろに、

「はい、……あの、前もって……」

と言いかけたのにおっかぶせ、

「前もってどした！」

Y兵長が怒鳴った。

「ふけ飯にしますかと……」

「何おーっ！　前もってふけ飯にしますかと聞きに行ったと言いたいのだろう、そしたら、何と言われた？　この俺に……」

Aの言いわけめいた言葉が終わる前に、ふたたびY兵長の言葉が響いた。

「はい、あの、そんなこと、聞きに来なければ分からないのかと言われました」

「当たり前じゃねえか、馬鹿野郎！　いやしくも尊くも天皇陛下から賜わったお食事に、ふけをふりかけるような不敬な真似をして、人に食わせていいか悪いかくらいのこと、上等兵になっても、いちいち聞きに来なければ分からんのか、と俺は言ったのだ！」

「はい」

「はいじゃねえ、だれも作れとも言わないふけ飯を勝手につくりやがって、ごていねいに混ぜ込んだりしやがって、え？　一体そんな作り方をだれが教えたのだ、どこで覚えてきたのだ。その御馳走をだれがいただいたのだ、だれが！」

「………」

「貴様らがたるんでるのは、俺たち兵長がたるんでるからだそうだが、たるんだ兵長の言うことなど、おかしくって、とてもじゃないが聞けません、そう思っているのだろう、貴様らは」

「いえ、思っておりません！」

上等兵のSがきっぱり答えた。このSは、「貴様は馬鹿か?」(水中会話の項)に登場し、私とペアを組んだあの男である。

「おい、S、貴様この間の訓練のとき、二番やって俺の面ガラス締めたな、確かお前だったな」

「……?」

私は突然、横から口を出して、Sに目くばせした。

「お前だよ、あのとき、俺の面ガラス締めたのは。とぼけようったって、俺ははっきり覚えている」

「は、はい、私です」

「S、列外! Q兵長、こいつは私にまかせて下さい。面ガラスの締め方が悪かったので水漏れがあったから……」

私はQ先任兵長の返事も待たず、上等兵の列から離れたSの鼻面目がけていきなり殴りつけた。うまい具合に鼻から血が流れてきた。もう一発、今度は顎を殴って言った。

「面ガラスは潜水者にとって生死にかかわる大切な部品だ。今後、絶対いい加減な締め方をするな、分かったか! 分かったらぼやぼや突っ立ってないで、さっさと下へ行って鼻血の始末しろ」

突然の私の行動に、私の意図を察したのか、Q先任兵長も、

「おいS、鼻血の始末がすんだら、俺の衣のうの一番下にタオルがあるから持って来てくれ、

一番底にある奴だぞ」

と言って、Sを追い返した。

これはまったくの芝居であった。前にも述べたがSは真面目な、重厚かつ慎重な人物なので、私が言ったような、いい加減な作業をする人間では絶対なかった。私はこの男があのA上等兵たちと一緒に、これからY兵長のバッターを食らうのを何とか救ってやりたかったので、とっさの思いつきで一芝居打ってみたのだ。

Q先任兵長とておなじ気持ちだったに違いない。それが証拠に、わざわざ衣のうの底にあるタオルを持って来いなどと言っている。タオルなんかないはずだ。「ありません」と言って、Sが戻って来ても、見つかるまで探せ、と言ってふたたび追い返すだろう。かりにそれらしき物を持って来たとしても、「それではない、別のだ」と言うはずだ。

「上等兵から順次、一人ずつ前へ出ろ」

もじもじしているAの隣りにいた一人が、Y兵長の前へ来て両手を挙げて股を開いた。二発のバッターが尻に打ち込まれてはでな音をたてた。

「よし次」

Aが出て来た。

「貴様という奴は！　俺たちの目が節穴だとでもおもってんのか……。おい、皆よく見てろよ、今から面白い手品見せてやるからな」

言いざま振り下ろしたY兵長のバッターが妙なにぶい音をたてた。と同時に、Aは大げさな格好で前につんのめった。

「この野郎、たった一発で何というざまだ、早く立って中の物を取れ」

言われて立ち上がったAは、泣き出しそうな顔で袴下の尻の部分から、四角に折りたたんだ En襦袢を取り出した。

「お前という奴はそういう人間なんだよ本当に……。あきれた野郎だ。要領よく立ち回っているつもりかも知らねえけど、そうは問屋がおろさねえんだ、それだけかっ！」

「は、はい……」

「よし、袴下と褌をはずせ」

「………」

「どした、はずせないのか！」

「申しわけありません……あの、もう……」

「これだろう」Y兵長はAに近寄ると、袴下に手を突っ込んで、尻の下から四角にたたんだ手拭を引きずり出した。

「どこまで貴様の根性は腐ってやがるのだ、もう、もうないな」

「はい、本当にもうありません」

「信用できん、下の物全部はずせ」

Aはとうとう褌まではずされ、あと五発のバッターを食って、今度は本当に倒れた。

付I　「伏龍」研究座談会

昭和六十三年二月十四日
於・新高輪プリンスホテル

出席者（敬称略・順不同）
海老沢善佐雄　七十一嵐突撃隊　先任伍長（久里浜）
笹野大行　七十一嵐突撃隊実験隊長（久里浜）
平山茂男　八十一嵐突撃隊特攻長（情島）
草野家康　七十一嵐及び川棚突撃隊教官（川棚）
白石芳一郎　川棚突撃隊特攻隊長（川棚）
三宅寿一　八十一嵐突撃隊中隊長（情島）
塘　和夫　八十一嵐突撃隊中隊長（情島）
太田幾太郎　八十一嵐突撃隊中隊長（情島）
石井輝水　八十一嵐突撃隊小隊長（情島）
鈴木源一　八十一嵐突撃隊小隊長（情島）

松本義男　八十一嵐突撃隊甲飛十四期予科練（情島）
門奈鷹一郎　七十一嵐突撃隊乙飛二十二期予科練（久里浜）

三宅　本日は、終戦間際に立案されました水際特攻伏龍隊に関係された方々にお集まりいただきました。日本海軍最後の特攻として訓練は行なわれましたが、幸いにして実戦には参加することなく終戦を迎えました。しかし、これまでこの伏龍特攻については断片的なことはある程度判明しておりますが、その全貌と申しますか、実体像はなかなか把握されないで今日にいたっております。たまたま横鎮管下の七十一嵐伏龍隊に所属し、潜水訓練の体験者でもある門奈氏が、ここ数年来、伏龍の調査研究をつづけてこられ、七十一嵐部隊を中心としたことは徐々に整理されてまいりました。

　しかし、八十一嵐、川棚など、他の部隊の模様がはっきりしないので、このたび、「特攻総覧」に伏龍の項を入れることになったのを機会に、伏龍に関係された有志の方々にお集まりを願って、この催しを計画した次第です。発起人の一人として、私、三宅が進行の役を勤めさせていただきます。まず七十一嵐伏龍隊の実験隊長をされていた笹野さんに御発言を願います。

笹野　私は本来機雷科だったのですが、仕事がなかったので、陸戦に潜水が応用できないか、という実験をされていた、藤本隊で潜水をさせてもらっておりました。だいぶ潜水も上《う》手《ま》くなりましたので、清水登大尉と一緒に伏龍部隊へ行きました。そのうち清水大尉から工作科の隊員を引き継ぎ、七十一嵐の伏龍の実験部隊を作ったのです。これは潜水のベテラン揃いでした。

後ほど詳細は申し上げますが、この実験部隊で大きな事故が起きました。私も一緒に潜っていましたが、多分、七月のことで、浦賀のペルリの碑の前に天幕を張って潜水実験をしていました。海岸から沖合に一千メートルの索を張り、逆U字形にして歩行する、つまり往復二千メートルの潜水歩行を初めてやることになったのです。午前中二千メートル歩き、午後また二千メートル歩くことになったのです。

私は工作学校の要員ということでしたが、すでに伏龍部隊だったのです。そのときの犠牲者は八名と記憶しています。遺体のあがったのは三体か四体、のこりは発見できませんでした。全行程を歩かず、途中で浮上して助かった者も何人かいたようです。そのとき一緒に潜ったのは、十七、八名のように思います。二十名まではいませんでした。

私が清水大尉から引き継いだ隊員は、工作学校で潜水訓練を受けた練度の高い者ばかりでしたが、後から伏龍へ来た予科練出身者は、全員がズブの素人で、だいぶ事故を起こしたようです。野比へ行ってからも、海岸にわっと人垣ができるとたいてい事故です。炭酸ガス中毒になって意識不明の人も相当いました。あるいはこの人たちは助かったのかも知れませんが、あの人垣を見るたびに、私は大変嫌な思いをしました。

野比の海軍病院へ行くと、霊安室に火葬の順番を待っている遺体が多く、夏で腐敗が早いので、大変な死臭でした。また、この病院へ炭酸ガス中毒で入院している者が相当いましたが、その人たちは呼吸器の神経をおかされているので、物凄いけいれんを起こすのです。軍医は本人は意識不明だから、そんなにくるしんでいないはずだ、と言うのですが、私たちから見ると、正視に耐えない悲惨な状態でした。そんな状態で家族を呼んだりしたものですから、私は気が狂ったように病院関係者をぶん殴ってやりました。(注・秘密特攻訓練の事故で家族を呼ぶことは疑問の声あり)

また、五式撃雷の安全範囲が五十メートルということになっているが、とても五十メートルなどというものではない。一発やったら、浦賀のペルリの碑の前に散開している伏龍のほとんど全員がやられると聞いております。それでも、安全範囲五十メートルとしなければ、とても兵器として採用されないので、そのように公表したと思います。それから使用した酸素は、私は純粋酸素と聞いております。純粋酸素だから潜水病にかからない、ということだったようです。

平山　七十一突撃隊では多数の事故者が出ているということですが、八十一突では一名も出ていません。それに、潜水器も私どもには五着しかありませんでした。だから、六百名に五着なので一人当たりの潜水時間はごく短くなるわけです。それが犠牲者が出なかった原因かも知れません。

なにしろ、当初は呉鎮から艦船用の軟式潜水服を借りて潜水訓練をやったのです。それから、水中の孤独に耐える強靱な精神と度胸をつけるため、試胆会もやりました。初めは、途中で相手を驚かす役目の者をおいたりしたのですが、それではかえって人間がいる、ということで孤独に耐える訓練になりません。後は三十分ごとに一人ずつ起こして、山頂一キロに置いてある壺に名札を入れて戻ってくるということをやりました。

この試胆会で笑い話があるのです。対岸の呉の方から、夜になると情島でチラチラ火がつくが、あれはスパイがいるのではないか、と言って来たのです。じつは、夜一人で歩くための足元を照らす懐中電灯だったのです。

また、私のところには潜水のベテランは一人もいなかったのです。だから訓練も大隊長である私が一番最初に潜り、ついで中隊長、小隊長に体験させてから、それ以下の人にやらせる、といった手順をふみました。

私のもらった資料では、伏龍の連続潜水は四時間半ということでした。しかし、それでは作戦上困るので、できれば十時間連続潜水できる器具に改造してもらいたい、ということを盛んに申し出ておりました。米軍の上陸予定は十一月、四国を予定していたそうです。しかし、もしその通りやられ、私たちが展開する予定だった桂浜辺りが対象だったら、とても特攻作戦などできなかったですよ。

第一、兵器も間に合わなかったと思います。それで私は、敵の背後に回って斬り込み隊を編成すること、そのためにはどうしても水に慣れるということが必要で、水泳をずいぶんやらせました。しかし、八十一突では一人の犠牲者も出さず終戦を迎えることができたことは大変幸福なことと存じております。

三宅　では、順序が前後したようですが、ここらで、御出席の皆様の略歴といったものを順次お願いします。

石井　八十一突の石井です。第一期予備生徒、少尉候補生、小隊長となって三宅中尉の下におり、終戦を迎えました。

太田　三期予備学生で、三宅さんと終始、一緒でした。「伊勢」で砲術士をしていた時、伏龍へ志願、工作学校だったか対潜学校だったか、久里浜で十二中隊長を命ぜられました。新田大尉が大隊長で、その下で潜水訓練を受けました。あるとき、だいぶ荒れていた海で、だれか潜水しろ、ということで私が潜り、荒れる海中を二、三回ころびながら潜水したことが、新田大尉の眼鏡にかなったのか、「お前、先に行け」ということで、皆さんより少し先に久里浜を出て、野比の方へ行ったと思います。情島の八十一嵐では甲板士官をしておりました。

鈴木　太田君と一緒に戦艦「伊勢」におり、六月ごろはじめて潜りました。野比へ行ってから呉へ戻り、四国の展開予想地点を見てこい、ということで、新田大尉と私、もう一人だれだったか、三人で宇和島を経て四国の旅団司令部のありましたところで、終戦を迎えました。

塘　「伊勢」で航海士をやっていました。工作学校で伏龍訓練を受け、八十一嵐の所属となりました。

松本　甲飛十四期生で松山から宇和島へ行き、飛練へ行く前に特攻選抜第一回で二十名、呉へ行き、八十一突第一中隊に所属しました。

三宅　八十一突で中隊長をやっていましたが、私は横須賀久里浜へ派遣されることなく、ずっと情島で訓練を受けておりました。

白石　七十一突で半月、笹野さんたちと一緒に訓練をやり、七月末、九州に伏龍部隊を作るからお前、行け、ということで川棚へ行きました。二コ大隊を編成し、一つが私、一つを草野さんが受け持ち、宮崎と志布志へ張りつく予定でした。終戦当時、若い予科練の人たちが千人ばかりおりましたので、この人たちを先に帰してから復員しました。

草野　「初桜」航海長のとき、七月十五日に横須賀七十一突特攻隊長兼分隊長教官の辞令を受け、野比へ行きました。そのとき、新谷司令から、「君は大隊長予定者だ。大隊長は山の上の宿舎などにいるが、自分で潜ってみないことには実情が分からんから潜れ」ということで、着任したその日の午後、久里浜のペルリの碑の前の海岸へ行って潜水をやりました。また、敵が相模湾に上陸してくることを予測して、伏龍配備の適当な陣地はないか、とあの辺りの地形を研究しながら、ずいぶん歩かされたことを記憶しております。

八月五日付で宇都大尉のお世話で、佐世保の二個大隊の一つへまわされることになりました。しかし、七十一突の新谷司令が、川棚へ行っても編成ができていないから、しばらくここへおれ、ということで七十一突へいました。ところが偶然、八月十五日、横須賀で赴任のための切符を入手して戻り、久里浜の分教場で昼食を攝《と》り、終戦の放送を聞きました。そんなわけで、実際に私が川棚へ着任したのは終戦後だったのです。それからは、もっぱら残務処理をやっていました。

門奈　三重空乙二十二期予科練として、昭和十九年六月一日、北京日本中学校三年生のとき入隊しました。二十年四月、志摩半島に震洋の洞窟格納庫造りのための穴掘り作業をやっているとき、六月十二日に特攻要員として選抜され、六月二十三日、一時、三重空の原隊へ帰隊しました。

七月十二日、対潜学校へ転属ということで三重空を後にしたのですが、着いたのは工作学校でした。ここで初めて伏龍特攻のことを聞かされ、「モグラの次はもぐりか」とがっかりしたことを覚えております。二日後の七月十五日、対潜学校へ移り、ここで船からの潜水浮上の訓練を受け、七月下旬、後期訓練のため野比海岸にある第二実習場へ移り、海岸からの潜水訓練中、終戦を迎えました。

笹野　私は、二期の予備学生です。機雷教官として七十一突へ配属されましたが、仕事がなかったので、藤本さんの館砲（館山砲術学校）の潜水実験グループで潜水を練習していました。ある程度上手になり、工作学校の清水大尉の実験隊へ行き、その連中と一緒に潜っていました。ある日の実験で大勢の犠牲者を出し、海軍全体で伏龍の再検討ということになりました。当時、私はまだ隊長ではなかったのですが、士官で潜っているのは私一人だったものですから、さかのぼって隊長になれ、ということで、実験隊の隊長を終戦までやっていました。

伏龍の誕生そのものは、日本海軍が負けるべくして負けた弱点の結晶のような気がします。その敗戦直前の末期症状が、あの伏龍という悲劇的な兵器となって現われていると思います。その理由は五つあります。

第一は、潜水器の鼻・口の呼吸そのものが不自然、五〜六回呼吸を間違えると、炭酸ガス中毒となります。これは痛くもかゆくもなく、まず視力が落ちる。これで完全に死ねばまだよいのですが、死ぬ途中で救助されると、呼吸系統の神経をおかされるので、大変悲惨な状態で死ぬことがあります。

第二にこの潜水器特有の清浄罐は、元来、潜水艦の中の空気を清浄する目的で作られたもので、海水に浸るということはまったく考えていなかったものです。そのため、ハンダづけその他不完全なものが多く、苛性ソーダが海水と化学反応して沸騰し、頭部から噴き出してくる、それで、はっとして呼吸を間違えて死んだ人が相当数いると思います。

第三に潜水かぶとは物資不足で、工廠のあちこちに散らばっている鉄板を持ってきて熔接して作ったそうです。厚さ不揃いのものの熔接は、強度にひずみが生じて故障が起こる。清水大尉からよく、「あまり深いところへ潜るな、危険だぞ」と言われていました。

第四は、水中歩行のためのコンパスは絶対なければ危険です。絶対必要な進路を定めるコンパスが、私の記憶の限りでは、私の隊へ一個あっただけの状態でした。

第五に、決定的なことですか、棒機雷が海中で一発爆発すれば、水中の者の全滅に通じます。これがはっきりすると、特攻兵器としての採用が危うくなるので、安全範囲を五十メートルにしようということになったのではないかと思います。

以上により、終わりごろは、海底にコンクリートで、一人一人が入れるタコ壺のようなものをつくる必要があるのではないか、あるいは水中要塞のようなものを作り、そこである時間、待機して必要に応じて出て行く、ということも考えました。終わりには、最も確度の高いのが魚雷の発射ではないか、ということになりました。
私は新谷司令から、ジョニ黒のような高級ウィスキーを飲まされ、「一発やってくれ」と言われました。海龍だったと思いますが、潜っていって、これに魚雷をくっつけるという実験だったと思います。そのときは野比のトンネルの中へ実行者が集められました。あのトンネルの中で飲み放題食い放題の生活をやっているとき、終戦となりました。
海老沢 私が伏龍へ入隊した五月下旬は、予科練が千名ぐらいいました。工作学校、対潜学校にそれぞれ五百名ぐらいいました。六月一杯は本部で、藤木大尉の下で開隊準備の事務の仕事をしたという思いがあります。七月初旬、第二大隊の先任下士、先任伍長となり五百名あずかりました。七～八名亡くなったとき、工作学校から来ていた教員に理由を聞き、酸素不足を知った次第です。七十一嵐は食事も比較的よく、毎日、夜食が出て、倉庫には虎屋の羊かんまでありました。
太田 慶応出の少尉で、予備学生の四期か五期の人が清浄罐事故で、野比の病院へ送られたという話を記憶しています。この人は亡くなったらしい。
塘 野比の海岸で一人、裸で焼いたことがありました。材木を積み上げ、その上で鰯のように焼かれたのを記憶しています。あのときの死体の焦げる臭いは忘れられません。
それから私自身、多少潜水ができるようになったころ、誘導索を離して歩いたとたん、方向不明となり、しまった、と思ったと同時に何か目の前を横切った。どうもタコらしいのですが、そのとき、三呼吸間違え、面ガラスが曇ってしまった。これはいけないと空気弁をふかしたと同時に意識を失ってしまった。気づいたら砂浜に横にされ、やたらと頬を殴られて一命を取りとめた体験があります。

太田　相模川の河口のところから、陸軍の戦車の前後にフロートをつけたもの、つまり水陸両用戦車ですね、これを伏龍も利用するということで乗せられ、河口を上って行きました。ところが、砂地のところまで来ると、いくら掻いても、キャタピラが食い込んで進まなくなった。そのうち空襲があり、国道一号線のところで鉄橋を利用してしばらく退避し、帰りは列車で帰った記憶があります。

笹野　私も潜水具をつけたまま戦車へ乗せられ、野比からかなりの遠距離へ行った記憶があります。大変な暑さだったので、よく記憶しております。また、清水大尉のところでは、飛行機のフロートに伏龍を五人ばかり乗せて、水中をモーターで走るという実験もやりました。

海老沢　日本側からみた伏龍作戦はいろいろ考えたと思いますが、アメリカ側は上陸するときは一坪（約十平方メートル）当たり何トンという砲弾を打ち込んでくるので、伏龍は一たまりもありませんよ。終戦でよかったですね。

草野　彼らは上陸して来る前には、砲爆撃を猛烈にやりますからね。水中兵器を全滅させる目的で。一コ大隊六百名で、最初の実験では、棒機雷を一発爆発させると、二十メートル範囲の人がやられるという実験データが出たという。私が立ち会ったわけではないが、わら人形などに圧力計をつけて測定した結果、人間の圧力に耐えられる限界はこれくらいと分かる。

これから逆算して、伏龍の安全範囲を五十メートルに配置したらいいだろう、ということになる。一コ大隊六百名ですから、五十メートルだと三万メートルの範囲をカバーできる。その後の実験結果で、被害範囲が百メートル近くなった。ところが、そんな間隔でやっていたら、敵に間をすり抜けられる。したがって、こうなれば二線、三線と配置しなければならない。

こうなると守備範囲が縮小される。そこでどうしても、配備を重点的な場所に限定せざるを得ない。さらに、前に述べた砲爆撃を数時間前、場合によっては半日もやるから、それが終わって向こうが上陸してくるまでの時間に伏龍を配備しなければならない。それまでは、陸上で隠密に潜んでいなければならないだろうということから、その場所選定に、相模湾の江の島や稲村ヶ崎を見て回ったわけです。

海老沢　そういう砲撃がすんでから配備につく、ということになれば、伏龍は半年間の訓練が必要ですよ。それなのに、二週間ぐらいの訓練で出した場合もありますね。

草野　結局、野比の訓練場の収容能力は、当初約千名だった、それを急いで六千名の隊員（十コ大隊）を養成しなければならない。ところが、向こうが来る一番早いところは九州方面と推測され、宮崎県の日向海岸と鹿児島の志布志湾、あの付近に佐鎮管下の二コ大隊を配備することになったらしいのです。
向こうの一番最初に来る「オリンピック作戦」というのが、十一月ごろと言われていました。それまでに舞鶴の方は別として、少なくともそれに引きつづいて太平洋側へ来るわけだから、そうなると昭和二十年内には千名を配備しなければならない、千葉は九十九里浜、神奈川は相模湾、という要求があったようですね。
海老沢　しかし、現存されている資料によりますと、兵器は十一月ごろまでには間に合わないということですね。
草野　兵器の生産は大変遅れていました。野比でもあのころ、潜水器は二百個ぐらいしかなかったのではないでしょうか？　それを各中隊へ分けて使うと、潜水訓練のメッカである野比でも、充分とは言えなかったようですね。
門奈　五式撃雷（棒機雷）そのものができていたかどうか？　実物の設計図コピーを持っていますが、図面製作の日付は、二十年七月十一日となっています。五式機雷そのものはすでにあったようですが、撃雷（棒機雷）の方は、八月当時にはできていなかったと思われます。
平山　呉鎮ではね、実物大に作った訓練用のを一個しかくれない。それを貴重品のように訓練で使用していました。
三宅　その棒機雷そのものが、水中では潮流で流されてしまい、とても船底を突けなかったですね。

門奈　三宅さんのお話では、棒機雷の代わりに隊員を爆装させ、かぶとの頂部に信管を取りつけて体当たりする、という考えもあったとか……。

三宅　棒機雷を使用するより、その方がいいのではないか、ということは考えましたね。

笹野　七月半ばごろから上の方では、新谷司令を中心に水中要塞と伏龍隊員による魚雷の発射ということに重点を置いて考えていたようです。棒機雷の効果には期待していないようでした。

門奈　この前、私が笹野さんのお話を伺ったとき、上層部の鈴木総理以下が来られて、伏龍は兵器として役立つかどうか検討されたそうですね。そのとき、総理は「不可」と判断したらしいが、伏龍関係者は、「いや、役に立つ立たないは別として、何とかしなければならないから、訓練は続行させてくれ」とのことだったと聞いた覚えがあるのですが？

笹野　私は鈴木総理同行という点には記憶はありませんが、例の大事故が発生したとき、鎮守府だったか水雷学校だったかで、査問委員会みたいのが開かれましてね。連合艦隊、軍令部、海軍省からお偉方がずらり来まして、兵器として役に立つか立たないか問題になりました。そのとき、私の聞いたのでは、陸軍からどうしても敵のＭ４戦車が上がると、陸軍は手がつけられない、何とか海軍で上陸前にやってくれ、という要求が強く、仕方ないから伏龍をつづけようではないか、というのが結論だったように思います。

三宅　今のお話に関連しますが、平山さんも伏龍の効果に悲観的だったようですね。

平山　私は、成功の可能性は非常に薄いと見ておりました。理由は、潜水器の性能が充分でない。大体事故を起こすこと自体が駄目。第二に、隠密性が確保されなければどうにもならない。敵の第一波が上陸し、伏龍の攻撃を受けたら、第二波が上がる前に、爆撃や砲撃で徹底的にやられる。相手は船に乗っているのだから、どうにでもなりますよね。伏龍の隠密性が保持されるかどうか、きわめて難しかったですよ。

それに配置に着くように一度出した後は、指揮も連絡も何もできない。配置にしても、洞窟陣地からちょうど中間ぐらいになると、われわれが配備を予定されていた四国の桂浜では五千メートルありました。私が十時間欲しいというのは、その距離の往復と待ち時間を考えて計算したからです。

それから磁石を持っていても、正確に五十メートルの配置に水中で着くということは、神様だってできない。そうすると、どうしても水中導索を事前に設置して、それを伝って行けば、五十メートルずつの間隔に着けるということは考えられますよね。しかし、そういう施設を、制空権をとられている場所で洞窟陣地を作り、そこから水に潜って行く導索を設置するということは、期間的にも技術的にも不可能ですよ。

四国南岸攻撃は、十一月に九州に対する陽動作戦として考えていたようです。それにはとても間に合いっこないですよ。私のところは、水中特攻服（簡易潜水器）は五組しかない。ですから、水中特攻隊というより、私はむしろ水泳をして、斬込隊になれるよう水に慣れる、ということに重点を置きました。

七十一突あたりは、二十一年の五月に相模湾辺りに、配備を予定していたようですが、それでも間に合ったかどうか分かりませんよ。第一、洞窟陣地が掘れるかどうか……九十九里浜は六町一里の九十九里（注・約六十キロ）、その中間辺りに、海岸の砂浜から水中に潜れる場所を作らなければならない。しかし、そんなものはできるはずがない。相模湾辺りだったら、多少まだ配備できる施設もできたかも知れないが。

潜水器にしても、物資不足で容易にできないのが実情だったですよ。しかし、間に合う間に合わないはとにかく、海軍は太平洋戦争末期、そこまで一生懸命やったということ、これは事実ですからね。この事実は後世に残しておきたい。また、八十一突では犠牲者が出なかったせいか、皆一生懸命やったということは、はっきりさせておいて下さい。

三宅　海軍の戦闘は、指揮官先頭と言われていましたが、それを実践されたのが八十一突の平山特攻長でした。危険なことはなんでも、平山さんが第一番目にやった。そういう態度に皆が納得していた。また、伏龍そのものに効果があったかどうか、ということに当時、平山さんはたいへん悩んでおられた、それを私たちは身近に感じていました。ですから、八十一突は和やかだったですね。ま、和やかという言葉を言いかえれば、一致団結してやった、ということです。

七十一突の場合は訓練部隊で入れかわりがたいへんあった、という点で、多少私たちとの相違があったと思いますね。白石さん、いかがですか、川棚の方は？

白石　私が川棚へ参りましたのは、八月の一日ぐらいだったと思いますが、久里浜の方から潜水服は、二十くらい分けてもらったと思います。それでもって、震洋隊と魚雷艇隊のいる一番奥の入江（深浦）の一角を、我われの生活の場としました。私は佐世保の鎮守府へ行って、生活必要品の説明をしなければならない、一人で日常の訓練もする、兵器調達の交渉もしなければならない、というようなわけで、私一人で忙しい思いをしたのです。隊員の予科練の人はほとんどが鳥取、島根の出身で約千人いました。

この人数と潜水服の数からいえば、情島の平山さんのところよりましだったのではないかと思います。訓練はまず少・中尉の士官に潜水を覚えてもらい、ついで予科練の人に教えるように、ということとしました。あと、手がすいていますから、水に慣れ、体力をつけること、それに若い隊員は元気で、ある意味で退屈がっていますから、リクレーションをかねて水泳をやらせました。

そのような訓練をしていたところへ、八月十五日、佐世保工廠の技術少佐が二人来て、「陸上で潜水服を製造するところを探していれば、かならず爆撃を食うから、離れ小島を探してくれ、そこで兵器を造ろう」ということで、離島探しをはじめました。

ところが妙なことに、四、五日前から毎日、艦載機が来て湾内を機銃掃射していたのですが、その日に限って姿を見せないのです。おかしいなあ、こんど来たらいっぺんにやられるな、と思って二時ごろ帰って来たら、「どうも戦争は負けたらしい」ということでした。私たちもそれまで、果たして兵器が間に合うかどうか疑っていましたが、とにかく優先的に伏龍には何とかしてやろう、という鎮守府の気配りは感じました。

門奈　川棚では事故はありませんでしたか？

白石　ありませんでした。というのは、先ほど笹野さんの事故の話がいろいろありましたが、私も久里浜にいたとき、数名の事故者を経験しているのです。野比の海軍病院へ担ぎ込んで、胃の洗浄を、私の目の前で二人ほどやっているのを見ました。まだ十六、七歳の、いたいけない坊やのような少年が、「お母さーん、お母さーん」と苦しんで叫んでいるのを見聞きしておりました。

そこで私が川棚へ赴任したとき、まず司令に、「この兵器は非常に事故を起こしやすいので、炭酸ガス中毒もあるけれど、苛性ソーダの溶液を飲むのがもっとも恐ろしい。ですから塩酸か酢を薄めたのを持って、洗浄器と衛生兵をつけてほしい、そうしないと士気に影響するから」と具申しました。

幸いまっ先に潜水する士官は、予科練に比べて歳をとっていますから、何か事故があったら、それなりに対応して上がって来ますよね。それに比べると予科練生はまだ若く、何かあったとき動転してしまうのですね。ですから、士官が充分技術を身につけてから予科練に教える、という段階をふんでいたので、事故がなかったのだと思います。

平山　予科練は総員が一応、体験していましたか？

草野　交替で一応やったと思いますが、確実なところは確認しておりません。

平山　うちではね、私からまず実験する。体験といっても、一時間も二時間もというのではなく、五分か十分です。ついで中、小隊長がやってから予科練にやらせる、だから時間が非常に短かった、ということも事故につながらなかった原因だと思います。

たね。

三宅　沖の方へブイを浮かせ、それを引いて帰って来い、という程度の訓練をやらせまし

門奈　情島の予科練は何期生でしたか？

平山　私の方は甲種の十四、五期でした。私の記憶では、甲飛八百名ではなかったかと思います。四中隊あったでしょうか。

石井　木造兵舎に二、三中隊、山の方にテントを張って一中隊、ですから三コ中隊です。

三宅　一中隊二百名ですから……。情島は六百名ではなかったでしょうか？

門奈　先ほど白石さんが、清浄罐事故に備えて酢を用意されたという話がありましたが、私たちが使用した対潜学校の訓練用の船には、すべて酢が用意されていました。ところが、潜ってたこを獲ってくると、みんなでその酢をつけて食っちゃいましたよ。教員から、こんな酢飲んでも、苛性ソーダにやられたら、かならず死ぬといわれてましたから……。それより、もし事故が発生して口の方から苛性ソーダ溶液が逆流してきたら、呼気孔から口をはずし、接続しているゴム管をねじるようにして握って、緊急信号を送れ、運がよければ助かることもあるかも知れないって……。

平山　ゴム管も南方でとってきたのは、事故を起こさないのですね。だが、日本で作った防毒面用のは、水が入ってやられるという話も聞きました。

草野　清浄罐に使用していた清浄剤を、苛性カリと言っている人もいますが、あれは苛性ソーダですね。今も自衛隊で空気清浄用に使用しています。

門奈　私の記憶では、清浄罐は昔のビスケット罐のようなキラキラ光った、薄い金属だったようです。

笹野　ああ、あれはブリキの薄い板でした。ところで、七月の半ばごろには水中要塞の設計図ができていました。それを終戦後、米軍に持って行かれ、私と新谷司令が呼ばれましてね。アメリカ情報部の大佐と英国海軍の大尉からいろいろ調査を受けました。彼らは、その水中要塞というのに大変興味を示しましてね。「どこにあるのか？」としつこく聞かれました。しかし、それも設計図だけの段階ですから、答えようがありません。しかし、彼らはかなりそれに関心を示していました。「原子爆弾までできているのに、何でこんなものに興味を持つのだ」と言いますと、「いや、これはなかなか面白い」と言うのですね。実際にアメリカでも作ってやってみる、とも言っていました。それよりも私たち実験隊では、魚雷を発射することに重点を置き、ずいぶん訓練していました。

平山　まともに戦果をあげるとすると、それくらいしかなかったですね。ですから八月十五日が来たとき、本当に千人近い人を殺さずにすんだ、とほっとしましたよ。

笹野　十時間潜水のこともお話したいのですが、この長時間潜水の問題が浮かび上がったのは、先ほどの水中要塞の問題と関連して、何とかもう少し長くということで、清浄罐二個つければ簡単に倍になるのではないか、というアイデアで潜ったのですね。それでももっとも長く潜ったのは、九時間ちょっとです。私は八時間ちょっとで、酸素がなくなって上がりました。場所は野比で、立てば面ガラスが出る程度の深度でした。その結果、大体十時間はいけるという結果が出たのです。

平山　私の聞いた記憶では、今の実験をする以前だと思いますが、四時間半で炭酸ガスが溜まって実験を中止したという話でした。

私の方では、先にも申しましたが、配置の距離から潜水時間を割り出しました。四国の桂浜の両端の洞窟陣地から全部で一万メートルあるので、中間まで、約五千メートルになります。すると、一時間二キロぐらいのスピードで歩くと、二時間半ですね。帰る時間を考えると、往復で五時間かかる。待機時間は少なくとも二時間、予備を三時間として十時間を考えました。十時間ぐらい安全に潜れる兵器でなければ、実用的にはならないのではないか、ということを私は考えておりました。九時間余の実験がすでに行なわれていたということは、今はじめて聞きました。

笹野　これは海底で静止していて九時間半ぐらいなのですね。海の底を歩くと、たいへんな酸素消費量になります。ですから、清浄罐一個で五時間というのも、海中で動かないでのことなのです。私の所属していた実験隊で大きな事故を起こしたというのも、海底歩行に消費する酸素量の計算が充分できていないで発生したものです。一部にはこの事故の原因として、酸素の入っていないボンベを使用した、という説もあるようですが、酸素は入っていました。ただ歩行に使用する時の酸素量の計算違いですね。

この二千メートル歩行のことをくり返しますが、午前中は、千メートル歩いたのですが、千メートル歩き切ったのは、私を含めて二〜三名しかいません。他は全部、途中で浮上したので、午前中は一人も犠牲者は出ませんでした。午後もう一度、千メートル往復、逆U字形に索を張って二千メートル歩けというのです。これは午前中の疲労が残っていましたし、酸素の消費量が午後は大変大きかったのですね。それで大事故につながったのです。

三宅　先ほどの八時間、九時間潜ったとき、実際、海底での孤独に耐えられましたか？

笹野　まあ、あれができたのも若さでしょうね。

平山　一人ではできないでしょう。遊びたい盛りの、今時の十五、六歳の若者を、七時間も八時間も一人で海の底でじっとさせておく、といってもこれは無理ですよね。大体、戦闘というものは一人ではできない。大勢いるからできるのですよ。宮本武蔵のような精神でも持っていれば別ですが……。無理ですよね。

笹野　体は冷えてくる、たれ流しでしょう。自分の小便がプーンと臭ってくる……。大変ですよ。

太田　潜水のとき、私は腰の横に水筒くらいのジュースを入れる袋をぶら下げて、呼気孔の横にチューブが出てましてね、ちょっと押すと、そのジュースが口中へ流れてくる。意識的に止めないといつまでも流れてくる。そんな訓練を、何回かやった覚えがありますよ。

三宅　航空糧食みたいなものですね。

笹野　そうです。流動食になったジュースのようなもので美味《うま》かったです。

平山　これだけの話を聞いてみても、結果的には伏龍特攻攻撃ということは成功しなかった、という結論になりますよね。もっともっと前、一年、二年先からそういう兵器を改良して性能のよい兵器があってこそ、成功の公算があったかも知れませんが。

松本　私は誰かに聞いたのですが、水上機のフロートを改良した潜水艇に伏龍を何人か乗せて、敵の占領区へ逆上陸をするということも考えられていたようですね。

笹野　それは実験隊の藤本隊で、専門に研究されたのです。それに小火器をつめるゴム袋も用意されていました。

門奈　私が藤本さんからお聞きしたところでは、そういった小火器を海中で曳航しやすいように、その袋に翼をつけたりしたそうです。

三宅　犠牲者数とそれが靖国神社へ合祀されてるかどうか、その辺りはどうなっているのですか？

海老沢　靖国神社の松平宮司さんの話だと、伏龍隊員で殉職された方は、全員合祀されてるということです。

三宅　それは何か根拠があって言われているのですか？

海老沢　はっきりしませんが、厚生省からの申請人数で言っているのではないですかね。

平山　すると、その申請名簿か何か見れば分かるのですかね？

海老沢　さあ、それはどうですか……全部で三百万も五百万もある人数のなかからですから……。ちょっと調査できますかねえ。それに神に奉仕している人は、昔は寺と神社が一緒だったので、死者は三十七回忌がすむと、自然に神社に入って神になるという考えがあります。その感覚で答えたとすれば、もう戦後三十七年はとっくにすぎているのですから、靖国神社にも入っている、という解釈で、宮司は答えているかも知れませんね。戦死の場合は即日神になっている、そういう解釈みたいですよ。

平山 名前と殉職の日付が分かれば、何とか調査の方法もあるかも知れませんが、そのどちらも分からないということでは、手がつけられませんね。まして混乱の激しい終戦間際の殉職ですから……。先ほどの話ではありませんが、死者を海岸で勝手に火葬しても通った時代ですから……。今の常識ではとても考えられないことが、普通に行なわれていたときですものね。

海老沢 浦賀の曹洞宗の寺に伏龍隊員の遺骨は納めましたので、ひょっとすると、過去帳を調べれば分かるかも知れませんね……。当時の住職はおられないと思いますが。しかし、私、戦後十五、六年たったとき、そこの寺へ伏龍隊の遺骨があるかどうか聞きに行ったのですが、全部引き取り手があって、渡してしまったということでした。

草野 お寺で過去帳を見せてもらうか、またそういう事故があったのですから、横鎮辺りへも報告が出ていると思いますね。それらの記録・資料が、防研にでもないかどうかですね。

平山 私の感じでは、何十名もの犠牲者だったら、かなり皆さんの記憶がはっきりしていると思いますが……。おそらく十名以下ではないですかね。

海老沢 いや、私の記憶では大きい事故二回で十二、三名になりますから、十名以下とは考えられません。

草野　私が久里浜にいた間でも、事故が二回か三回あったと聞きました。

平山　今まで九十一突撃隊がまったく出なかったようですが、九十一突はあったのですか？

草野　佐世保に作る予定の九十一突というのは、白石さんが先に八月一日に川棚へ行かれたのですが、一コ大隊六百何十名の人員が集まっておらず、部隊編成の段階にいたっていなかったのですね。そのまま終戦になったということです。

白石　これは私の推測ですが、あそこに震洋の基地があり、そこに何とか戦隊というのが上にあり、その下に川棚突撃隊というのがあって、原為一さんが司令をしてましたね。われわれはその組織の中にもぐり込んだ形となった、そのため伏龍としての司令はいないわけですよ。そして宮崎海岸や志布志へ出るときは、はっきりと九十一突という組織を作って行く予定ではなかったですかね。

草野　川棚の場合は、第三特別戦隊があって、今、白石さんが言われたように、その下に川棚突撃隊があったのですね。その中にあって伏龍隊員の訓練もできる環境だったから、そのままだったと思うのです。いよいよ配置につくというときに、指令などが発令されることになっていたと考えられます。

門奈　私が防研戦史室で知った資料の中に、当時の軍令部の方針として、各鎮守府ごとの突撃隊の編成計画があります。その中に「佐世保鎮守府部隊にあっては、とくに伏龍専門の部隊はつくらず、川棚突撃隊において八月十日から九月九日までに一コ大隊を、さらに九月一日から九月三十日までに一コ大隊を教育する予定であった」という記録があります。

平山　なるほど、それが基本になってるんですね。

門奈　だと思います。しかし、あのときの状況で、実際にその通り行なわれたかどうか、これは分かりません。

平山　それで後は各鎮守府での命令をどう消化していったか、ということですね。とにかく、結果的に、終戦間際にできた伏龍特攻計画があり、とくに横鎮では相当数の犠牲者が出た。しかし、あの混乱をきわめた終戦処理で、今のところその確実な人数氏名の把握が困難である、というのが現状ですね。

三宅　では時間もきたようですからこの辺で……。今日は貴重なお話、有難うございました。

付II　特攻戦隊水上（水中）部隊編成表

昭和二〇年八月一五日

鎮守府	特攻戦隊	突撃隊	兵器	部隊番号	記事
横須賀鎮守府	第一特攻戦隊（横須賀）	第十一突撃隊（油壺）	海龍	一・二・三	二〇年三月一日開隊 海龍練成基地
			回天	一四	
			震洋	二七・五六	
		第十五突撃隊（江ノ浦）	海龍	四・五	二〇年四月二〇日編成 五月一日開隊（江ノ浦）
			震洋	六七・一三六	
		第十六突撃隊（下田）	海龍	六	二〇年五月一日開隊 県立下田高等女学校内
			回天	一三	
			震洋	五一・五七・一三七・一四〇	
		第十八突撃隊（勝山）	震洋	五九	震洋二〇年六月二五日配属 海龍隊二〇年七月二五日配属 海龍　八基 二〇年六月二〇日開隊
			海龍	一一	
		横須賀突撃隊（横須賀）	海龍	一〇一・一〇二・一〇三	海龍基礎訓練基地 二〇年五月一日航海学校内
		第七十一突撃隊（久里浜）	伏龍		伏龍練成基地

鎮守府・警備府	特攻戦隊	突撃隊	兵器	番号	備考
横須賀鎮守府	第七特攻戦隊（小名浜）	第十二突撃隊（勝浦）	海龍	一八	
			回天	一二	
			震洋	五五・五八・六八・一二九・一三五・一三九	
		第十四突撃隊（野々浜）	海龍	九	二〇年四月二〇日内令第三四二号ニヨリ編成五月一五日開隊 横須賀水雷学校内
			震洋	一四六	
		第十七突撃隊（小名浜）	海龍	一二	二〇年四月二〇日横須賀機関学校内 開隊
			震洋	一三八・一四一	
	第四特攻戦隊（鳥羽）	第十三突撃隊（鳥羽）	回天	一五	二〇年四月十五日開隊 伊勢防備隊内
			震洋	六〇	
		第十九突撃隊（的矢）	海龍	七・八	二〇年五月二〇日
	八丈島警備隊		回天	二	
			震洋	一六	
大阪警備府	第六特攻戦隊（小松島）	第二十二突撃隊（小松島）	海龍	一三・一六	
			回天	一六	
			震洋	一四五	

鎮守府	特攻戦隊	突撃隊	兵器	部隊	備考
呉鎮守府	第二特攻戦隊（大浦）	笠戸突撃隊（笠戸）	特潜		
		光突撃隊（光）	回天		
		平生突撃隊（平生）	特潜		
			回天		
		大神突撃隊（大神）	回天		二〇年四月二〇日開隊
		第八十一突撃隊（呉）	伏龍		伏龍練成基地
	第八特攻戦隊（宿毛）	第二十一突撃隊（宿毛）	海龍	一七	
			回天	一一	
			震洋	一三四・一四二	
		第二十三突撃隊（須崎）	回天	四・六・七	二〇年五月一七日開隊
			震洋	四七・五〇・一二七・一二八・一三一	

鎮守府	特攻戦隊	突撃隊	兵器	隊番号	備考
		第二十四突撃隊（佐伯）	海龍	一〇	
佐世保鎮守府		川棚突撃隊（川棚）	震洋	四二・六二・一〇九・一一〇・一四三・一四四	伏龍練成基地
			伏龍		
	第三特攻戦隊（川棚）	第三十一突撃隊（佐世保）	蛟龍	一〇	
			震洋	六五	
		第三十四突撃隊（唐津）	海龍	一九・二〇	
			震洋	一一八	
	第五特攻戦隊（鹿児島）	第三十二突撃隊（桜島）	海龍	一五	
			回天	一〇	
			震洋	三四・四七・五三・六一・六三・六四・一〇六・一二一・一二三・一二四・一二五・一三〇・一三一・一三三	
		第三十三突撃隊（油津）	海龍	一四	
			回天	三・五・九・一〇	
			震洋	五四・一二六・一二七	
		第三十五突撃隊（細島）	回天	八	
			震洋	四八・一一六・一二一・一二二	

第七艦隊	第三十六突撃隊（竹敷）			対馬海峡防衛部隊
大湊警備府	第五十一突撃隊（大湊）	海龍		
舞鶴鎮守府	舞鶴突撃隊（舞鶴）	蛟龍	十一	
鎮海警備府	第四十二突撃隊（鎮海）	震洋	四五・一一九・一二〇	
		特潜		
父島方面特別根拠地隊	父島突撃隊（父島）	震洋	一・二・五	
		特潜		特潜二〇年五月一日解隊
母島警備隊	母島突撃隊（母島）	震洋	三・四	
大島防備隊	大島突撃隊（古仁屋）	蛟龍		
		震洋	一七・一八・四四	

大島防備隊	喜界島突撃隊（喜界）	震洋	四〇・一一一
宮古警備隊	宮古突撃隊（宮古）	震洋	四一
石垣警備隊	石垣突撃隊（石垣）	震洋	一九・二三・二六・三八
高雄警備府	台湾	蛟龍	六
		震洋	二〇・二一・二八・二九・三〇・三一・一〇二
馬公方面特別根拠地隊	馬公	震洋	二四・二五・一〇五
舟山島警備隊	舟山島	震洋	四六・五二・一〇四・一一四・一一五
海南島警備府	海南島	震洋	三二・三三・一〇三

 付II　特攻戦隊水上（水中）部隊編成表

上級部隊	戦隊	部隊（所在）	兵器	部隊番号	備考
香港方面特別根拠地隊		香港及大亜湾	震洋	三五・三六・一〇七	
厦門方面特別根拠地隊		厦門	震洋	三七・一〇八・一一三	
連合艦隊	第十特攻戦隊	第一〇一突撃隊	蛟龍	五一	二〇年三月二〇日開隊 機動突撃隊
		第一〇二突撃隊	蛟龍	五三	機動突撃隊
		大浦突撃隊（大浦）	蛟龍	五二・五四・五六	
		小豆島突撃隊（小豆島）	蛟龍	五八	
第十方面艦隊		ボルネオ（サンダカン）	震洋	六	旧第三南遣艦隊司令部附

防衛研修所戦史室・防衛研究所図書館依託執筆　元海軍中佐吉松田守氏より震洋戦史研究家上田恵之助氏校訂作成

Ⅳ 米海軍技術調査団〝伏龍〟極秘レポート

一九四五年九月四日からはじめられた、対日アメリカ海軍技術調査団の「伏龍」に関する詳細な面接調査資料（マイクロフィルム）があった（発表は一九四六年一月）。表題は〝THE FUKURYU SPECIAL HARBOR DEFENSE AND UNDERWATER ATTACK UNIT TOKYO BAY〟（Ａ４判十六ページに拡大コピーされて、各ページ毎に「部外秘」とタイプされている）とある。

いうまでもなく、一九四五年九月四日という終戦の年、昭和二十年八月十五日から二十日をへたばかりの日である。アメリカ軍の迅速で徹底した対応と調査活動、その精密さには、驚くばかりである。

本調査は、東京湾港防衛を主体とした横須賀鎮守府管下の「第七十一嵐突撃隊」を対象としたものである。当時の日本側関係者からの面接調査（たんなる質問ではなく、訊問に近い強い表現が使用されている）であるので、資料としても一級にランクされるものばかりである。さらにこれまで「伏龍」に関係していた日本人にすら、まったくうかがい知れなかった同作戦の深部にわたっても調査・記録されている。

一九四六年一月
対日米海軍技術調査団

〔部外秘〕
伏龍特別港湾防衛および水中攻撃部隊　東京湾
日本を対象とする一九四五年九月四日付情報

一九四六年一月三十一日
発信者……対日米海軍技術調査部長
受信者……海軍作戦部長
主　題……課題報告──水際特別〝伏龍〟海底攻撃部隊　東京湾
参　照……a一九四五年九月四日付対日情報収集対象（DNI）報告
(1)、参照事項（a）のS1分冊　課題S─91（N）の報告書を提出。
(2)、課題についての調査（訳注・訊問に近い厳しい調査）および報告はM・H・プライア

―海軍予備中佐が作製した。補佐はK・C・ラモット海軍予備大尉、通訳と翻訳を担当したのは同P・S・ギンマン海軍予備中尉。――G・G・グリムス海軍大佐

〔目次〕

〔要約〕

▽艦船およびその他の標的船舶

▽伏龍特別港湾防衛および海底攻撃隊（東京湾）

一人の人間が水深八メートルの深さまで潜り、八時間ものあいだ水面下で活動できる装置を日本人が独自に開発していたという点が解明された。この装置は特にきわだって新しい発案を新規に組み込んだものではなく、すでにその効力が実証ずみのいくつかの要素の組み合わせであるようだ。

（注・昭和十九年に日本で作製されていた横作校式送気式潜水器と戦闘機用小型酸素ボンベ、旧式潜水艦用炭酸ガス吸収缶の組み合わせをさす。製作実験担当者＝工作学校研究部員・清水登大尉）

しかしながら、これまでアメリカ合衆国で使用されている潜水器具の中で、これほどの連続潜水を可能にする酸素自給装置のある潜水器があったとは聞いたこともない。

さらにいえば、この日本製の装置を詳細に点検すると、その作り方は大変粗雑であり、これをより精巧なものに仕上げていけば、用途の範囲はひろがり、さらに多方面の応用価値を増しただろうということがわかるのである。

この海底の戦闘部隊が、どれほど役に立つものであったかは、一度も実戦で証明されたことはない。爆発物の効果を伝達するのに、このような高い容量の媒体（水）の中での作戦は、非常に危険なものであった。

すでに証明された資料（すぐに応用できるものではないにせよ）を使って開発していけば、さまざまに変化する条件の下で、水面下で安全な距離を保って行動することについてのヒントが示されているように考えられる。日本軍はこの障害を熟知していたし、それを減少するためにはいろいろ努力をかさねていた。

A「伏龍」潜水装備正面図

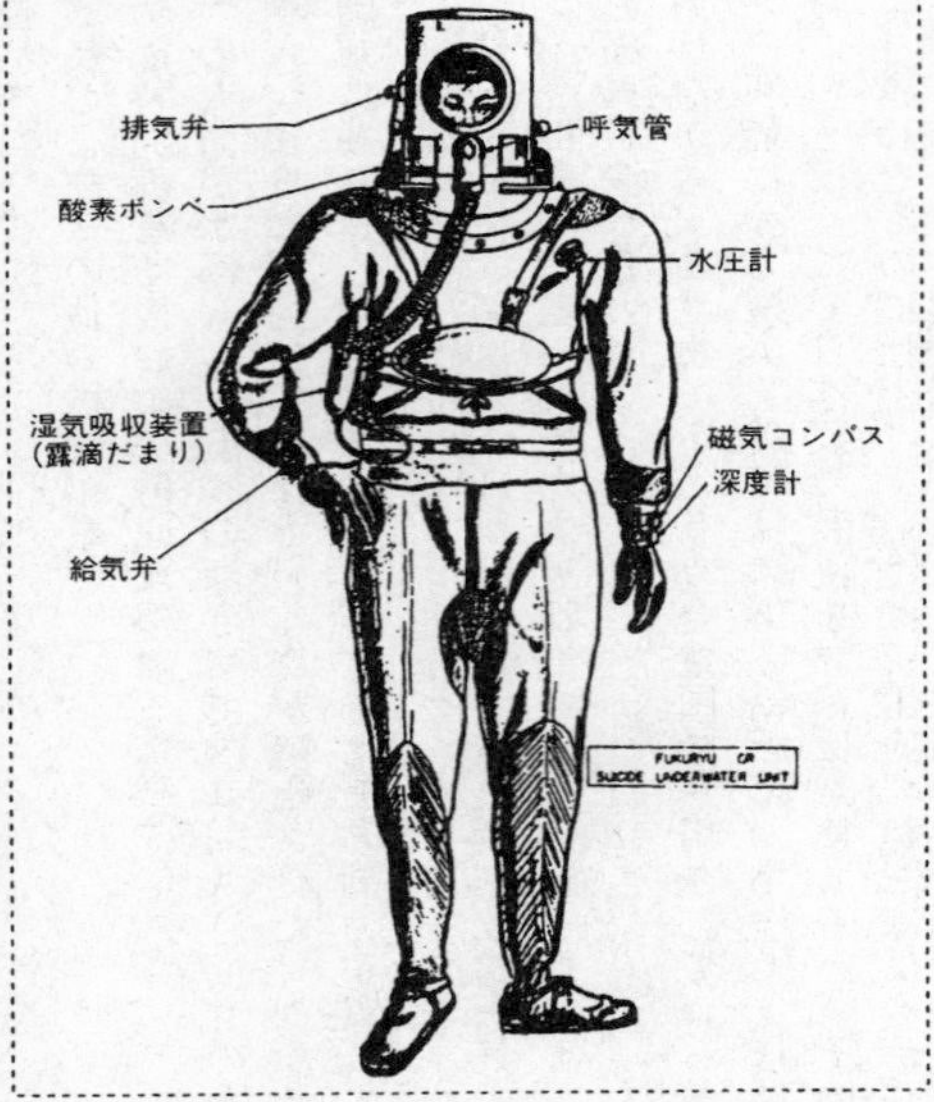

日本軍は特に飛行機から投下される小型爆弾の集中爆撃を怖れていた。この海底戦闘部隊の使用について日本軍は、奇襲戦法を重点的に考えていた。

（注・伏龍作戦について「実験研究報告」にも、目的――水中特攻用簡易潜水器ヲ作製シ作戦上ノ要求ニ応ズルニ在リ。成果概要(イ)海上ヨリ送気装置ヲ要セズ無気泡ニシテ隠密性大ナリ。所見――現在マデニ得タル成果ハ深度一五米

B「伏龍」潜水装備背面図

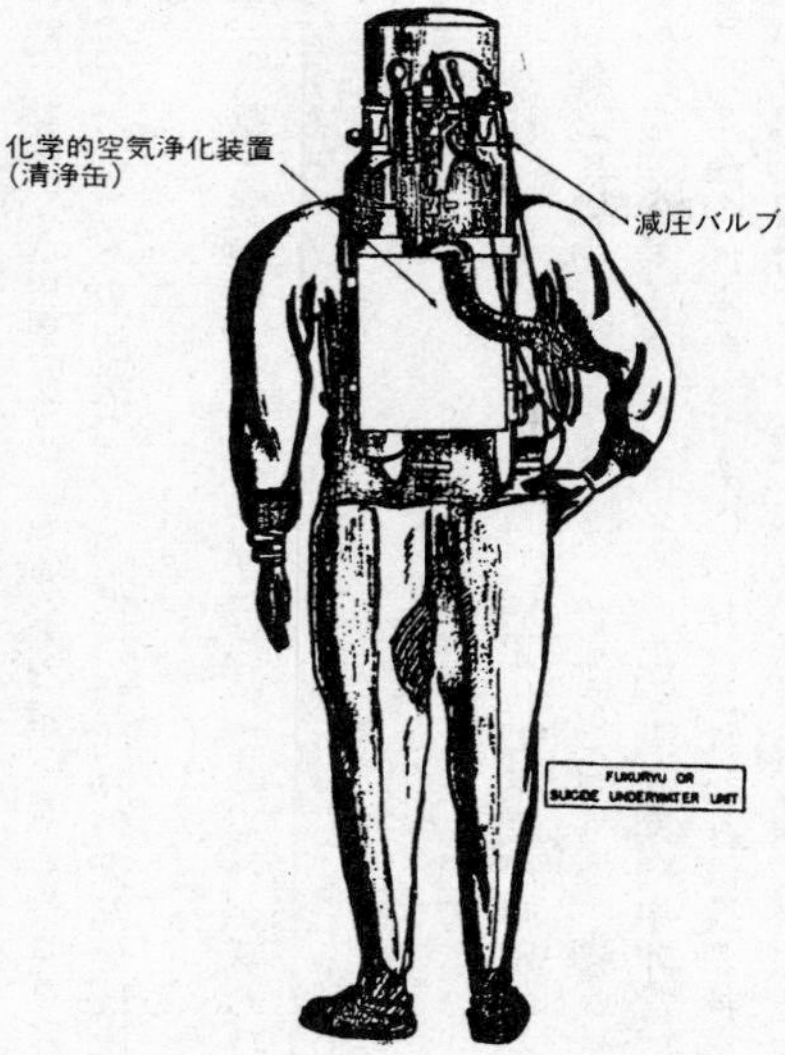

潜水時間五時間ニシテ従来ノ潜水器ニ比シ運動性極メテ大ニシテ隠密性アリ特攻用トシテ利用価値大ナルト共ニ普通潜水器トシテモ画期的考案ト認ム。尚現装備ハ其ノ構成部品ガ何レモ既成品ノ利用ナルヲ以テ之ガ改善並ニ深度ノ増大ニ関シ研究ノ要アリ……以上昭和二十年三月、横須賀海軍工作学校における実験報告より——について、このレポートは触れていると考えられる）

水中に沈めた商船を使って魚雷が実際に仕掛けられていたかどうかは、まだ完全に証明されていない。

しかし、こういう仕掛けがしてあっただろうということを示すにたる材料は十分にあり、実際にこういう仕掛けがなされていたかどうかの実物証拠の有無については、それほど絶対的に重要とは考えられない。

この種の水中施設設置については、まだ解答の得られない技術上の疑問がいくつかある。ここに説明されている酸素を自給できる潜水装置は、目標への接近も、また目標からの脱出も完全に可能にするものである。現に潜水艦で行なわれているように、強い水圧下の密室で人間が相当長期にわたって生存できることは、理論上可能であると考えられる。

この種の装置（水中要塞）の中で必要な電気をどのようにして起こすことができるか、の問題は現在のところ未解決である。他の疑問点の大部分は解決ずみとなっているように考えられる。

以上、攻撃と防備の方法の可能性については、わが軍の将来のいかなる計画にさいしても、参考に値すると考えられる。

〔参考資料〕

▽担当地域……東京湾への入口　同添付資料(G)を参照のこと。

▽面接調査に協力した日本人……イセキツネキト。慶応大学医学部学生。本件に関して自発的に最初の通報者として名乗り出、調査期間中非常に協力的であった。この協力に対しての生命の保障のもとめに対し、われわれは彼の身を完全に保障することを約束し、この保障を履行するため、われわれはあらゆる努力をはらった。

▽面接調査を受けた日本側人物……松井田五郎海軍中佐＝海軍省（東京）、掃海部隊所属。

新谷喜一海軍大佐＝終戦時、横須賀鎮守府特攻戦隊第七十一突撃隊嵐部隊司令。水野文夫海軍技術少佐＝終戦時、横須賀鎮守府技術将校。大林末雄海軍少将＝終戦時、横須賀海上護衛特攻戦隊司令官。平岡義方海軍大佐＝久里浜機雷掃海部長。K・タカハシ海軍兵曹＝久里浜対潜学校教員。笹野大行大尉＝久里浜伏龍部隊実験隊隊長。

〔付属資料一覧〕

(A)伏龍潜水装備正面図
(B)伏龍潜水装備背面図
(C)伏龍酸素自給装置図解
(D)攻撃用機雷（五式撃雷）図解
(E)沈没させた貨物船内の伏龍活動拠点設備の概要図解
(F)米国宛発送された伏龍潜水装備の一覧表
(G)東京湾南部の海図

〔序文〕

本調査報告は、第九七歩兵師団司令部の書簡をもとにして行なわれた連合軍最高司令官付情報幕僚のG-2から対日米海軍技術調査団宛に送付されたものである。

この手紙はイセキツネキトという若い学生が、第九七歩兵師団司令部勤務の日系二世語学教官タナカ大尉に対して、自分の戦時中の同室戦友サクライ少尉の経験にもとづいてなされた説明の詳細を含むものである。

第三八六歩兵師団〝M〟の司令官ペイン大尉が、この最初の接触（イセキとの）を行なうことができたことがきっかけとなった。

以上の話は、未解決の部分を残している水際特攻港湾防衛状況をあつかっているが、調査をすすめているうちに、海底攻撃部隊の詳細が浮かび上がってきた。この海底攻撃部隊「伏龍」についての報告は、第一部に述べられている。というのは、どう考えてもこちらの方が特別港湾防衛についての報告よりも重要性が大だからである。終戦時にこの水際特別港湾防衛隊とのかかわりのあった人物は、こうした施設についてすべて秘密厳守を誓わされており、非常に用心深かったということが、前記の手紙の中にも、これに続くイセキへの数次の面接調査においても強調されている。またイセキなる人物は、自分が情報源であることをもらさないよう、執拗に米軍に要請した。

そのため、あらゆる努力がわれわれによってはらわれた。それゆえ、サクライ少尉の直接訊問をさけることになった。その代わりに、イセキはサクライを数回にわたり訪問し、必要に応じて情報の補足をしてくれていた。この特別港湾防衛施設に直接関係した他の人物の姓名を探し出す試みが行なわれたが、「姓」は判明したものの「名」の頭文字と住所不明のため、こうした人物たちへの直接訊問はできなかった。しかしながら、本報告書の作製にみるごとく、また要約にみるごとく、こうした訊問が行なわれなかったことが、われわれの得た最終結論の致命的欠陥とは考えられない。
（注・SCAP=Supreme Commander for the Allied Powers 連合軍最高司令官〔マッカーサー元帥〕。G-2=General Staff-2 一般幕僚第二課〔ウイロビー少将〕）

〔報告書〕

▽第一部　海底攻撃部隊

伏龍、あるいは水中攻撃部隊は、米軍の本土上陸作戦が一年以内に予測されるとの、一九四四年（昭和十九年）の対潜学校における会議決定から発展してきたものであった。

敵軍の上陸に対して海岸を防衛するために、爆発物を身体に着けた泳ぎ手たちを用いるよりも、さらに有効な手段を研究することが提案された。相当な調査研究が行なわれたが、安価で有効な大量生産に適した対上陸用武器を作製せよ、との本格的な命令が上層部から下されたのは、一九四五年（昭和二十年）二月になってからである。

この伏龍作戦計画が横須賀鎮守府管下によってのみ、相当期間推進されていたということを指摘したのは、元駆逐隊司令で、一九四五年四月いらい海底攻撃作戦の研究開発を担当していた新谷大佐であった。明らかにわが軍（米軍）の日本本土上陸が目前に迫ってきていたので、本件についての関心は増大したのであった。

（注・米軍の「オリンピック作戦」による本土上陸時期を、一番はやい地点としては昭和二十年十一月ごろ九州方面と推測され、宮崎県の日向海岸と鹿児島の志布志湾と判断、その付近に二コ大隊、ひきつづき太平洋岸へくるだろうから、二十年内には、千葉県は九十九里浜、神奈川県は相模湾に千名を配備する上層部の考えがあった（「伏龍研究座談会」より））

海軍省の関心は非常に深く、開発のテンポはつねに早まっていった。最終段階ではこの開発計画から生まれる、二つの主な製品の使用について関心が集中していた。すなわち、酸素自給型の潜水服と攻撃用五式撃雷であった。

（注・『海軍水雷史』〝伏龍の誕生〟に、簡易潜水器の研究開発を担当した工作学校研究部員清水大尉は次の通り述べている。

「……昭和二十年の一月、軽便潜水器を考案製作せよ、という下命当時、私は海軍工作学校の研究部員であった。（中略）二月はじめに着手したものがはやくも三月の末に実用可能の域に突入した。普通一年は優に必要である」

この潜水器は、表向きには、潜水員を投下された機雷の近くへ入れて機雷を発見し、少量の爆薬を取り付けて遠くから処分するため使用するとされていたが、同大尉が報告製作者となっている「簡易潜水器ノ実験研究」報告には「特攻用トシテ利用価値大ナル……」と明記されている）

この酸素自給型の潜水服（付図A、B、C参照のこと）は、二つの酸素ボンベを備えており、それぞれに圧縮した純粋酸素三百五リットルを内蔵していた。化学的空気浄化装置（空気清浄缶）は、潜水艦用のものであった。

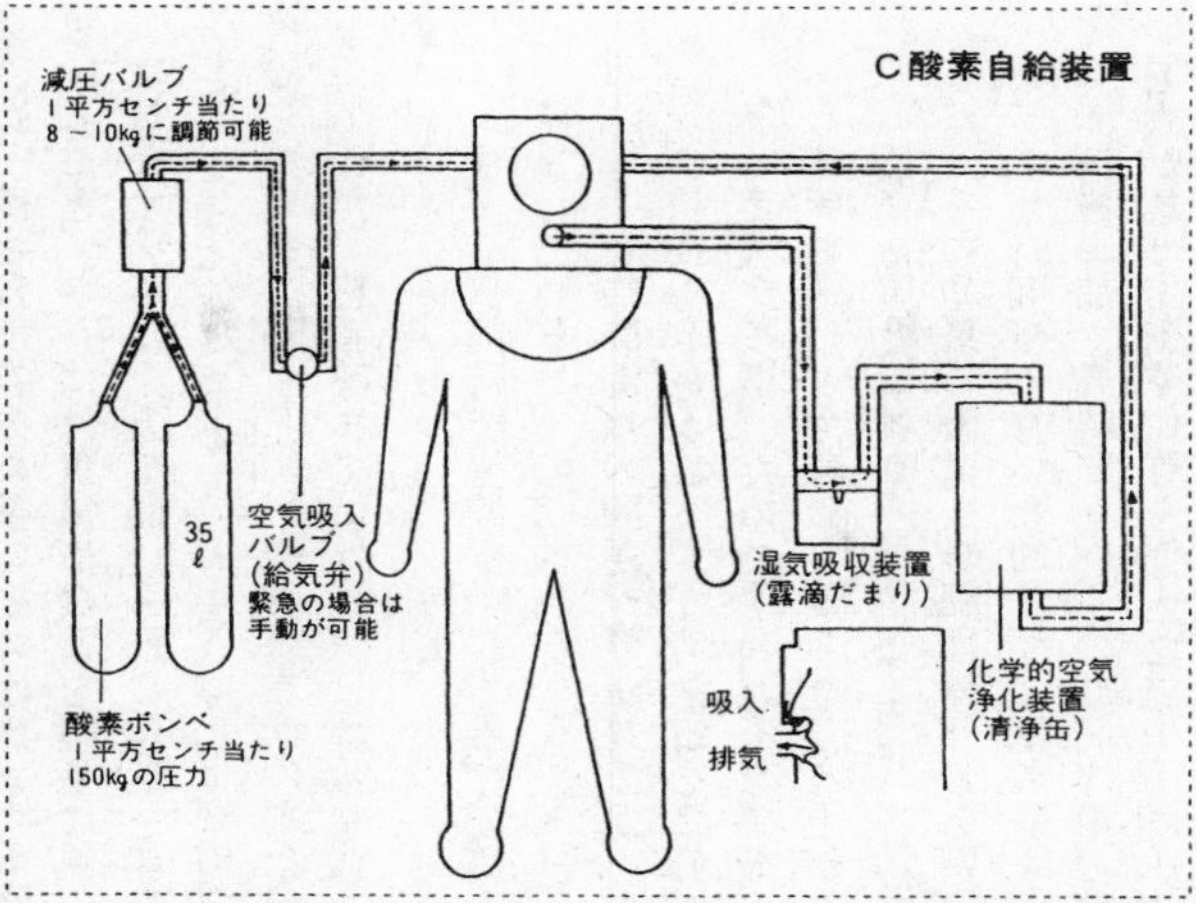

D攻撃用機雷「五式撃雷」

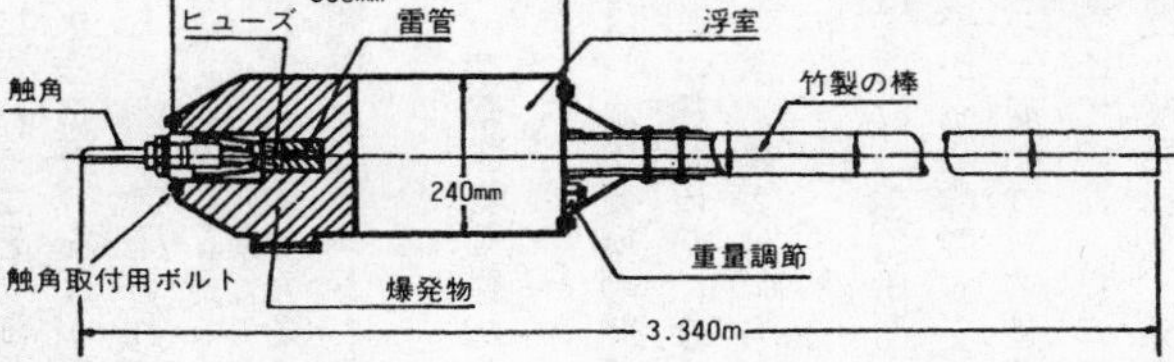

流動食も開発され、潜水員はゴム管を通してこれを摂取する仕掛けになっていた。

有効活動水深限度は十五メートルと定められた。潜水員は水深十メートルから十五メートルの間を自由に上昇下降できたが、深度十五メートルに達する前に、水深十メートルに達した時は潜水病（ケーソン病）にかかるのを防ぐために、約二分間の小休止を必要とすることもわかっていた。ごく短時間の訓練を終えれば、潜水員は自分の望むどの水深までも容易に潜れること、海底を時速二千メートルで歩けること、さらには魚雷や機雷を容易に操作できること、などが報告されている。

隊員が水面下に十五時間いられる装置を開発することも計画されていた。空気清浄装置の大きさを増大することにより（実際には普通規格の清浄缶の数をふやしていた）、この計画は進捗していた。かくして、隊員は夜明け前に潜水し、夜間にいたるまで水中に入っていることができた。終戦時までには、隊員は水中に八時間以上滞在することができるようになっていた。


（注・「伏龍研究座談会」の席上で、第七十一突撃隊実験隊隊長笹野大行氏は次の通り発言している。

「……長時間潜水の問題が浮かび上がったのは、水中要塞の問題と関連して、何とかもう少し長くということで、清浄缶を二個つければ簡単に倍になるのではないか、というアイディアで潜ったのですね。それで最も長く潜ったのは、九時間ちょっとです。私は八時間ちょっとで酸素が無くなって上がりました。

場所は野比（神奈川県横須賀市）で、立てば面ガラスが水面上に出る程度の深度でした。その結果、大体十時間はいけるという結果が出たのです……これは海底で静止していて九時間半ぐらいなのです。海の底を歩くと大変な酸素消費量になります。ですから、清浄缶一個で五時間というのも、海中で動かないでのことなのです」）

五式撃雷は、衝撃信管を備えた筒の中に仕込まれた爆発物を、発電によって爆発させるもの（電気雷管方式）であった。この爆発装置のすぐ後についているのは水に浮く房（フローティング・チェンバー＝浮室）であった。この兵器は水中で容易にあつかわれるように、バランスのとれたものにできるはずであった。

この使用法は簡単であった。潜水員は艦底あるいは艦側面めがけて攻撃するというものであった。当然、隊員は死んでしまう。それゆえ、伏龍はカミカゼの水中版にひとしいものであった。

撃雷の全長は三・三メートルであった。発電部と浮遊房（起爆装置・爆薬室・浮室）の長さは五十六センチで、信管に接続している「触角」は約十二センチとなっている。他の部分は「棒」からできていた。

（注・径四・五センチの竹棒で、下端には釣合を取るための一・五キログラムの鉛錘が埋め込まれていたので、通称〝棒機雷〟ともいわれていた）

この兵器（簡易潜水器および五式撃雷）が採用されたのは、持ち運びが容易なためであり、飛行機から探知されるのを防ぎ得る深度に潜って行動ができ、製造が比較的簡単なためであった。

二十キログラムのTNTまたはTWA火薬を爆発させても、四十メートル離れている味方の兵には安全であると算定されていた。二重底構造になっている標的艦船に対して行なわれた爆破実験にもとづいて、十キログラムの爆薬で好結果が得られたので、十キログラム爆薬を備えた撃雷の生産に入るように命令が下された。

前記の安全距離が四十メートル間隔という考えは、計算した結果廃止され、安全のためには六十メートル間隔が必要だと計画された。しかし、後者の数字では、いくつかの疑問が残された。はっきりとした成果が得られるまでは、とにかく火薬量を十キログラムまでへらすことと、「棒機雷」の代わりにロケットや魚雷を用いる実験をつづけるということで、一時解決をみたのであった。

時間が切迫しており、確実な結論を待っているよゆうなどなかった。人間と人間の間隔をとることがなぜ重要なのか、という問いに対しては——つまり爆発物を抱えた一人の兵士はとにかく死ななければならないのだとすれば、二人ではどうしていけないのだ（二人でも二人でも同じことではないのか）ということになりはしないか、ということなのだが——これについては、士気の点から説明がなされた。

つまり、自分で仕掛けた攻撃のために死ぬ覚悟はできていても、他人の攻撃のまきぞえで死ぬのはまっぴらごめんだということなのである。

（注・伏龍作戦で使用されることになっていた五式撃雷設計図には、昭和二十年七月十一日と作図完成月日が書かれていた。したがって現物は、おそらく終戦時までには完成していなかったのではないか、少なくとも量産体制はできていなかったはずだ。

外型重量を実物と同様にした訓練用模擬機雷はあった。この訓練用機雷先端の触角をガラス製として、その破損により命中判定を行なっていたそうである。また、設計図に記されている火薬は、炸薬量＝九七式爆薬十五キログラム、導火薬＝特一号導火薬となっている。

安全距離については、『海軍水雷史』には、「動物実験の結果、十五キログラム機雷の場合五十メートルとわかった」としている。しかし、「爆発時の水圧・誘爆を考えると、五十メートルでも決して安全というものではない。それでも五十メートルとしなければ、とても、兵器として採用されないので、そのように公表したのだと思います」と笹野実験隊隊長はいっている。

第七十一嵐突撃隊に側面から協力する（独立）実験隊ともいえる藤本部隊長（主として伏龍作戦の実際面・兵器等の研究部隊・隊長藤本仁兵大尉）は次の通り述べている。

「……水中で機雷が破裂した場合どんな状態になるのか、つまり、伏龍隊員はどのような死に方をするのかを実験してみた。わら人形に潜水服を着せて海底へ沈め、五十メートル以上離れた場所で機雷を破裂させたところ、水圧で厚さ約一・五センチの面ガラスが砕けて針のようになって人形の顔面に突き刺さっている。これではとても駄目だと思った」

そこで同隊では、水中からロケット弾の発射、防水袋に入れた小型兵器の運搬法、水上機用フロートを利用した自走水中橇（電動式）などの製作実験を行なっている。

伏龍隊員による水中魚雷曳航実験は、二十年四月二十六日に四四式魚雷曳航実験が行なわれていることが横須賀工作学校の「簡易潜水器ノ実験研究」に記録されている）

初期の段階では、伏龍の要員はすべて空軍の訓練兵（飛行予科練習生）から志願した者が集められた。後には一般兵（命令による）にも広められた。終戦時にはこの兵力の構成は志願による兵と、命令による者とがほぼ半々になっていた。

（注・実際には伏龍隊員の構成は、初期の昭和二十年四月末、教員予定者＝指導者養成のため、各鎮守府管下から募集した一般兵科の工作・機雷科を主体とした現役兵および予科練＝志願兵からなる潜水講習員を久里浜対潜学校で養成し、これをふたたび各鎮守府へもどし、ついで六月から七月にかけて予科練を主体とする特攻要員の錬成が行なわれていた）

予想されていた通り、生産上の困難は大きかった。一九四五年五月七日には千着の潜水服の製造が下命された。終戦時の八月十五日までには、これはほとんど完成されていた。これより前に訓練用の数着が製造されていた。この生産量は、九月三十日までを目標に八千着に増加していた。

五式撃雷は一万個発注された。しかし、八月十五日までには一つとして完成された物はなかった。四百発の模擬撃雷を使用して訓練が行なわれた。このうち二十発は、潜水員が目標物に命中させた時、はっきりとわかるようにされていた（ガラス製触角の破損によって船底命中を判定していた）。九月三十日までには、全伏龍特攻隊に六百人が配属される予定になっており、十月十五日には完全に戦闘配備につくように計画されていた。構成は次の通り。

一コ分隊は六名の下士官兵。

一コ小隊は五コ分隊（小隊長一名、隊付三名および五コ分隊で三十四名）。

一コ中隊は整備一コ小隊および五コ小隊。

一コ大隊は三コ中隊（総員約六百五十名）。

横須賀に配備される第七十一嵐部隊は、訓練された二コ大隊と訓練中の四コ大隊で構成される予定であった。終戦時には横須賀「嵐」部隊には四千名がおり、そのうち千二百名は訓練ずみの兵員であった。

呉の第八十一嵐部隊は、第七十一嵐部隊によって訓練された二百五十名を中核として、千名で構成される計画であった。おなじく佐世保鎮守府の川棚《かわだな》部隊（第九十一嵐突撃隊に編成される予定）もほぼ千名で構成されるよう計画された。七月三十日現在、潜水服は呉と佐世保に各六十着ずつ、横須賀には四百五十着あるのみであった。

（注・第八十一突撃隊特攻長の話によると、呉の情島の訓練所には送気式・簡易式各五組の潜水器しかなかった。また、佐世保の川棚訓練所には簡易式二十組の潜水器しかなく、訓練には大変困難をきたしたということである）

傾斜面のある海岸での上陸を防ぐための、全体的な体制は次の通りであった。

岸からもっとも離れた水深十〜十五メートルの海底から繋留《けいりゅう》機雷が一列に仕掛けられ、かなり離れた距離から綱の操作による解繋まで、伏龍は静止している。これらの機雷は伏龍の潜水員が敷設し、必要時に彼らが待機陣地から操作して解き放つものとする。その後、それぞれ機雷を抱えた伏龍特攻隊員の三列が配置される。

これらの列は前後五十メートル間隔をとり、各列の横の隊員間隔は六十メートルである。

しかし、これではあまりにも疎隔になるので、二十メートルごとに一名が配置されることになっていた。これらの兵器は水深四メートルから六メートルで作業する予定であった。

さらに海岸線寄りには、水深三メートルのところに磁気機雷が一列に並んでおり、最後尾の場所の水深一メートル地点には多数の海岸機雷を敷設することになっていた。

潜水員たちは、海底で、二～五メートルくらいの間隔では呼吸装置を使って、相互に通信ができることがわかった。

（注・呼気浄化用の清浄缶はうすいブリキ製であったので、おたがいに背を向けあった場合、音声の振動がブリキ缶を通じて水波となって、相手の清浄缶を振動させて音声を聞くことができると考えられていた。しかし私の体験では、初歩の訓練を受けた者にとっては、わずかに〝音〟が聞こえる程度であった）

さらに遠距離になると、金属片を打ち合わせるなどして意志を通じ合うしかなかった。こうした通信手段は三百メートル以上離れていても有効であった。兵員たちはいずれも懐中電灯と手首にはめるコンパスを身につけていた。小隊長たちは特製の潜望鏡をもっていた。

一基が六人から十八人収容できる海底の固定設備を作ることも計画された。敵に探知される危険を最小限にするため、こうしたさまざまな形状をした設備を鉄筋コンクリートで陸上で作り、水深十五メートル限度の海底に沈めておく予定であった。

こうした設備は、兵員が移動できる空間と、居住できる空間の双方を備える計画で、建設は八月開始の予定であった。これらの製作には廃船利用が考えられていたが、これは付図(E)

に示されている。海底にある「キツネ穴」（タコツボ壕）を使っての実験も行なわれた。

これは鋼鉄の扉を備えた大口径のコンクリートパイプ製の部屋であった。犬を使っての初期の実験では、これは水中での爆発衝撃を減殺するのに、非常に有効であることが証明されていた。

海岸線の地形によっては、水面下への入口を作って、兵員が昼間ずっと水中にかくれている必要のないようにすることも計画された。こうした計画は、断崖をもつ海岸線以外では、建設作業の困難からほとんど不可能となった。

（注・この計画の一例としては次の通り実行されていた。「鎌倉の稲村ヶ崎には伏龍隊の陣地が構築されていた。岬の腹をえぐり、上を二十五ミリ機関砲台とし、地下の洞窟〔海へ抜けられる〕を伏龍隊の陣地として、砲台には常時前面によしずを垂らし、海上から発見されないようカモフラージュしていた。地下道中央には八畳ほどの装備室を設け、その先は直接潜水できるよう、斜面通路が波打ち際までつづいていた）

伏龍作戦は隠密性と奇襲攻撃により、敵を混乱におとしいれるということが非常に重要な要素であると考えられていた。これについて新谷大佐は次の通り陳述している。

「もし伏龍が敵軍に発見されたら、敵はこれに対抗する手段を取り、これは伏龍の効果をいちじるしく減殺することになったでありましょう」

こうした敵の対抗手員というのは、飛行機から投下する多数の小型爆弾攻撃がもっとも効果的だと考えられた。潜水員にとっての危険は、アメリカの艦砲射撃と日本の地上砲台から発射される砲弾の双方であったろう、と新谷大佐は指摘した。

また新谷大佐は、戦争が進展するにつれ海軍省としては、この伏龍作戦計画はますます重要性をますようになった、と述べている。日本側の飛行機も特攻隊用の艦船（回天、蛟龍、海龍などの水中特攻艇および震洋水上特攻艇をさす）も数がすくなくなり、米軍が上陸用に多数の小型船舶を使用する方針をとったために、日本側のこうした戦法の効果はいちじるしく減殺することが認識されていた。

一時はこの伏龍計画に、四万人を投入することも計画されたが、新谷大佐はこれを六千人に修正した。原因は補給および訓練など幾多の困難のためでもあった。新谷大佐はこの計画を最後の防衛線のようなものと認めていたが、これ自体としては決定的な効果は有さないと考えられていた。しかし、同時にこの「水中ゲリラ部隊」は、米軍が試みようとするいかなる上陸作戦をも、かなり悩ますことができると考えていた。

各潜水員が身につけるべき、海軍旗をあたえられていたことは興味深い。かくして各個人は戦闘用の艦船一隻と、同格に位置づけられることになるからである。この考えは、戦闘のために散開している軍隊と同じ立場を、各人がとるのだという理論に立っており、各兵員の士気を鼓舞するためのものであった。

（注・この軍艦旗は、縦五センチ、横七・五センチの薄いボール紙上に旭日の描かれた布がはりつけられたもので、私たちはこれを絹製の特攻服左腕上膊部にぬいつけ、「特攻マーク」と称していた）

笹野大尉は実験隊を担当していたが、七月半ばに水深三メートルから八メートルの区域で、八時間二十五分連続潜水していたと述べている。この実験後に非常につかれたということをのぞいては、とくに悪い気分になったという作用はまったくなかったと陳述している。これはこのグループの中では新記録であり、科学的空気浄化装置のサイズを倍にすることによって、達成できたのであった。

彼は、この実験隊において潜水器開発期間中、主として海底歩行の研究をしていた。水深十五メートルというのが安全のぎりぎりの限度だ、と彼は述べている。しかし同時に彼は、この深度を三十五メートルまで拡げ得るのではないか、と軍は要望していたとも述べている。

（注・昭和六十三年に開催された「伏龍研究座談会」で、笹野氏はもっとも長く潜った隊員は、海底で静止状態で九時間ちょっとであったと述べている）

本件に関する潜水用機器の完全なセット（一式）が、メリーランド州インディアンヘッドの軍事調査研究所（Ordnance Investigation Laboratory）の船舶局あてに発送された。各項目の一覧表は付表Fに示されている。（略）

▽**第二部　特別港湾防衛隊**

前述のイセキによれば、戦時中、彼と同室であったサクライ少尉は、東京湾への入口三ヵ所に設置した水中要塞に配置された交替部隊の一隊長であった。こうした水中要塞設置は、使用不能の商船内に気密区画を作って沈めたものであった。その詳細は次の通りであった。

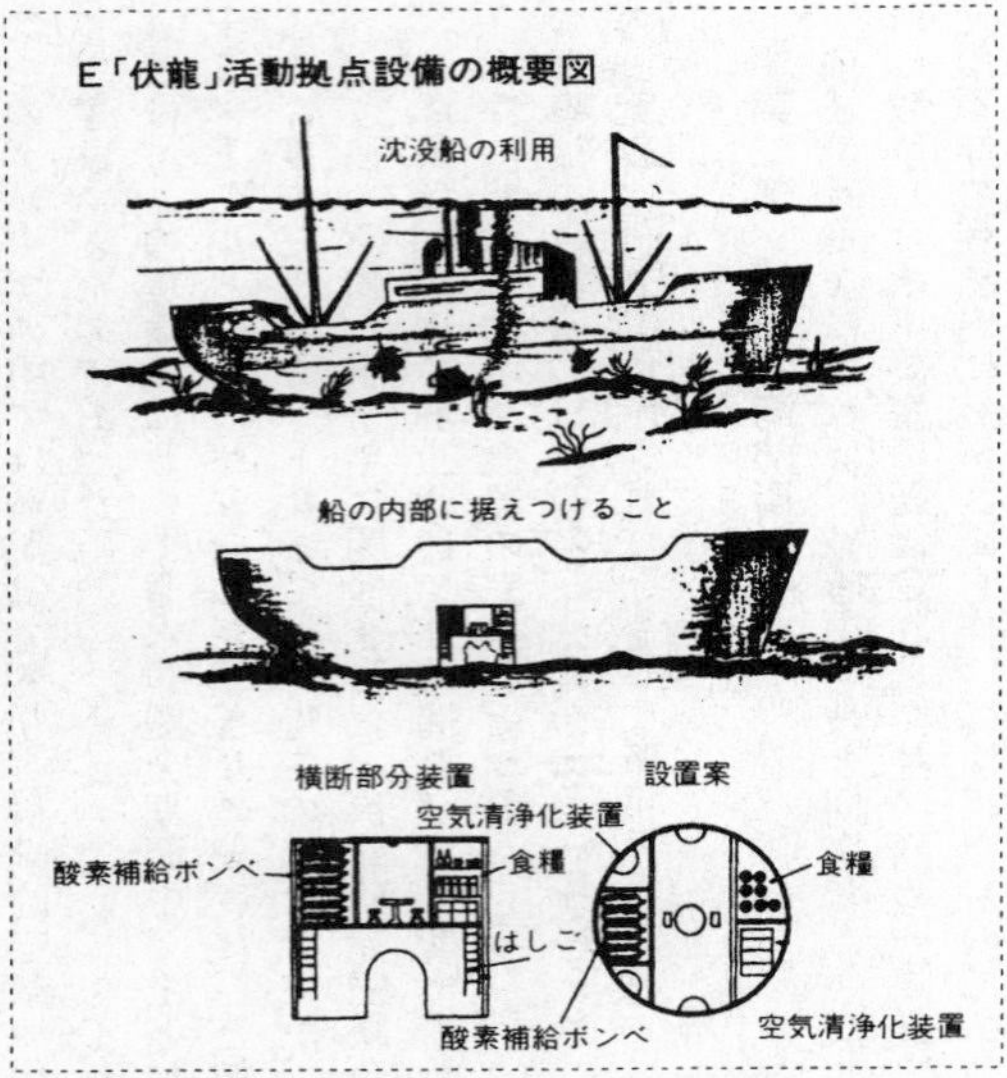

訊問による調査では上図のように、ごく浅い深度（約30メートル）に基地となる沈没船が設けられたことになるが`戦後のソーナーによる調査ではそれらしき目的物は50メートル余にもおよぶことがわかり問題点となった

構造……約五千トン級の退役した商船を使い、その中に気密室を作って横須賀あるいは横浜沖に沈める。この構造と装備の全作業は陸上で行ない、完成後に海上所定の位置まで曳航して、そこで気密室以外の部分を爆破して穴を開け海底に沈める。

こうして建造された水中要塞は三つに分割された室から成り立つ。第一は水室、第二は居住区、第三は水雷室である。伏龍隊員は、船でこれらの小型要塞のある場所まで運ばれ、潜水服を装着して水中に降下される。

この要塞に入るときは、まず水室へ入り、その後、遮断扉が閉じられ、ポンプで室内の水が排除される。かくして水が外へ閉め出されると、兵士は潜水服を脱ぎ、次の部屋へ入る。

この海底要塞の全面積は約百三十三・七八平方メートルであった。（この説明は付図Eに示されている〝居住空間〟と非常に多くの共通点を持っていることが注目されるところであろう）

武装……方向変換可能の魚雷発射管三基および聴音機一基。

容量……四十〜五十人の収容設備。

補給……食糧はすべて缶詰でまかなわれ、十日毎に隊員の交替時に海上から投下された。

通信……陸上との通信手段はまったくなされていなかった。水中要塞相互の通信は、区画室の壁をたたいてモールス信号を相手に送り出すことで成り立っていた。この音は水中を通って他の要塞に伝達するものであった。

位置……水中要塞三基は東京湾口の三崎と洲崎の水域で、水深の浅い（二十メートル）三地点に設置された。このような水中要塞の設置は、九十九里浜と鹿島灘にそった海岸でも行なわれ、これも横須賀鎮守府の管轄下にあったと報告された。しかしこれ以上の詳細は不明である。

第七十一嵐部隊は東京方面の水中防衛の責任を負っていた。また、舞鶴と呉の両海軍鎮守府の防衛担当領域でも、これと同様の水中要塞を完成していたといわれている。

東京湾におけるこのような拠点設定は、第七十一嵐部隊司令新谷大佐の指揮の下で行なわれたと報告された。一九四五年十二月十日の訊問にさいして、新谷大佐は、このような如何なる水中要塞も海軍によって建造されたことはない、と言下に否定している。

彼は、本計画に退役船を利用することがふくまれてはいたが、実際にそうした船が使用さ

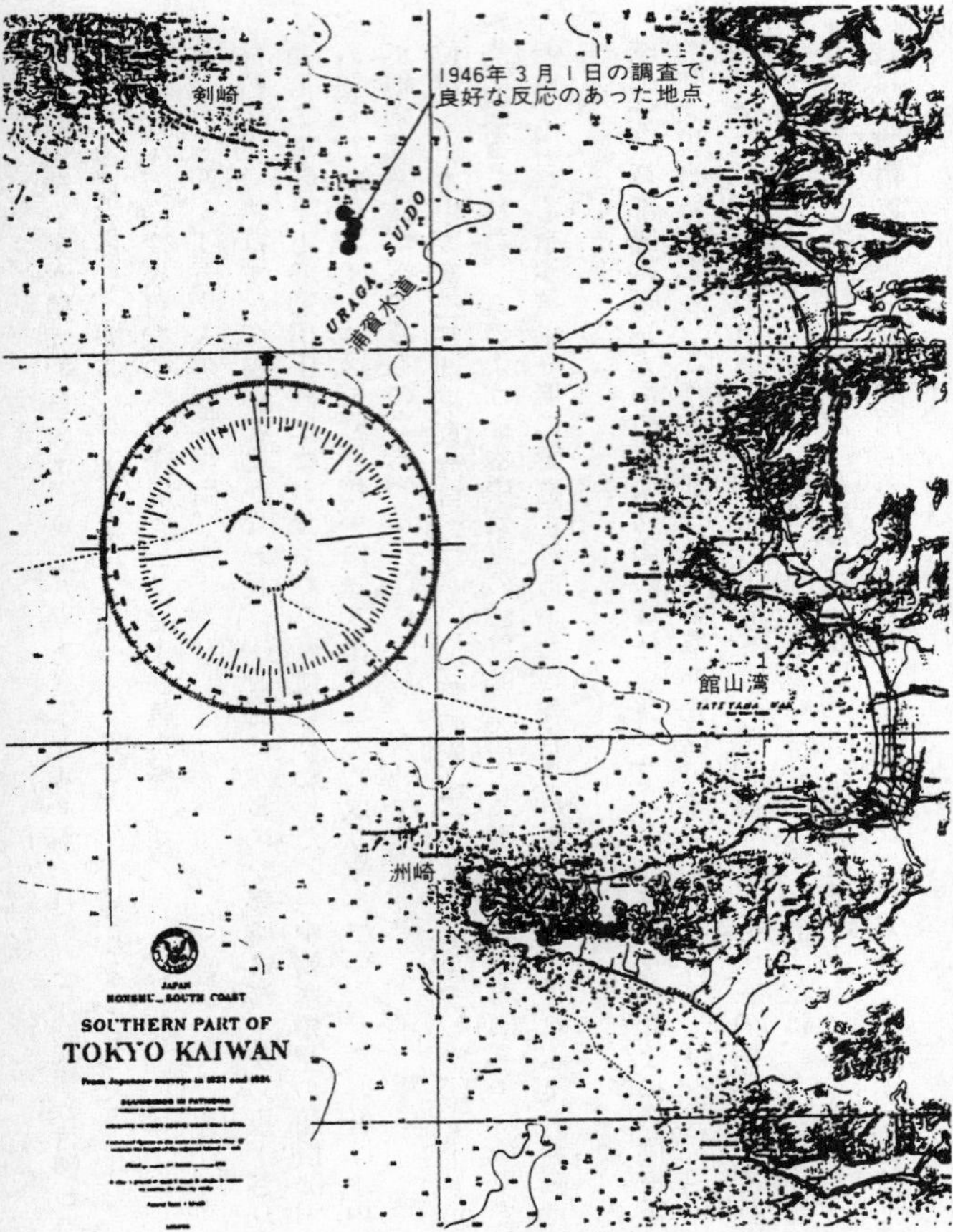

G東京湾南部の海図（黒点が反応のあった地点）

「WARSHIP INTERNATIONAL」1973年No.3号に
掲載された水中要塞と隊員の図

れたことはないと述べている。

一九四五年十二月二十四日、大林海軍少将も訊問を受けたさいに、このような魚雷発射装置が設置されたということを、自分はまったく知らぬと否定し、東京湾にもしもこのようなものが設置されていたら、当然自分は知っていたはずだと供述している。

しかしながら、彼らと最初の接触を持ったときに、この水中要塞設置に関係したすべての兵員は、もし米軍当局に質問を受けるようなことがあれば、ニセの情報を流すようにということを、復員時に命ぜられていた、ということも指摘されているのである。

どこにこのような水中要塞が設置されたかという情報はかなり明確なので、この水域を音波探知機で探ることとなった。

アメリカ第五艦隊の協力の下に十二月三十一日に高速哨戒艇PC1137によって、さらに一月三日には駆逐艦DD706によって掃海が行なわれた。

この二回の掃海時に、もっとも確かと思われる水域では、水中要塞の存在を示すにたる結果が得られた。

高速哨戒艇PC1137は水中音波探知機（ソーナー）と、記録装置なしの音響測探機を備えていた。ここと思われる水域で一つの反応があった。

駆逐艦DD706は記録装置つきの音響測探機と、水中音波探知機を備え、さらに高速哨戒艇PC1137よりずっと練度の高い、訓練された技術操作員たちを乗せていた。この駆逐艦の掃海時には、音響条件も上々であったと伝えられた。

四ヵ所でかなり良い手がかりがあったが、こうした目的物が水深約百八十フィート(約五十四・九メートル)地点にあると表示されたことに難点があった。本来ならば、これらは約百フィート(約三十メートル)の深度位置にあるはずのものである。北緯三十五度六分五秒、東経百三十九度四十三分七十五秒におけるこれら四ヵ所の接触地点は、付図Gにしめされている。

対日海軍技術サルベージ将校および艦隊サルベージ将校との協議で前記の知り得た条件の下で、現存する潜水器を使用して、潜水員を水中に降下することは中止した方がよいと決定した。

その結果として、該当するのではないかと考えられた水中要塞設備の有無は、結論を得ないままになってしまった。しかし、当報告書の(要約)でも指摘されている通り、こうした水中要塞設備が実際に存在したか否かは、決定的に重要な意味を持つものではないと考えられた。

もしもこれら設備の実在が証明されたならば、かなりの数の日本人海軍将校が対米非協力のかどで処罰されていたことであろう。しかしながら、このような設備が実際に設置された可能性が証明されたからには、将来、米軍の作戦計画にあたっても、このことは大いに参考になるのではないだろうか。

本報告書とはべつの書簡によって、付図Gに示されたような接点は、今後日本人が行なうかも知れない、さらにすすんだ開発を阻止するために、航空機による爆雷投下攻撃によって処分すべきだ、という勧告が本省宛に行なわれたことを付記する。

(注・水中要塞については、私たち伏龍隊員は訓練中、一度も耳にしたことはなかった。また実験隊隊長笹野大行氏も、

「連合軍はそれに大変興味をしめしましてね、『どこにあるのか？』としつこく聞かれました。しかし設計図だけの段階ですから答えようがありません。『アメリカは原子爆弾までできているのに、何でこんなものに興味を持つのだ』と言いますと、『とにかくこれはなかなか面白い』というのですね。『実際にアメリカでも作ってみる』ともいっていました」——以上昭和六十三年〝伏龍研究座談会〟での発言)

やっと見えてきた一里塚――「あとがき」にかえて

約十数年前の昭和五十年頃から、私は自分の戦時体験を書き残しておきたいと考えはじめた。当時は自分の子や孫に「太平洋戦争」を体験した私の生きざまの一端を伝えたい、というごく軽い気持ちからだった。

昭和十九年六月、三重海軍航空隊へ飛行予科練習生として入隊時から筆を進めたのであるが、私が昭和二十年七月に伏龍特攻要員になってからは、さっぱり筆が進まなくなった。自分の記憶している伏龍体験は一応書けたのだが、当時一飛行兵長にしか過ぎなかった私には、「伏龍特攻隊」の全貌はおろか、その概観すらつかめないのである。

種々手を尽くして資料集めにかかったのだが、終戦末期、海軍最後の特攻のためか、ほとんどと言っていいくらい資料は発見できない。かろうじて、私と一緒に伏龍特攻要員に選抜された同期生数名から、記憶に基づく返信が寄せられたに過ぎなかった。このままでは、かつての大戦の末期、十六、七歳の若人が身を賭してでも国を護るのだ、と訓練に励んだ「伏龍特攻計画」があり、訓練中に数多くの尊い犠牲者が出ていた、という事実が歴史から抹殺されてしまうという危機感と、生存隊員の一人として、私は何としても資料を発掘してこれを記録に残さなければならないという使命感すら感じ、この記録作成を自分のライフワークにしようという気持ちに駆り立てられてきた。

たまたま昭和五十九年に私が伏龍研究に取り組んでいることを知った「震洋通信」主幹の野崎慶三氏から『海軍水雷史』に、かなり詳細な伏龍関係の記事が出ているとコピーが送られてきた。

また、私の予科練時代の直属分隊士であった川端義雄氏から「『ザ・海軍』(震洋通信社刊)に、第七十一嵐伏龍隊副官だった藤木篤信氏の記事が出ている」と御教示があった。さっそく同氏を通じて同隊の先任教員海老沢善佐雄氏と、飯島健五氏を紹介され、伏龍隊開隊当時の貴重なお話を知ることができた。

昭和五十九年、上田恵之助氏(「震洋」特攻隊先任艇隊長)から、同氏が「『震洋特攻』の資料調査中判明したという、伏龍関係の資料を全部お渡しするから、伏龍研究を意欲的に進めてください」という有難い激励の言葉と共に貴重な資料をいただくことができた。

私の伏龍研究はこの時から本格的になり、本書が不完全ではあるが一応ここまで形を整えることのできたのは、九十パーセント以上、上田氏のお力であると私は信じ、改めて感謝の念を強くするものである。

昭和六十二年、東京女子大学卒業生有志の同人誌『環』代表鈴木隆子氏の御好意で貴重な誌面三分の一を提供していただき、「海軍伏龍特攻隊」のタイトルで、それまで私がまとめてきた記録の抜粋を発表する機会をいただくことができた。同誌コピーを関係各方面へお配りすることにより、俄然、大きな反響を呼び、未知の方々からの問い合わせや新資料の提供を受けることができるようになった。また、大阪読売新聞社主催の「特攻展」にも二度にわたり、手持ちの資料の一部を展示し、伏龍特攻の存在をある程度世間に知ってもらうことができた。

平成二年八月には、八十一嵐伏龍隊で中隊長をされていた三宅寿一氏の発議で、「伏龍特攻隊員の像」の模型を靖国神社遊就館に展示することとなり、多くの方々からの浄財と、上田氏から提供された簡易潜水器の設計図と写真を基にして、三重空二十二期生小林武氏製作になる「伏龍特攻隊員の像」を完成展示することができた。

しかし、私が最も気にかけ、力を注いでいた訓練中の犠牲者の調査はいっこうにはかどらなかった。「多数の訓練中の事故死者が出た」という多くの人の談話や記事は、ほとんど七十一嵐伏龍隊（横鎮）に集中していたが、その詳細（氏名、日時、状況）については、わずかに私と同じ大隊に所属していた二名のことしか分からない（これは現在も同様）。他の部隊では訓練中の犠牲者は皆無であったそうである。

「上官が事故死した自分の部下の氏名、日時すら不明なのは、七十一嵐は一時的な寄せ集め錬成部隊であったので、上下関係、隊員の結束、軍規の弛緩、安全対策がおろそかであったからではないか？」「誇張された数ではないか？」等々、事故死者皆無の他部隊の方が考えられるのは、裏付けある事実関係が判明しない限り当然であろう。

しかし、私は自分が七十一嵐の隊員であっただけに、これらの言葉を耳にするのが大変残念であり口惜しかった。まして訓練中に犠牲になられた方々の霊の無念さを想うとき、断腸の思いすらするのである。私は厚生省、防衛研修所など、できる限りの手を尽くして調査してみたが、力不足のため真相は不明である。

不正確なものをそのまま世に残すことの可否への疑念のため、私は一年近く伏龍研究の筆を絶った。しかし、私たちの訓練基地である横須賀市久里浜・野比海岸を訪れるたびに、ここで犠牲となった「わだつみ」の声が、「何とかしてくれ」「俺たちの死を風化させないでくれ」と海底から訴えかけているような気がしてならず、悶々の日々を送っていた。

平成三年、たまたま義兄・窪田源一郎と戦時中の雑談をしていた時、義兄の中学同窓で戦時中野比海軍病院で見習医官をしておられた方(時任直人氏)の話が出、同氏の御好意により、ここにおられた方々の名簿を入手、数名の方からお便りを頂くことができた。これに力を得た私は、少なくとも医療現場で伏龍隊員の事故死を見聞された方たちの御返信であるので、完全な資料的裏付けではないにしても、かなり確度の高い資料となると考え、これら御返信をそのまま掲載させていただくこととした。これにより、不完全ではあるが本書を世に出す決心がついた。

本書は、私の資料収集と調査力不足のため、八十一嵐、川棚などの他の伏龍部隊の訓練の様子は、付I「伏龍研究座談会」でうかがうことができたに過ぎないことを、お詫びと共にお断わりしておきたい。

かくして本書が世に出せたのは、前述の諸先輩・同期生と共に、一人一人お名前を書ききれない多くの方々の御協力の賜物である。が、特に今も私たち予科練乙二十二期の「おやじ」と敬慕し、精神的支柱となって御教導をいただいている清水慶吾分隊長、私に「昭和の語り部となって戦時体験をぜひ後世に残すように」と激励して下さった故・高橋俊策司令（〝月月火水木金金〟の「艦隊勤務」作詞者）、本書の資料的意義を認めて出版を引き受けてくださった光人社の方々、また、私の生涯のパートナーとして私を支えつづけてくれている妻英子のおかげと、心からの感謝の意を捧げるものである。

おかげで私のライフワークの一里塚がやっと見えてきた、という思いである。

一九九二年（平成四年）七月

著　者

参考文献

「第二段作戦の概要」昭和二十四年二月　第二復員局
「戦史叢書」防衛庁防衛研修所戦史室　朝雲新聞社
「海軍水雷史」昭和五十四年　海軍水雷史刊行会
「マリンダイビング」昭和四十八年　マリンダイビング社
「機雷」光岡明　昭和五十六年七月十日　講談社
「別冊・一億人の昭和史『予科練』」昭和五十六年七月三十日　毎日新聞社
「別冊・一億人の昭和史『特別攻撃隊』」昭和五十四年九月一日　毎日新聞社
「オールネービー」震洋通信社
「日本の秘密兵器」小橋良夫　池田書店
「わが海軍」昭和五十五年八月十五日　ノーベル書房
「特攻総覧」平成二年三月二十五日　特攻隊慰霊顕彰会

文庫版のあとがき

本書は『海底の少年飛行兵』のタイトルで一九九二年七月に単行本として出したものを、『海軍伏龍特攻隊』と改題して手軽な文庫本に装いを改めて出したものである。

前著を出した時点では、「伏龍特攻隊」の名前はほとんど世に知られていなかった。しかし、前著出版が契機となって「テレビ朝日」（一九九五年八月）「テレビ東京」（九六年一月）で伏龍が放映され、「伏龍特攻隊」の存在が多くの方々に知られるようになった。また、読者からいただいた読後感のお便りの中にも、「海底の少年飛行兵」というタイトルを見た時、これはフィクション（小説）かと思った、という方も幾人かおられた。そこで今回は、はっきりと「海軍伏龍特攻隊」というタイトルにした次第である。

また、前著が出た一ヵ月後に、読者の一人で、当時海上自衛隊佐世保造修所副所長をされていた田村俊夫氏から、一九四五年（終戦の年）九月四日から行なわれたアメリカ海軍技術調査団の「伏龍」に関する英文調査資料が送られてきた。もう少し早ければ、これは当然、前著に加えるべき貴重な資料であった。そこでとりあえず雑誌「丸」一九九三年十二月号に発表した。今回文庫本とするにあたって、この貴重なアメリカ側の調査資料も付け加えることとした。これにより、本書にはいっそう客観性のある伏龍特攻の資料的価値が加味されたものと自負している。

私は今年の年賀状に、つぎのような自詠の句を添えた。

　幾たびか浮遊歩重ねし海の底
　　半世紀后に聞く犠牲者《とも》の呼ぶ声

この私の字余りの腰折れに対して、

　犠牲者《とも》の声　伝え生きし人生《たび》ぞ尊し

と身に余るうれしい返歌を詠んでくれた方もおられた。

幸いこのたび装いとタイトルを改めて本書が文庫本になることによって、伏龍隊生き残りの一人として、私の伏龍特攻の語り部としての人生《たび》が続けられることをうれしく思うと共に、この機会を与えてくださった光人社及び関係各位に心からの感謝の意を捧げたいと思っている。

一九九九年二月四日　寒い立春の日に記す

著　者

単行本　平成四年七月「海底の少年飛行兵」改訂・改題　光人社刊

解説──究極の特攻兵器「伏龍」

藤井非三四

五式簡易潜水具の開発

昭和十九年の秋になると、損傷した艦艇や船舶を前線で応急修理しなければならなくなり、潜水作業の所要が急増した。それまでの大型で動きにくく、水面上から空気を送り続けなければならない潜水具では間に合わなくなった。そこで今日で言うところのアクアラング・タイプの簡便なものが急ぎ求められた。

その研究開発が横須賀にあった海軍工作学校で始められたのは、昭和二十年一月のことだったという。その主務者は工作学校の教官だった清水登大尉であり、これから紹介する話は彼の戦後の回想によるものだ。

水中の動きを軽快にするため、海面上と結ぶホースから潜水作業員を解放するには、空気をボンベに詰めて携行すること、吐気に含まれる有害な二酸化炭素を除去することがまず求められる。

難問は圧力が加わると空気は圧縮され、人体に必要な空気量は増えることだ。水深十メートルで二気圧だが、そこで必要な空気量は一気圧時の二倍になる。これでは呼吸に必要な空気を運ぶことだけになってしまう。そこで人体に必要な酸素は、空気中に二割しかないことに着目し、酸素だけをボンベに詰めて携行することとした。一気圧の環境下だが、純酸素だけ呼吸しても十二時間は人体に悪影響を及ぼさないことは航空機の酸素吸入で立証されていた。

二酸化炭素の除去だが、苛性ソーダ（水酸化ナトリウム）に吸収させてしまう技術も潜水艦で早くから実用化されていた。これまた潜水艦で使われている自動懸吊装置の応用だが、潜水服に取り付けた排気弁と給気弁を操れば一定の水深に浮遊し続けることもでき、これは従来型の潜水具では考えられないことで、運用の幅が広がった。

装面はマスク・タイプではなく、従来のヘルメット型としたので堅牢なものとなった。このように既存の技術を応用したため、アクアラング・タイプの潜水具の開発は順調に進み、早くも昭和二十年三月末には試作が終わり、すぐに五式簡易潜水具として制式化されて量産化が進められた。

当初の目的は「機雷掃討」

昭和二十年三月末から米軍は、Ｂ29爆撃機による感応機雷の空中敷設を開始した。これによってすぐさま山口県の沿岸部の六連島泊地から関門海峡、神戸、大阪に至る瀬戸内海航路が途絶しだした。そこで日本海軍はこの日本の生命線に幅百メートルの安全な航路を啓開することとした。

空中敷設された機雷は沈底型で、磁気、音響、水圧の変化に感応するものだった。磁気や音響に感応するものは既存の技術で掃海できるが、磁気と水圧を複合させたタイプのものは実際に船舶を通過させなければ処理できない。一発、一発を捜し出して爆薬を抱かせて爆破処分する「機雷掃討」をしなければならない。水中処分隊を入れるとなれば、開発間もない五式簡易潜水具を使うほかない。

掃討を必要とする機雷は、水深三十メートルまでの海底に沈座している。瀬戸内海でそのあたりの視界はおおよそ五メートル前後だから、磁気や音響の掃海を終えてから十人の水中処分員を並べ機雷を捜索させれば、幅百メートルの安全な航路が啓開できることになる。では、その水中要員の指揮統制はどうするか。都合の良いことに水は音響の良伝導体で、ヘルメットを通しての会話も十五メートルほどまで可能だ。金属音による信号も二千メートルまで届くという。さらに両端、中央で浮フロートを引っ張れば現在位置は明瞭に把握できて海図にプロットすることができる。

工作学校で志願者を募り、水中歩行訓練を一ヵ月も重ねると、練度はたちまち向上した。各人が引っ張る浮フロートを見ていると、陸上の歩行となんら変わりはない。これならば機雷の掃討は十分可能だとなり、水中処分隊の編成を始めることとなった。ところがこれを知った海軍省の外局で水上・水中の特攻兵器や潜水艦を所掌する特攻兵器本部は、五式簡易潜水具を装備した水中特攻隊を編成するよう指令した。水中特攻「伏龍部隊」の始まりだ。

武器は刺突の棒機雷

本土決戦に備えて開発された機雷は、主に船団泊地向けで係維式の仮称五式機雷（球形缶体、触角三本、炸薬四十キロ）、水際向けで沈底式の小型機雷一型（円錐形、触角一本、炸薬十五キロ）、同じく小型機雷二型（半球形、触角二本、炸薬十五キロ）の三種だった。戦時中に合計七万個が生産され、三百個ほどが試験的に敷設されたとされる。

伏龍部隊が装備する棒機雷は、小型機雷一型を改造したものだった。直径二十五センチの機雷本体に浮室を取り付け、全長五十五センチの缶体とした。全備重量は三十キロになるが、浮室の浮力が働くので水中の重量は一キロほどとなり、扱いやすいものになっていた。これに水深に応じて四メートルから七メートルの竹竿を取り付ける。これで頭上を通る敵舟艇を刺突すると、先端にあるゴムで被覆された触角内のガラス管が折れて電解液が流れ出て電気回路が形成されて雷管が発火し炸裂する。そして隊員は確実に戦死する。

第二次世界大戦中に使用された対戦車地雷は、大型のものでも炸薬量は十キロ以内だった。伏龍部隊用に改造された水際向けの小型機雷の炸薬量は十五キロ、しかも水中で炸裂するから、その衝撃波はすぐには拡散しないのでその威力は絶大だ。この機雷は小型といっても目標は軽量小型の兵員揚陸艇（ＬＣＶＰ、兵員三十六人）ばかりではなく、戦車三両を搭載する戦車揚陸艇（ＬＣＴ）の撃破も視野に入れていたことがうかがえる。

本土決戦にあたり陸軍は敵戦車の突進を止めることを主眼としていたが、海軍も敵戦車が海上にいる間に無力化することを重視していたことになる。

伏龍部隊による迎撃

体力の消耗を防ぎ、酸素を節約するため、伏龍部隊の隊員は海底にうつ伏せになって待機する。その姿からも「伏龍」というネーミングになったのだろう。この姿勢でいると背中に取り付けた二酸化炭素吸収缶の薄いブリキ板が共鳴して敵舟艇の推進器音がヘルメット内部にも伝わり、目標の接近を知ることができた。訓練では頭上に迫る敵舟艇の舟底は確実に視認でき、刺突に成功したという。

炸薬量十五キロの機雷が水中で炸裂した場合、安全距離は五十メートルと算定されていた。また、敵の上陸用舟艇の喫水は一メートル程度だから、水深五メートル前後の海底に五十メートル毎の碁盤目状に伏龍特攻隊員を配置することになる。この固定的な迎撃網の上をどのくらいの数の上陸用舟艇が通過するかが問題となる。

昭和二十年四月一日、沖縄の嘉手納正面で米第一〇軍が行なった強襲上陸は次のようなものであった。

海兵隊二個師団、陸軍二個師団の並列、一個師団に割り当てられた正面幅は二キロ〜三・五キロ、四個師団合わせて十三キロに達していた。各師団は歩兵大隊を基幹とする大隊上陸団(BLT)を編成し、これを二個ずつ並列して一波として連続的に海浜へ送り込む。BL

T一個は、水陸両用装軌車（LVT、兵員三十人）もしくはLCVP十二隻から十六隻に分乗する。そして汀線まで三キロほどに設定した出発線（LD）で五百メートルから六百メートルの横一線となって前進を始める。正面幅四十メートルに一隻の計算となる。

米軍師団は三単位制だからBLTを九個編成できるが、予備を控置すると共に工兵、通信、砲兵、戦車の部隊も揚陸するから嘉手納に向かう強襲上陸は八波で構成された。なお戦車を搭載したLCTは第七波に加わっていた。この八波の揚陸は六十分から九十分で完了したという。これを白紙的に見ると、正面四十メートルに一隻の上陸用舟艇が現われ、続いて一時間ほどの間に七隻が通過するということになる。

殺到する上陸用舟艇の密度がこれほど高いとなると、伏龍部隊の迎撃は大きな戦果が期待できよう。しかし、それには正確な上陸地点と日時を知っているという絶対的な条件がある。航空特攻などは振り回しがきくから、運用に柔軟性がある。ところが伏龍部隊を一旦海底に展開させれば、すぐさま撤収、再展開というわけにはいかない。そして敵の上陸地点と日時を正確に予知したケースは皆無だった。

考えられた多様な運用法

この伏龍部隊が抱える振り回しがきかないという致命的な欠点は、当時から関係者は熟知していた。そこで海中で行動できることで生まれる隠密性、浮力を利用した重量物の運搬という特質を活用した運用が考えられた。例えば潜水した伏龍隊員が大型の機雷や魚雷を運んで敵輸送船団の泊地を襲撃するというのも妙案だった。敵が海岸堡を確立してからでも、水中機動して逆上陸、これが奇襲となって敵を浮動状態に追い込み、陸軍部隊と連携して止めを刺すというのも成功の可能性があるだろう。

敵上陸用舟艇を海底から棒機雷で刺突するというのも斬新な発想だし、海中機動を駆使しての部隊運用もユニークだ。斬新であればあるほど、十分な研究と訓練を行なわなければ単なる思いつきで終わりかねない。昭和二十年一月に新型の潜水具の研究開発を始め、四月末頃にはこれを機雷掃討に使うとなったかと思えば、今度は特攻兵器に転用するという。こんな非情な兵器は使われなくて良かったという考え方もあるだろうが、運用が二転、三転するようでは「間に合わなかった新兵器」となるのも無理からぬことだった。

参考文献
「太平洋戦争ドキュメンタリー第六巻」（今日の話題社、昭和四十六年）
清水登著「『海底をのし歩く必中機雷』伏龍特攻隊始末記」

NF文庫

海軍「伏龍」特攻隊　新装解説版
二〇二三年一月二十一日　第一刷発行
著　者　門奈鷹一郎
発行者　皆川豪志
発行所　株式会社　潮書房光人新社
〒100-8077　東京都千代田区大手町一-七-二
電話／〇三-六二八一-九八九一代
印刷・製本　凸版印刷株式会社
定価はカバーに表示してあります
乱丁・落丁のものはお取りかえ致します。本文は中性紙を使用
ISBN978-4-7698-3295-9　C0195
http://www.kojinsha.co.jp

NF文庫

刊行のことば

第二次世界大戦の戦火が熄《や》んで五〇年——その間、小社は夥しい数の戦争の記録を渉猟し、発掘し、常に公正なる立場を貫いて書誌とし、大方の絶讃を博して今日に及ぶが、その源は、散華された世代への熱き思い入れであり、同時に、その記録を誌して平和の礎とし、後世に伝えんとするにある。

小社の出版物は、戦記、伝記、文学、エッセイ、写真集、その他、すでに一、〇〇〇点を越え、加えて戦後五〇年になんなんとするを契機として、「光人社NF（ノンフィクション）文庫」を創刊して、読者諸賢の熱烈要望におこたえする次第である。人生のバイブルとして、心弱きときの活性の糧《かて》として、散華の世代からの感動の肉声に、あなたもぜひ、耳を傾けて下さい。

＊潮書房光人新社が贈る勇気と感動を伝える人生のバイブル＊

NF文庫

写真 太平洋戦争 全10巻〈全巻完結〉

「丸」編集部編

日米の戦闘を綴る激動の写真昭和史――雑誌「丸」が四十数年にわたって収集した極秘フィルムで構築した太平洋戦争の全記録。

陸軍試作機物語

刈谷正意

伝説の整備隊長が見た日本航空技術史

航空技術研究所で試作機の審査に携わり、実戦部隊では整備隊長としてキ八四の稼働率一〇〇％を達成したエキスパートが綴る。

シベリア抑留1200日 ラーゲリ収容記

小松茂朗

風雪と重労働と飢餓と同胞の迫害に耐えて生き抜いた収容所の日々。満州の惨劇の果てに、辛酸を強いられた日本兵たちを描く。

海軍「伏龍」特攻隊

門奈鷹一郎

海軍最後の特攻〝動く人間機雷部隊〟の全貌――大戦末期、敵の上陸用舟艇に体当たり攻撃をかける幻の水際特別攻撃隊の実態。

日本の謀略

楳本捨三

なぜ日本は情報戦に弱いのか

蔣介石政府を内部から崩壊させて、インド・ビルマの独立運動をささえる――戦わずして勝つ、日本陸軍の秘密戦の歴史を綴る。

知られざる世界の海難事件

大内建二

世界に数多く存在する一般には知られていない、あるいはすでに忘れ去られた海難事件について商船を中心に図面・写真で紹介。

＊潮書房光人新社が贈る勇気と感動を伝える人生のバイブル＊

NF文庫

四万人の邦人を救った将軍
小松茂朗

軍司令官根本博の深謀

停戦命令に抗しソ連軍を阻止し続けた戦略家の決断。陸軍きっての中国通で「昼行燈」とも「いくさの神様」とも評された男の生涯。

日独夜間戦闘機
野原 茂

「月光」からメッサーシュミットＢｆ１１０まで

闇夜にせまり来る見えざる敵を迎撃したドイツ夜戦の活躍と日本本土に侵入するＢ－29の大編隊に挑んだ日本陸海軍夜戦の死闘。

海軍特攻隊の出撃記録
今井健嗣

特攻隊員の残した日記や遺書などの遺稿、その当時の戦闘詳報、戦時中の一般図書の記事、写真や各種データ等を元に分析する。

最強部隊入門
藤井久ほか

兵力の運用徹底研究

旧来の伝統戦法を打ち破り、決定的な戦術思想を生み出した恐るべき「無敵部隊」の条件。常に戦場を支配した強力部隊を詳解。

玉砕を禁ず
小川哲郎

第七十一連隊第二大隊ルソン島に奮戦す

昭和二十年一月、フィリピン・ルソン島の小さな丘陵地で、壮絶なる鉄量攻撃を浴びながら米軍をくい止めた、大盛部隊の死闘。

日本本土防空戦
渡辺洋二

Ｂ－29対日の丸戦闘機

第二次大戦末期、質も量も劣る対抗兵器をもって押し寄せる敵機群に立ち向かった日本軍将兵たち。防空戦の実情と経緯を辿る。